alice Clayton

A ruiva misteriosa

São Paulo
2014

UNIVERSO DOS LIVROS

© 2014 by Universo dos Livros
Todos os direitos reservados e protegidos pela Lei 9.610 de 19/02/1998.
Nenhuma parte deste livro, sem autorização prévia por escrito da editora, poderá ser reproduzida ou transmitida sejam quais forem os meios empregados: eletrônicos, mecânicos, fotográficos, gravação ou quaisquer outros.

Título original: *The unidentified redhead*

Copyright © 2012, by Alice Clayton
All Rights Reserved.

Published by arrangement with the original publisher, Gallery Books, a Division of Simon & Schuster, Inc.

Diretor editorial: **Luis Matos**
Editora-chefe: **Marcia Batista**
Assistentes editoriais: **Cássio Yamamura, Nathália Fernandes e Raíça Augusto**
Tradução: **Angélica Beatriz Halcsik**
Preparação: **Paula Fazzio**
Revisão: **Natália Guirado**
Arte e adaptação de capa: **Francine C. Silva e Valdinei Gomes**
Foto: **YuriyZhuravov/Shutterstock**

Dados Internacionais de Catalogação na Publicação (CIP)
Angélica Ilacqua CRB-8/7057

C622r	Clayton, Alice
	A Ruiva misteriosa / Alice Clayton; tradução de Angélica Beatriz Halcsik. – São Paulo: Universo dos Livros, 2014.
	272 p.
	ISBN: 978-85-7930-689-1
	Título original: The unidentified redhead
	1. Literatura americana 2. Literatura erótica 3. Ficção I. Título II. Halcsik, Angélica Beatriz
14-0072	CDD 813.6

Universo dos Livros Editora Ltda.
Rua do Bosque, 1589 – Bloco 2 – Conj. 603/606
CEP 01136-001 – Barra Funda – São Paulo/SP
Telefone/Fax: (11) 3392-3336
www.universodoslivros.com.br
e-mail: editor@universodoslivros.com.br
Siga-nos no Twitter: @univdoslivros

um

— Você *sabe* que já te vi pelada antes, né? – grita Holly atrás da porta do quarto.

— Sim, querida, mas já faz um tempo. Acho que você não está preparada para isso.

— Você quer dizer: "não acho que você esteja preparada para minha bunda enorme"?

— Você realmente acabou de dizer isso para uma garota seminua? Esperava mais de você. Você vai me deixar complexada. Idiota.

— Quanta dureza, Grace.

— Foi isso o que ela disse – resmunguei.

— Uau, – escuto-a dizer, rindo discretamente. Estava no processo de tentar colocar minha bunda dentro de um jeans novo, com a cintura tão baixa que poderia até ser uma ilegal.

— *Pronto,* – anunciou Holly – vou entrar. Não estou nem aí, Grace!

Ela entrou rapidamente pela porta, parando repentinamente quando viu que eu estava fazendo um esforço na cama. Eu estava deitada, estirada nos lençóis, com um charmoso sutiã de renda cor de pêssego, com metade da porcaria da calça jeans que ela me convenceu a comprar, apesar de eu saber que, de nenhum modo, estava jovem o bastante para conseguir usá-la como ela deveria ser usada. Holly sempre conseguiu me convencer a fazer coisas que ela queria que eu fizesse (com a desculpa de que sabia o que era melhor para mim). Mas o pior de tudo é que ela quase sempre estava certa.

— Lindos peitos — disse ela, apreciando meu sutiã — Será que preciso pegar um conjunto de alicates para puxar esse zíper? Não vimos isso acontecer uma vez em algum filme? — refletiu ela, mudando de assunto.

— Isso, isso, vimos num filme... pode me dar uma mãozinha? Estou dando uma visão geral aqui. Queria que a menina voltasse a ficar escondida — respondi, tentando ficar na cama neste ângulo estranho.

— Posso ver isso. Tudo bem, segure sua respiração — advertiu ela e agarrou os botões da minha calça jeans. Eu puxei com toda minha força e, finalmente, conseguimos fechar o zíper, deixando-me sem ar.

— Deus do céu. Acho que meu útero acabou de sair. Lá se vai ele — resmunguei.

Não conseguia acreditar no quanto essa calça era apertada, apesar de estar me sentindo superorgulhosa por estar vestindo-a. Senti uma empolgação, um espírito de "vai nessa", mas isso também pode ter sido a falta de oxigênio da cinta de brim que está agora restringindo meu suprimento de ar.

As pessoas ainda dizem "vai nessa"?

Acho que tenho que pensar em outra tirada.

Holly me ajudou a sair da cama e me virei para admirar como este jeans fodão caía em mim, pensando que talvez eu ficasse muito bem nele. Algumas vezes, eu me olhava no espelho e tinha que olhar duas vezes para garantir que aquela era eu. Ela viu que eu estava me analisando e riu.

— Você está parecendo ser bem atrevida, amiga. Eu, com certeza, te comeria.

— Isso é encantador, Holly. Muito obrigada — sorri para ela enquanto continuava fazendo poses para o espelho. Comecei a dançar *vogue* e acabei dando gargalhadas.

— Grace. Recomponha-se. *Vogue* é... bem, é errado. Nunca há uma boa razão — riu ela, fazendo um sinal de aprovação com seu polegar, ao sair do quarto.

Recentemente, perdi um pouco de peso. Na verdade, estou mais magra agora do que quando estava na faculdade. Holly estava orgulhosa por mim e me dizia isso frequentemente.

Holly Newman e eu nos conhecemos na faculdade. Enquanto nós duas nos especializávamos em teatro, ela sempre soube que preferia o mundo dos bastidores, principalmente o ramo dos negócios, e eu era boa em fazer drama. Durante o período que passamos juntas na faculdade, fizemos planos para quando conquistássemos o mundo do entretenimento.

Ela teria sua própria agência e gerenciaria somente os melhores talentos, trabalharia com artistas que compartilhavam a mesma visão criativa que ela tem. Eu, no entanto, tinha estrelas em meus olhos e queria ficar famosa, famosa, *completamente* famosa.

Ela foi para a costa oeste seis meses antes de mim, e, quando finalmente cheguei lá, ela já estava progredindo como uma agente júnior em uma das maiores empresas da cidade. Ela tinha uma aptidão natural para gerenciar artistas, sabia quando devia ser rigorosa ou quando devia mimá-los. Sabia quando realmente devia lutar por seus artistas e quando era melhor preparar o espaço para projetos futuros. Quando cheguei, ela tinha conseguido um emprego temporário para mim na agência, e eu ficava impressionada como ela ciculava naquele mundo que, na época, ainda era dominado por homens. Devido ao cabelo dourado perfeito, à aparência fantástica e à sensibilidade elegante de Holly, toda hora perguntavam-na a razão dela trabalhar nos bastidores ao invés de estar em frente às câmeras. A garota era muito atraente. Mas ela sempre ria e dizia "Não é meu estilo", e depois trabalhava mais do que todo mundo para fazer valer sua boa reputação.

Quando me mudei pela primeira vez para Los Angeles, amei. Fui morar com Holly, comecei a ter aulas de atuação, trabalhei na agência com ela e ainda servia mesas à noite em um restaurante em Santa Monica. Eu realmente achava que estava vivendo aquele estilo de vida hollywoodiano que sempre sonhei em ter.

Após aproximadamente seis meses, Holly convenceu seu chefe que eu devia fazer uma leitura e ser levada em consideração para representação. Eu estava preparada, sou boa com leituras, minhas fotos estavam impecáveis... então, esperei. E esperei. E esperei mais um pouco. Finalmente, decidiu-se que iam me aceitar se Holly concordasse em me inscrever pessoalmente como representação individual.

Ela começou a me mandar para fazer audições e eu as fiz. Caramba, eu fiz audições pela porra daquela cidade inteira. Eu era muito boa, assim como todo mundo.

Não consegui um único trabalho.

Ninguém te diz, quando você nasce no Centro-Oeste, a anos luz de distância de Los Angeles, que, ao se mudar para Hollywood, todo mundo é a próxima Miss Superimportante. Achamos que somos as mais bonitas, que somos especiais, as únicas que realmente têm o necessário para se sair bem. Achamos que nossos talentos são únicos e verdadeiros, achamos que temos algo para compartilhar com o mundo e não conseguimos entender o porquê de não estarmos agendando trabalhos a todo instante.

A verdade é que, em Los Angeles, não basta apenas ter um rostinho bonito, já que retoques podem ser feitos. Não basta apenas ter um corpo razoavelmente bom, pois toda a população já mudou algo em lugares inimagináveis. Não bastam apenas umas risadinhas e jogadas de cabelo ou ser o alvo das brincadeiras, pois outra pessoa já tem este posto. Todas as pessoas que se mudam para Los Angeles a cada ano, quase na mesma proporção que vão embora, mancando para suas cidades como pobres coitados, contando suas estórias de "Eu morei na Califórnia" durante festas com seus antigos amigos do ensino médio.

Eu me tornei um desses pobres coitados — consegui ficar em Los Angeles por apenas dezoito meses. Eu meio que fugi, sentindo-me como uma fracassada pela primeira vez na minha vida. Saí da cidade e a indústria me venceu.

Mas agora eu voltei. Demorei dez anos para conseguir voltar e desta vez… não vou a nenhum outro lugar.

★ ★ ★ ★

Holly estava dando uma festa na sua casa para comemorar o lançamento de sua nova empresa de gerenciamento. Ela havia acabado de deixar um cargo muito alto em uma grande agência e convidou todos seus amigos mais próximos e diversos atores e atrizes que ela representava. Alguns escolheram ficar com a outra agência, mas ela era tão boa em construir uma carreira, especialmente com talentos novos, que muitos escolheram segui-la.

Desde que voltei a viver em Los Angeles, estou morando com ela, na casa das colinas. Ela conseguiu se dar muito bem e tem uma ótima casa ao lado da Mulholland Drive, com vista para a cidade.

Isso nos leva à calça jeans ilegal. Sendo uma mulher de trinta e três anos com alguns problemas de imagem corporal preexistentes, estava tentando entrar na mentalidade necessária para navegar nesta festa com essa calça. Combinei o jeans ilegal com uma blusa turquesa, um pouco mais conservadora, sem mangas, e coloquei meus pés em uma sandália *peep toe* bem bonita. Meus dedos do pé tinham um belo decote.

Meu cabelo estava solto, o que é raro, mas Holly proibiu qualquer tipo de rabo-de-cavalo nesta noite. Saímos hoje à tarde para arrumarmos nossos cabelos, e meu cabelo ruivo estava cheio de cachos leves bagunçados. Aquele cabeleireiro realmente mereceu o que ganhou, e mesmo *eu* tive que admitir que os cachos eram dignos de um comercial de xampu.

A festa estava bem agitada e todos estavam se divertindo. Holly contratava apenas os talentos que realmente queria para investir, então, eles acabaram se tornando amigos próximos. Eles sempre estavam na casa dela, e seu círculo tinha se tornado o meu círculo de amigos.

– Grace, você não pode estar falando sério. Feldman é muito mais gostoso do que Haim.

Estava tendo uma conversa séria com Nick, um roteirista que Holly conhecia há anos. Ele havia se tornado um dos meus novos amigos desde que voltei e podia contar com ele como um bom companheiro em uma festa. Nesta noite, estávamos muito envolvidos nos *dirty martinis*. Superfortes. Ele estava esperando um ator chegar, Holly havia acabado de começar a representá-lo, alguém que aparentemente seria o próximo grande sucesso. Ainda tinha que conhecê-lo, embora Nick já tivesse falado que ele era "delicioso, saboroso... um pouco sujo, mas de um jeito excitante" (palavras dele). Também tinha sotaque britânico que era "adorável", "irresistível" e soava como "me jogue e me coma".

Sim, Nick é "gay"...

– Tudo bem – comecei – Vou concordar que Corey Feldman estava genial nos *Goonies* e um pouco fofo em *Conta Comigo*, mas ninguém chega aos pés do meu *Lucas* – protestei, determinada a ganhar desta vez. Tínhamos acabado de ter uma conversa semelhante sobre Steve Carell contra Ricky Gervais, que não terminou muito bem. Alguém levou um arranhão.

Escutei um riso reprimido atrás de mim e alguém falando com um "adorável" sotaque britânico:

– Acho que você tem que dar vantagem a Haim, pelo menos por ele ter beijado Heather Graham.

Eu me virei para verificar o evidente recém-chegado genial que conhecia *Sem Licença para Dirigir*, quando consegui ver quem era.

– Ei, você é o Cientista Supersexy! – falei muito alto, colocando minhas mãos sobre a minha boca assim que disse isso. Instantaneamente, senti que meu rosto havia ficado vermelho. Holly tinha uma imagem de um cara em seu computador e falou sobre ele durante o mês inteiro, chamando-o de Cientista Supersexy. Este era seu novo cliente — o próximo grande sucesso. Ele é o ator principal de um filme que vai estrear no outono, mas que já está criando uma grande repercussão na cidade. Não sabia muito sobre o filme, mas sabia que Holly estava bem empolgada em poder representar este novo ator.

O Cientista Supersexy deu um sorriso confuso e um pouco encabulado. Será que ele sabia o quanto aquele sorriso era sexy?

Ah claro, ele com certeza sabia.

Ele esticou uma mão para mim e, com aquele inglês da Rainha, disse:

– Na verdade, é Supersexy Jack Hamilton.

dois

Escutei o abrupto suspiro de Nick atrás de mim quando ele quase me jogou no chão para apertar a mão de Jack, surpreendendo-o no processo.

— Oi, Jack. Eu sou o Nick. Eu te vi no seu filme *A melhor metade dela*. Eu simplesmente *amei*! Também vi suas fotos para a revista *Entertainment Weekly*. Sei que nem todos gostaram da capa, mas eu adorei! Não entendi por que falaram tanto sobre vestir o *kilt* — você tem ótimas pernas. Está morando aqui em Los Angeles agora? Está ansioso para a estreia de *Tempo*? Uau, você é lindo. — Nick se esqueceu de respirar e parou de falar apenas porque ficou sem ar.

Durante este ataque verbal, eu observei o momento em que a expressão de Jack mudou de surpresa para confusa, depois ele começou a raciocinar e, por fim, mal conseguia conter a risada. Dei umas risadinhas e comecei a soltar a mão de Nick da de Jack.

— Calma, rapaz! Você pode falar para o Jack que ele é lindo a noite inteira, mas você não gostaria de assustá-lo *e* aterrorizá-lo nos primeiros cinco minutos – disse, virando-me para Jack – Oi, meu nome é Grace Sheridan — Supersexy Grace Sheridan. Prazer em conhecê-lo – apertei sua mão, enquanto Nick suspirava ao meu lado – E, de fato, você é bonito – acrescentei, e Jack sorriu para mim.

Dei uma boa olhada nele agora que minha visão não estava mais limitada, e vi um homem magro e jovem, um pouco mais alto do que eu. Ele usava jeans desbotado, uma camiseta preta, uma jaqueta cinza de zíper e, meu Deus, aqueles eram sapatos Doc Martens? Ele estava com um velho boné de beisebol cinza e tinha um estilo desleixado, que com certeza caía bem nele. Ele parecia bem confortável daquele modo, e, por um segundo, o imaginei sendo espremido contra mim em um abraço apertado.

Grace, este cara parece jovem o bastante para ser seu filho.

Sim, só se eu tivesse sido promíscua no ensino fundamental...

Mexo minha cabeça para clarear as ideias um pouco e acabo vendo Holly vindo da cozinha para cumprimentar Jack.

— Olá, doçura. Como você está hoje à noite? – pergunta ela, colocando um braço ao redor de seus ombros e se curvando para dar um beijo rápido em sua bochecha.

— Estou bem, muito obrigado. Acabei de conhecer Grace e, ah, Nick, certo? – novamente Jack sorri e Nick fica maravilhado. Tomei fôlego ao ver Nick tendo um ataque. Jack pisca para mim maliciosamente e eu sorrio para ele.

— Grace é minha amiga, — disse Holly — nos conhecemos há *muito* tempo. E o Nick, bem, ele é necessário – provoca ela.

Nick finge não gostar e responde:

— Vadia, me poupe. Aonde você vai encontrar outro homem que te leva para ver New Kids on the Block? *E* depois confirme a mentira de que tem a ver com trabalho?

Eu ri tão alto que quase cuspi meu drinque. Holly era a maior fã secreta de New Kids. Eu era uma das únicas pessoas que sabia deste segredo. Talvez porque era um segredo que eu dividia com ela.

— Não sei por que está rindo, Miss Coisa. — disse Nick, olhando fixo para mim. — Você ainda sonha com Joe McIntyre como se tivesse treze anos!

— Ah, eu assumo minha obsessão. Se Joey Joe estivesse agora aqui na minha frente, eu o atacaria. Não tenho vergonha. — eu o provoquei, engolindo o restante do meu Martini. Jack se inclinou e sussurrou alto o bastante para Holly escutar.

— É por isso que ela está tentando conseguir uma audição para mim no próximo filme de Donnie? Será que eu devia ficar preocupado com isso?

Por ele estar tão próximo de mim, consegui finalmente notar seus olhos. Uau, eles são intensos. Verdes-esmeralda escuros com pontos dourados.

Esse cara deve se dar bem.

Eu me inclinei para mais perto dele e disse quietamente:

— Você tem apenas que se preocupar se ela pedir que você dance para ela. Cuidado com isso.

Ele deu um sorrisinho sensual, enquanto Holly pegou em sua mão e começou a tirá-lo dali.

— Está bem, crianças. Preciso que Jack conheça algumas pessoas. Vou cuidar de vocês dois depois.

Os dois voltaram à sala de estar, enquanto Jack acenava de costas, deixando eu e Nick rindo na cozinha.

— Então, você atuou muito bem, Nick. É aquele o gostosão que você ficou falando a noite inteira todo empolgado?

— Não aja como se não tivesse o achado bonito. Vi como você o analisou – disse ele, apoiando-se no balcão e se abanando – Eu parecia um bundão! Queria ter ficado mais tranquilo ao vê-lo, mas não conseguia calar a boca! Eu falei mesmo que ele era bonito? – disse ele, ficando com suas bochechas coradas ao reestabelecer o encontro com sua mente.

— Sim, você disse. Mas não se preocupe com isso. Quando me mudei pela primeira vez para cá, tinha certeza que tinha reconhecido um ator de *SOS Malibu*. Então, eu o segui desde a produtora até a padaria e quando ele finalmente me olhou, eu murmurei a palavra "Hasselhoff", aí ele saiu correndo e se escondeu no corredor das sopas. Eu ainda fico com vergonha quando vejo uma caixa de *Cup Noodles* – garanti a ele.

— Você *devia* ter vergonha de *ainda* comprar *Cup Noodles*, mas você sabe o que faz. Vamos encher a cara e paquerar homens bonitos! – disse ele, colocando mais Martini em meu copo, deixando-o extracheio. Eu ri e ignorei a excitação dentro de mim ao escutar um sotaque britânico circulando na outra sala.

★ ★ ★ ★

Mais tarde naquela noite, Holly e eu estávamos no terraço observando a cidade, bebendo nosso quarto drinque e brindando pelo seu sucesso. Nick veio se despedir e colocou seu braço em volta da minha cintura.

— Ok, vadias. Vou-me embora. Comportem-se bem e garantam que ninguém vá para casa com meu lindo menino. Preciso ter certeza de que ele vai continuar puro até que eu possa convencê-lo a mudar de time – provocou ele, fazendo um sinal de advertência com seu dedo para Holly.

— Como você sabe que ele já não joga no seu time, Nick? – perguntei.

Holly riu e disse:

— Ah, querida, Jack é o maior pedaço de mau caminho a chegar nesta cidade em um bom tempo. Várias meninas estão se jogando para cima dele toda noite. Ele é discreto, mas está pegando todas.

— Ah, Deus, não posso ouvir mais isso. Vou ficar muito triste. Vou pra casa ficar na fossa ouvindo Manilow – gritou Nick, dando um olhar triste para nós duas ao entrar novamente na casa. Ele passou por Jack em seu caminho, que estava conversando com duas garotas no piano, e piscou para Nick. Escutei Nick murmurar "pegador" conforme passava por ele, e pude ver Jack rindo.

— Então, sei que ele é bonito, – disse eu – e que garota não gosta de um sotaque? Mas por que ele é o próximo grande sucesso? Nick mencionou algo sobre um filme que está para estrear... *Tempo* ou algo assim? – perguntei para Holly, chegando mais perto dela enquanto observávamos Jack conversando com duas garotas que não conseguiam parar de rir de tudo o que ele dizia. Percebi que ele constantemente mordia seu lábio inferior.

Ele estava nervoso?

— Grace, você está falando sério? Você não pode estar falando sério. *Tempo*? –Ela se interrompeu e me olhou, incrédula.

— O quê? Isso é algo que eu devia estar sabendo? – quebrei a cabeça tentando me lembrar se já tinha ouvido algo sobre o filme, mas tudo estava branco.

— Você nunca leu os contos em que *Tempo* se baseou? Você não sabe nada mesmo sobre eles? – perguntou ela, ainda parecendo surpresa.

— Ei, muita coisa tem acontecido na minha vida ultimamente. Não tenho tido muito tempo para ler. Além disso, você sabe que leio praticamente apenas não-ficção – respondi, olhando novamente para Jack através do vidro claro das portas francesas.

— É uma série de contos que foram escritos para uma revista feminina. Como você não leu? – lamentou ela. Ela ainda me olhava sem conseguir acreditar no que eu estava dizendo.

— Sobre o que são eles? É por isso que Nick está tão empolgado para o lançamento do filme? – fiz uma observação.

— Grace, cala a boca e me escute. Essas histórias e este filme vão ter tudo o que você sempre quis: paixão, amor, aventura, sexo, humor. Quase toda mulher que conheço está apaixonada por eles! O personagem principal, Joshua — caramba, menina. Ele é um cientista sensual que viaja pelo tempo e, em cada história, ele está em uma época diferente. Joshua, caramba, ele é *tão* imbecil, mas é um imbecil adorável, e em cada conto está com uma mulher diferente. Este filme será um sucesso! – gritou ela. Ela estava ficando muito empolgada.

– Hmmm... eu não sei. Não sou muito fã de romances. Muito sentimental, sabe? Também não sou fã de ficção científica. Não é meu estilo. Se você me der uma boa história baseada em fatos reais, como aquele novo livro sobre Lincoln, sabe? Eles agora acham que ele...

– Ah, quer parar de falar sobre História? – interrompeu Holly – Honestamente, parece que você está correndo para um asilo. *Tempo* não é um romance, é apenas... não consigo descrevê-lo! É por isso que este filme é tão sensacional — e porque Jack é uma mercadoria tão importante agora. Jack é o Joshua. As mulheres deste país estão ficando loucas esperando pelo lançamento. Ah cara, não vejo a hora de você lê-los! Jura pra mim agora que irá lê-los! — suplicou ela para mim, sua voz ficando com um tom um pouco mais alto. A única vez que eu a vi tão vidrada foi quando Donnie Wahlberg estava envolvido.

– Céus, tudo bem. Relaxa – disse eu – Você acabou de dar um gritinho? Sim, vou ler esses malditos livros – eu a acalmei, notando que Jack estava vindo em nossa direção.

– Jack, escuta essa! – começou Holly – Grace ainda não leu os contos de *Tempo*. Ela nunca nem ouviu falar no filme! – dedurou ela, quando ele entrava no terraço, deixando as duas garotas rindo sozinhas. Ele me encarou dramaticamente e depois me deu um abraço apertado.

– Foge comigo? – disse ele quietamente, afastando-se para me olhar, colocando uma mão em cada lado do meu rosto. Holly riu atrás de nós. Eu dei um riso nervoso e depois assumi o controle.

– Você está chamando mulheres ao acaso para fugirem contigo, Jack? – perguntou Holly, e ele tirou as mãos de meu rosto, olhando para mim fingindo adoração.

– Ao acaso? Dessa vez é pra valer! – disse ele – Eu já tinha te dito, a próxima mulher que eu conhecesse e não tivesse ouvido falar desse filme besta, eu fugiria com ela, teria um caso amoroso para satisfazer as revistas de fofoca. Não tenho sorte por ela parecer normal? – caçoou ele.

– Não tiraria conclusões precipitadas. Você não sabe o quanto anormal eu sou – declarei, colocando minhas mãos em meus quadris.

– Jack, preciso te falar, ela não bate bem da cabeça – advertiu Holly – Você não vai querer entrar nisso. Pode acreditar, eu sei. Conheço Grace desde a faculdade, e ela é doida – decidiu Holly, bebendo o que sobrou de seu coquetel.

– Calma, esta é a Grace que é sua *melhor amiga*? Aquela que deixa migalhas de salgadinhos espalhadas pela casa? – perguntou ele, olhando-nos de um lado para o outro.

– Sim, esta é minha Gracie. Agora, pergunte para ela *por que* ela deixa salgadinhos espalhados pela casa – provocou Holly, enquanto Jack me olhava, questionando-me.

Eu olhei para ela.

– Primeiramente, obrigada por contar meus podres para todo mundo, idiota. E só para constar, não são diversos salgadinhos por toda a casa. É que eu não me importo com as torradinhas que vêm nos pacotes sortidos, então, toda vez separo-as para que não tenha que comê-las. Desse modo, se outra pessoa quiser comê-las, elas podem fazer isso – terminei, mostrando meu dedo do meio para Holly.

– Eu adoro as torradinhas – confessou ele, rindo da cara de Holly, quando ela percebeu que isso fazia sentido para ele.

– Bem, na próxima vez que tiver uma pilha delas, vou guardá-la para você. Aí se um dia você precisar urgentemente de torradas... – ofereci.

– Já terei uma reserva. Gostei deste plano – continuou ele. Holly mexeu sua cabeça para nós. Percebi que as duas meninas com quem Jack conversava lá dentro estavam vindo se juntar a nós no terraço. Elas se aproximaram de nós, quando Holly piscou para Jack e começou a me puxar para dentro de casa.

– Te vejo mais tarde, querido. Por favor, antes de ir embora, venha se despedir de mim – Holly disse olhando para trás ao voltarmos passando pelos pisos de ardósia.

– Me avise quando estiver pronto para aquele encontro – disse, olhando para trás, piscando para as meninas que pareciam um pouco chocadas. Não aguentei.

– Você, eu, as torradas – ele sorriu para mim.

– Desde quando você convida fãs para virem à sua casa? – perguntei, quando já estávamos dentro da casa.

– Fãs? Ah, aquelas duas? Queridinha, a loira é uma advogada de entretenimento e a morena é uma relações-públicas. Mas aquele garoto inglês faz com que elas se tornem duas idiotas sorridentes – sorriu ela conscientemente conforme eu olhava novamente para os três no terraço. Jack estava entre elas, enquanto elas disputavam para ficarem mais próximas. Ele notou que eu olhava e deu um sorriso encabulado.

Uau, putz, uma advogada... aqueles contos devem ser realmente bons.

Quase uma hora depois, quando a festa finalmente começou a terminar, estava na cozinha pegando alguns biscoitos de água e sal para começar a me livrar dos cinco Martinis que eu tinha colocado para dentro. Estava apoiada em meus cotovelos no balcão de granito, pensando em como minha cabeça iria doer no dia seguinte, quando escutei alguém entrar.

– Oi de novo – escutei uma voz musical dizer.

Olhei para cima, não me importando em tentar me levantar para ficar em pé no balcão, onde agora estou metade deitada. Era Jack... e as Garotas Sorridentes não estavam mais por ali.

– Oi para você também. Divertiu-se hoje à noite? – perguntei, antes de empurrar uma bolacha na minha boca.

– Ah não. Biscoito de água e sal... isso nunca é um bom sinal. Exagerou? – perguntou ele.

– Talvez, três vezes mais do que eu costumo exagerar – fiz uma careta, lembrando-me da última vez que fiquei de ressaca. Eu realmente não estava ansiosa pelo dia de amanhã.

– Acho que a melhor cura para a ressaca é apenas continuar bebendo – disse ele, sorrindo maliciosamente. Ele andou até o outro lado do balcão, colocando suas mãos ao meu lado.

– Sim, bem, é porque você tem uns dezessete anos e pode ser porra-louca – disse – Eu, por outro lado, vou acordar amanhã me sentindo como se tivesse um bicho morto na minha boca, com meus olhos do tamanho de repolhos – disse, dando uma risadinha.

– Caramba, essa foi uma imagem bem descritiva. Estou ficando com vontade de ficar por aqui para ver isso – Riu ele – E tenho 24 anos, não 17, só para sua informação – acrescentou. Eu franzi minha sobrancelha para ele.

Jovens. Eu costumava conseguir beber e dançar a noite toda, dormir durante uma hora, e ir trabalhar no outro dia, ainda fabulosa. Ah, como queria ser uma jovem boba novamente.

Boba você ainda é...

Estiquei meus braços sobre minha cabeça e depois para trás, tentando melhorar meu torcicolo. Quando olhei novamente para ele, percebi que tinha basicamente colocado meu peito em seu rosto, e ele o estava admirando.

— Você está olhando para os meus seios? — perguntei, dando uma sacudida. Ele congelou e depois se matou de rir.

— Pois é, acho que estou olhando para seus seios. São seios bem bonitos — ele conseguiu falar entre as risadas.

— Eles são bem bonitos, isso é verdade. E são meus. Você provavelmente não conseguirá tocar em muitos seios naturais aqui em Los Angeles, mas ainda há algumas de nós com a coisa legítima — ri junto com ele.

— Eu também acho que você gosta que os homens olhem para eles. Se não, por que você colocaria brilhos neles? — declarou ele, finalmente me olhando nos olhos novamente, ainda rindo.

— Como assim brilhos? — olhei para as minhas meninas e percebi que realmente tinha um pouco de brilho — Ah sim, confesso que coloquei. Passei um pouco de hidratante com brilho antes de me vestir hoje à noite.

— Uau, mulher realmente faz cada coisa estranha. Principalmente vocês, americanas. Tanto brilho e faísca. Quem te disse que peitos deviam brilhar? Perdão, seios — corrigiu ele.

— Você pode chamar de peitos, apesar de eu preferir seios. Também gosto de tetas — disse com uma expressão séria.

— O que acha de travesseiros do amor? — ele contrapôs.

— *Air-bags*? — sugeri.

— Hmmm, o que acha de melões? — perguntou ele, esforçando-se para não rir.

— Legal, mas não chega nem perto de mamadeiras — consegui sair de perto antes de rir tão alto que todo o biscoito voasse pelo balcão inteiro. Ele se juntou a mim, e eu comecei a despejar lágrimas pelo meu rosto quando começamos a limpar o biscoito da minha boca. Holly entrou naquele momento, nos olhou e começou a mexer sua cabeça.

— Minha nossa, que diabos está acontecendo aqui? Ah, deixa pra lá. Jack, suas garotas estão te procurando. Elas estão babando por toda a entrada. É hora de levá-las para casa. Grace, por que tem um monte de migalhas sobre o seu decote? — perguntou ela, observando meu peito coberto de biscoito água e sal.

Nós dois começamos a rir novamente quando estiquei minha mão.

— Jack, foi um prazer te conhecer. Espero que, na próxima vez, eu consiga me controlar um pouco mais. Aproveite seu *ménage a trois* — disse com um sorriso malicioso. Este menino era ótimo e estava feliz por talvez ter feito um novo amigo. Ele segurou minha mão gentilmente, porém entusiasmado.

— Grace, foi muito interessante, é o mínimo que posso dizer. E seus seios brilhantes são lindos. Aproveite sua ressaca — ele apertou minha mão e riu novamente ao sair da cozinha, beijando Holly na bochecha enquanto ela o levava para a porta.

Eu fiquei vendo-o sair com a loira e a morena, pensando em como a noite foi boa. Holly voltou após levar seus últimos convidados até a porta, deu uma olhada nas sujeiras da festa e disse:

— Vamos limpar esta zona amanhã de manhã?

— Ou à tarde? — perguntei, segurando minha cabeça.

— Fechado. Vamos dormir — respondeu ela, trancando tudo enquanto eu apagava as luzes. Nós nos arrastamos até o outro andar, conversando sobre a noite, indo até o corredor que nos levava aos nossos quartos.

— Holly, essa festa foi demais. Estou muito orgulhosa de você. Você fez tudo que havia planejado, e nada te parou. Você arrasa — sorri para ela e a abracei, na sua porta.

— É, eu *arrasei* um pouco. Agora vá vomitar. Eu sei que você quer — disse ela, apontando-me para o meu quarto.

— É. De fato, eu quero. Boa noite, idiota — respondi rapidamente dando-do as costas, indo passar mal.

— Boa noite, sua ignorante. Fala sério, Grace. Cinco *dirty martinis*? — esta foi a última coisa que escutei ela falar quando bati a porta na cara dela e me joguei na minha cama.

Antes de cair no sono, pensei sobre os meus seios brilhantes e ri sozinha um pouco mais.

três

A manhã serguinte fez eu me sentir ardendo no inferno... e essa foi só a parte do vômito. Quando abri meus olhos pela primeira vez, o que demorou muitos minutos depois de diversas tentativas por causa do rímel amanhecido, sabia que este provavelmente seria o pior da minha vida. Eu nunca, repito: *nunca*, tomo mais de dois drinques. Eu simplesmente não aguento mais. Adoraria fingir que ainda consigo sair com jovens, tomar drinque após drinque, sem sentir dor alguma, mas aquela não era mais eu. Eu senti a dor — ah, como senti a dor.

Tentei me vestir, mas a gravidade me venceu e fui para o corredor usando uma camisa polo de botões velha, deixando meu shorts no chão do meu quarto, onde ele tinha finalmente desistido de lutar. Depois de repetidas tentativas de equilíbrio, consegui chegar ao corredor, sem shorts, abraçando a parede e depois o corrimão para me apoiar. Conseguia sentir o cheiro de café e, como um farol, fui levada até ele. Escutei Holly falando ao telefone, e eu gemi devido a sua irritante animação. Holly nunca ficou de ressaca. Vaca.

— Sim, você está agora agendado para a MTV no dia 7 e depois tem uma sessão de fotos para a *In Style* no dia 12 daquele mesmo mês – disse ela, sorrindo para mim enquanto eu pegava uma xícara de café, segurando a caneca com minhas duas mãos e respirando profundamente. Acho que me sentirei humana novamente daqui um ou dois dias. Eu arrotei e pensei, bem, talvez daqui alguns dias.

— Escute, senhor, você tem ideia de como foi difícil conseguir conciliar todos os compromissos para você? Metade do elenco estará lá. Você terá que fazer a sessão de fotos no dia 12. Pelo menos é aqui em Los Angeles, então você não precisará viajar. Sim, eu sei que neste outono você vai viajar muito. Francamente, Jack, às vezes você é um puta de um fresco – ela riu enquanto fazia gestos para eu me sentar.

Sabendo que eu estava além da conta me apoiando em minhas pernas, eu me joguei em uma das cadeiras confortáveis no cantinho do café. Ao engolir meu café, pensei sobre ter encontrado Jack na noite anterior e sorri, pensando sobre como deve estar soando o outro lado da conversa.

– Ela acabou de acordar. Sim, ela parece estar com uma tremenda ressaca. Espera, deixe-me ver – disse ela, olhando atentamente para mim – Jack está pedindo para que eu inspecione seus olhos para ver se eles parecem... como é que é? Para ver se eles parecem repolhos? – ela olhou para mim de um modo esquisito.

– Mande o Hamilton ir se foder – rangi, deixando minha cabeça cair no braço da cadeira, estranhamente contente que ele se lembrou de nossa conversa com tanta clareza — e surpresa por eu também ter lembrado.

– Ela disse, "vai se foder, Hamilton". Não, ela disse isso mesmo – respondeu ela, enquanto eu ria discretamente para mim mesma – Ele quer saber exatamente o que ele deve foder, Sheridan – respondeu ela, virando seus olhos.

– Diga para Hamilton que ele entendeu corretamente, ele deve foder a Sheridan – gritei para garantir que ele escutasse, mas me prejudicando no processo.

– Ok, já deu essa brincadeira por telefone. Vocês podem continuar suas preliminares outro dia. Jack, falo contigo mais tarde. O quê? Pelo amor de Deus. OK, vou perguntar para ela. Tchau... vou desligar agora – ela apertou o botão do telefone e o colocou no balcão, olhando para mim atentamente.

– Que foi? Por que está me olhando deste jeito? – perguntei, notando que estava com um sorriso que ia de orelha a orelha.

– Diga-me você. Por que ele me perguntou sobre seus seios brilhantes? – perguntou ela, questionando-me. Não respondi, abaixando minha cabeça em direção à minha caneca de café, tentando não abrir um sorriso maior.

★ ★ ★ ★

Holly cuidou bem de mim naquele dia: ela me deixou sozinha, mas trouxe refrigerante e biscoitos de água e sal. Consegui não deixar cair muitos farelos desta vez. Eu fiquei praticamente o tempo todo no sofá. Depois de um dia de uma ressaca dos infernos, devo ter pegado no sono, pois quando acordei já estava escuro lá fora e Holly tinha sumido. Ela me deixou um recado e uma pilha de revistas na mesinha ao meu lado.

Gata,

Aqui estão as histórias que você prometeu ler. Tenho um jantar com clientes. Não devo chegar muito tarde. Ligue se precisar de algo, e tome um banho. Você está com uma aparência péssima.

Te amo,

H.

Holly estava certa. Eu realmente estava horrível. Fui ao banheiro para lavar meu rosto e escovar meus dentes. Precisava de um pouco de energia, então coloquei um biquíni e peguei uma toalha. Ao andar pela casa, vi de novo na mesa a pilha de revistas com diversos marcadores, e depois de reler seu recado, peguei as primeiras e as folheei até chegar ao primeiro conto. Não acreditava que estava pensando em ler um conto romântico, algo que costumo evitar como se fosse uma praga. Mas mesmo assim, levei-as comigo para a piscina.

Mais uma vez, fiquei maravilhada em quão bonita a casa de Holly era. Fica bem no alto nas colinas, com vistas bonitas dos três lados. Tinha um estilo moderno da Califórnia, com uma planta baixa aberta e muita luz natural. Ainda tinha um sistema de som que funcionava por toda a casa e no quintal. Conectei meu iPod nele e escolhi minha lista de músicas favorita, que inclui músicas tranquilas do U2.

A melhor parte da casa era a profunda piscina que tinha a vista mais legal de todas: o centro de Los Angeles. Tinha ainda uma Jacuzzi indispensável, que é onde fui parar depois de nadar por uns trinta minutos. Voltei a ficar em forma por fazer tantas coisas diferentes, e uma delas foi nadar durante pelo menos três vezes na semana.

Relaxei na água quente, deixando os jatos mandarem embora os últimos restos de álcool e o que acabou comigo hoje. Tomei um gole da minha garrafa de água e comecei a olhar para a pilha de revistas.

Ah, fazer o que? Você prometeu.

Ao começar a ler, lembrei-me do quanto Holly parecia maluca ao descrever sua ligação àquelas estórias. Fiquei com receio, para dizer o mínimo, já que eu não queria sucumbir à loucura que tinha claramente a dominado. Joshua, o cientista sexy, há? Vamos ver...

Eu estava realmente começando a entrar na história quando escutei vozes vindo de dentro da casa. Dei uma olhada e vi Holly e um homem alto e bonito entrando pelas portas francesas, vindo para fora em minha direção. Ela estava usando um vestido preto transpassado, com um lindo par de sandálias de pele de cobra.

Caramba, ela está linda. Ela deve ter saído com aquele garanhão... espera, é o Jack?

Ao se aproximarem e saírem no quintal, percebi que não era o mesmo cara que conheci na noite passada, e, ao mesmo tempo, era.

Este não era aquele hollywoodiano moderno e descolado com quem eu estava brincando na cozinha. Este era um homem muito bonito, com um terno cinza-escuro e estava de gravata, de barba feita e com cabelos loiros encaracolados e desgrenhados. Na noite passada, ele estava com aquele maldito boné de beisebol e eu não conseguia ver como seu cabelo era perfeito. Eu era louca por cabelo enrolado.

Merda, esconde a revista. ESCONDE A REVISTA!

Eu rapidamente joguei minha camisa sobre a pilha que estava perto de mim, fazendo uma expressão neutra, pelo menos é isso o que esperava que parecesse.

— Oi, Gracie. Vejo que está se sentindo melhor — falou Holly, ao ficarem mais perto da Jacuzzi.

— Muito melhor. Dei uns mergulhos e agora estou apenas relaxando — respondi. Eu estava em desvantagem, sentada em uma posição bem inferior a deles, quando Jack se agachou, apoiando-se em seus calcanhares.

— Oi, Sheridan. Isso é bem Hollywoodiano. Jacuzzi, luar, vista da cidade... — observou ele.

— Jatos de água estrategicamente posicionados para minha diversão — contestei, piscando para ele enquanto Holly bufava atrás dele.

— Ai, Grace, você é uma figura — disse ela, rindo.

— Verdade. Eu *sou* uma figura. Agora me passe a toalha. Estou enrugando aqui — disse. Holly obedeceu e depois se sentou em uma cadeira, tirando seus saltos altos — Então, o que vocês vão fazer hoje à noite?

– perguntei, pegando na mão que Jack me ofereceu para me ajudar a sair da água.

Ele me deu a toalha, mas não antes de eu reparar que ele estava olhando para o meu biquíni preto de corrida. Não era tão vistoso quanto um biquíni, mas, fala sério, eu não estava lá para fazer a capa de *Sports Illustrated*. O jeito que ele olhava para minhas pernas torneadas, abdômen definido e braços fortes, poderia até achar que aqueles treinos estavam dando certo. Sacudi meu cabelo longo, apertando para tirar a água antes de me secar com a toalha e me sentar na cadeira próxima à Holly. Jack se sentou na nossa frente para conversarmos.

Eles tinham ido a um jantar da revista *People* naquela noite, e Jack era meio que um sucesso. Consegui perceber, depois da conversa dos dois, que este filme era mais importante do que eu imaginava, e ele estava recebendo bastante falatório. Eles passaram quase a noite toda conhecendo pessoas da indústria e fazendo *networking*.

Isso foi o que fez Holly ser tão boa em seu trabalho. As pessoas se esquecem de que se chama show *business* por uma razão, demanda-se muito trabalho para lançar uma carreira corretamente. Muitas vezes, um jovem talento participa de um filme famoso e depois, sem o correto acompanhamento, ele se torna a notícia do ano passado. Holly era boa em garantir que os atores que ela gerenciava trabalhassem em projetos que os desafiassem criativamente, bem como se tornassem comercialmente bem-sucedidos. Para isso, era necessário conquistar espaço, como fizeram nesta noite.

Enquanto Jack fazia piadas sobre algumas pessoas engraçadas que eles conheceram e sobre a comoção com o filme *Tempo*, que eu estava começando a ver que era inevitável, senti que ele não estava muito confortável com isso tudo. Apesar de tudo, isso era bom — muitas pessoas se levam muito a sério, e acabam se queimando rapidamente.

Holly estava começando a contar histórias sobre quando nos mudamos pela primeira vez para Los Angeles há anos, e eu soube que não ia demorar para que ela me deixasse envergonhada.

– Então, lá estava Grace, cantando aos gritos para este diretor. Ela estava convencida de que iria conseguir o papel. Ela estava dando tudo o que tinha, quando terminou, parou no meio do palco, parecendo que merecia um Tony por esta performance – pausou ela, olhando para mim esperando uma confirmação.

— Sim, lá estava eu, pensando que tinha arrasado. Pensando que finalmente ia conseguir um papel neste novo musical — continuei — Depois, percebi que o diretor estava vestido terrivelmente casual para esta audição. Casual demais.

— Tipo com um macacão e com um balde de produtos para limpeza e pano ao seu lado — grita ela, jogando-se no ombro de Jack, gargalhando.

— O quê? Por que o diretor estava vestido daquele modo? — perguntou ele.

— Porque ele não era o diretor, ele era...

— O zelador — terminei, escondendo meu rosto em minhas mãos.

— Grace fez a melhor audição de sua vida para um maldito zelador! Ela estava tão envergonhada que saiu correndo do palco em direção ao seu carro e sumiu antes que alguém pudesse saber o que havia ocorrido! — arquejou ela, rindo.

— Mas aposto que ele ficou completamente entretido — lembrei.

O telefone de Holly tocou, interrompendo o momento, e ela pediu desculpas e saiu para atender à ligação, rindo. Tremi um pouco por causa da brisa noturna, ainda com minha roupa de banho.

— Você devia tirar essa roupa molhada. Vai acabar pegando um resfriado. Bom, preciso ir embora — disse Jack, levantando-se para me dar outra toalha.

— É, está ficando tarde. Te levo até a porta — respondi, ficando em pé ao seu lado.

Ele colocou a toalha em volta dos meus ombros e os esfregou um pouco para me aquecer. Passamos pela Holly, que ainda estava ao telefone, e ela lhe deu um beijo e mexeu os lábios dizendo: "Me liga amanhã".

— Então, Sheridan. Quer dizer que você é uma cantora, é? — perguntou ele.

— Sim, já cantava antes de começar a atuar — suspirei ao caminharmos pela casa até a porta da frente.

— Por que você diz assim como se isso te deixasse triste? — perguntou ele, virando seu rosto para mim.

— Isso não me deixa triste. Só não canto tanto como eu costumava e, às vezes, sinto falta disso. Na verdade, vou começar a cantar novamente em alguns bares em breve — na próxima semana, na realidade – sorri em antecipação.

— Bem, não se esqueça de me falar o dia. Eu adoraria te acompanhar — disse ele, olhando abaixo do meu rosto.

Lembrei-me que estou apenas com uma toalha e com minha roupa de banho e decidi então encher um pouco o saco dele.

– Hamilton, você quer *me ter* como companhia? – provoquei, com uma forte implicação no ar ao levantar minha mão e dar um tapinha em seu rosto. Ele estreitou seus olhos para mim.

– Hmmm... – disse ele, e abriu a porta da frente.

– O que isso significa? – sorri. *Não corra atrás, não corra atrás.*

Ele se virou mais uma vez, dando-me uma olhada pensativa.

– Hmmm... –repetiu ele e me deu uma piscada.

– Boa noite – disse, quando ele começou a sair.

– Boa noite, Sheridan – falou ele, dando as costas. E depois ele sumiu.

Fechei a porta e fiquei parada encostada nela por um minuto, apenas pensando no "Hmmm...". Afastei-me dela e levei um susto ao ver Holly me observando da outra sala.

– Hmmm? – sorriu ela.

– Não acontecerá nenhum "hmmm", pode ter certeza. Ele é meu novo amigo. Só isso. Ele tem 24 anos, pelo amor de Deus! – declarei, ao passar por ela em direção às escadas.

– Sabe que um "hmmm" lhe faria muito bem! – gritou ela atrás de mim.

Isso não deixava de ser verdade.

quatro

Acordei me sentindo um pouco desorientada. Minhas costas estavam duras e percebi que havia pegado no sono na poltrona perto da lareira, na sala de estar. Estiquei-me, escutando os tendões no meu pescoço estalarem, até que percebi que Holly estava sentada na minha frente com um sorriso igual ao do Gato de *Alice no País das Maravilhas*.

— Oi, e aí? — perguntei, aconchegando-me novamente por baixo da coberta que tinha me enrolado na noite passada enquanto eu lia.

Enquanto lia — ah não.

— Não te disse? Até que parte chegou? – perguntou ela com uma expressão confusa, olhando explicitamente para as revistas espalhadas por todo o chão perto de mim.

Tentei me arrastar para mais embaixo da coberta enquanto ela apontava para mim me acusando, e eu finalmente virei meus olhos e segurei minhas mãos, rendendo-me.

— Está bem, beleza, te conto. É brilhante e estou totalmente viciada. Estou *apaixonada* pelo Cientista Supersexy! – admiti, ficando corada ao pensar nas partes que li ontem à noite. Joshua tinha acabado de chegar ao século 19 em Paris, e estava envolvido em algumas "relações internacionais" um pouco intensas com uma mulher jovem, que trabalhava numa chapelaria. Não sabia até qual ponto esta história chegaria, mas estava curtindo. Talvez tenha até imaginado um certo Senhor Hamilton no papel de Joshua e isso me fez ficar ainda mais vermelha.

— Ai, ai – disse ela. – Espera até você chegar na parte em que ele a pega e a empurra contra...

— Holly! Assim não vale! Me deixe ler sozinha. Com a velocidade com que estou indo, termino até o final da semana – levantei um dedo em sua direção e o mexi.

— Não vou te contar nada... mas prometa que vai me falar em qual parte está – implorou ela.

— Fechado – murmurei, conforme ela saía do quarto, radiante.

★ ★ ★ ★

Mais tarde naquele dia, estava terminando uma corrida no Parque Griffith. Passei o restante da manhã tentando trabalhar, mas não conseguia ficar longe daqueles malditos contos. Já estava no terceiro conto e perdida neste novo vício. Às 15 horas, era óbvio que não ia mais conseguir trabalhar, então decidi correr um pouco. Tinha sorte que meu trabalho permitia que eu tivesse um horário flexível e eu trabalhava, principalmente, de casa. Depois de sair de Los Angeles, voltei para a faculdade e consegui um segundo diploma em *design* instrucional. Criei e projetei programas e materiais de treinamento e tive sorte de conseguir trabalhar como *freelancer*. Este trabalho era algo que gostava e era boa, apesar de não ser tão gratificante quanto atuar. Enquanto corria, pensava em como estava feliz aqui e como consegui voltar para cá.

Quando vivi em Los Angeles na primeira vez, estava focada apenas em o quê a fama poderia me trazer. Queria a atenção, o dinheiro, o estilo de vida — ao invés de me concentrar no trabalho, na técnica. O que eu percebi desde então é que, naquela época, tudo o que queria era reconhecimento, olhando para fora ao invés de olhar para dentro. Eu raramente me soltava, quase nunca conseguia confiar verdadeiramente em mim ou em quem estivesse comigo no palco. Tive raros momentos de honestidade no palco, mas eles foram tão fortes e carregados de emoção que rapidamente segui em frente para bases mais seguras. Eu falava uma frase de conclusão ou acabava tudo, desprendendo-me do momento e voltando ao que sabia fazer. Ser engraçada e bonita, mas não verdadeira.

Quando voltei para casa, estava envergonhada. Tinha fracassado pela primeira vez na minha vida, realmente fracassado. Odiava aquilo, mas não o bastante para lutar por isso. Continuei a engordar e estava quase irreconhecível para qualquer um que me conhecia. Isso foi acontecendo durante diversos anos, não tinha percebido como minha vida havia se desenrolado e qual direção ela tinha tomado. Tive sorte o bastante, quando voltei a estudar, em encontrar algo em que era boa o bastante. Quando terminei a faculdade pela segunda vez, os empregos que conseguia me davam o luxo de poder trabalhar de casa e me encasulei lá.

Holly e eu mantivemos contato, mas raramente nos víamos. Tinha alguns amigos com quem passava um tempo, e saía de vez em quando com alguns garotos, mas não tinha ninguém em especial. Para alguém que tinha frequentado tantas festas quanto uma estrela do rock e que nunca quis uma amizade masculina, eu tinha eficazmente acabado com aquela parte da minha vida. É como se eu tivesse me tornado dormente... lá embaixo. Antes eu tinha uma vida sexual super agitada e um desejo enorme, mas quando comecei a ganhar peso, não tinha mais aquele desejo. Tudo bem, corrigindo: eu tinha desejo, mas eu relutava em deixar alguém me tocar. Com o tempo, aquela parte de mim apenas dormiu. Tornei-me uma mera carcaça do meu antigo eu e nem mesmo sabia disso.

Tudo mudou quando minhas amigas me levaram para sair no meu aniversário. Mantive contato com diversas amigas do ensino médio, e ocasionalmente nos encontrávamos para jantar e tomar uns drinques. Elas sempre me faziam contar sobre a empolgante vida que tive na Califórnia, durante aqueles dezoito meses, e era divertido. Ainda havia um pouco de loucura em mim, e às vezes eu conseguia me soltar, embora cuidadosamente. Elas haviam me surpreendido com ingressos para assistir *Rent* e, apesar de fazer anos desde a última vez em que havia visto uma peça ou um musical de qualquer tipo, fiquei feliz delas terem se lembrado do quanto eu amava a trilha sonora de *Rent*. Eu nunca tinha visto o musical e achei que seria uma noite interessante. Mas interessante seria um eufemismo.

Desde o momento em que entrei no teatro, ao ver o palco, até encontrarmos nossos lugares no mezanino, minha pele estava formigando. Meus sentidos estavam aguçados, minha respiração estava acelerada e eu estava, na verdade, um pouco tonta. E aí as luzes se apagaram.

Tem um sentimento, uma eletricidade que acontece no teatro. Há uma conexão entre os atores e o público, que é palpável. Quando as luzes se acenderam novamente, vi a banda no palco e senti a música começar a vibrar em mim — estava impressionada. Fiquei tensa e quando reconheci a música de abertura, senti lágrimas começando a se formar em meus olhos. Antes de uma nota ter sido cantada, antes de uma palavra ter sido dita, estava perdida naquele momento. E comecei a chorar.

Era como se tudo que faltava na minha vida tivesse se tornado meu foco, e eu não conseguia mais me esconder disso. Eu segurei o braço da cadeira, quando soluços silenciosos começaram a atormentar meu corpo. As lágrimas estavam caindo, mas eu estava cheia de um sentimento de felicidade, de êxtase, de pertencimento. Não conseguia parar o sorriso que se abria de orelha a orelha. Era mágico. Era o mais próximo de uma experiência religiosa que eu já havia tido. Em um certo ponto, minha amiga ao lado tentou me perguntar algo, mas eu apenas mexi minha cabeça. Não conseguia tirar meus olhos do palco. Sabia que era isso que devia estar fazendo na minha vida, e não via a hora de começar a viver novamente.

Após aquela noite, era como se eu tivesse uma mão me empurrando, constantemente me jogando para frente. Fui para casa, me olhei no espelho e chorei com o que vi. Não muito por causa do peso, mas porque a mulher que me olhava não tinha mais o brilho, a loucura que eu amava em mim. Chorei pelo tempo que perdi. Chorei por ter deixado as coisas ficarem assim por tanto tempo. Chorei pela vida que havia perdido por tanto tempo. Então, depois que parei de chorar, fui trabalhar.

Contratei um *personal trainer* no outro dia e me dediquei a mudar por fora. Também comecei a falar com um terapeuta para mudar por dentro. Fiz aula de atuação no teatro local e estava totalmente feliz. Estava empolgada em voltar a ter a companhia de pessoas criativas novamente e me joguei em toda cena, todas as críticas e todos os exercícios como se fosse meu emprego. Aí, em uma noite, fui sozinha para um bar que estava patrocinando uma noite aberta ao público. Fui até o palquinho com minha partitura, que dei para o músico. Cantei minha música, escutando minha voz soar forte e clara pelo bar e me senti completa. Senti como se tivesse voltado para casa.

Comecei a me abrir e a me divertir novamente. Depois que perdi peso, minha confiança voltou e me tornei refamiliarizada com o poder que aquele tipo de confiança trazia a uma mulher. Sai em diversos encontros, e a primeira vez em que convidei um homem para minha casa… bem, vamos dizer que foi outra experiência religiosa. Por que eu me privei de tudo por tanto tempo? Eu me regozijei com a minha recém-acordada sexualidade e, embora tenha tomado cuidado, eu certamente aproveitei.

Eu era, com certeza, mais agressiva do que antigamente, e estava contente em saber que ainda era muito boa de cama.

Após quase dois anos de autodescoberta e trabalho, estava pronta para fazer outra grande mudança. Visitei Holly em Los Angeles e, no final do primeiro dia, ela já tinha me convidado para morar com ela. Estava pronta para me mudar novamente e começar uma nova vida. Sabia que podia continuar trabalhando como consultora, não importa onde morasse, e isso apenas pareceu o certo a se fazer. Pensei sobre a oferta dela por sete segundos e depois concordei. Estávamos empolgadas em passar tempo juntas novamente. Sabia que morar com ela seria tão divertido quanto na primeira vez e, com certeza, foi. Ela realmente é minha melhor amiga, minha irmã, eu faria qualquer coisa por ela. Ela também conhece minhas desculpas esfarrapadas e nunca me deixa sair impune por elas. É impossível não amá-la por isso.

Quando voltei, alonguei-me um pouco da corrida e depois entrei no carro. Abaixei o teto do carro enquanto eu tomava um longo gole da minha garrafa de água. Olhei para meu celular e vi que tinha algumas mensagens, as primeiras eram de Holly, pedindo para que eu passasse no restaurante chinês quando estivesse voltando.

A segunda era de Nick me perguntando se eu gostaria de sair para dançar na próxima noite. Seu bar favorito em West Hollywood tocava todas as músicas dos anos 1980 em algumas noites, e era o melhor para dançar.

A terceira era de um número que eu não reconhecia:

"Sheridan, *Os Garotos Perdidos* está passando na TNT hoje à noite. Eu sei o quanto você deseja Haim".

Ri quando li a mensagem, pois sabia que havia apenas um número desconhecido que poderia ter me enviado este texto. Eu rapidamente respondi para ele:

"Hamilton, já programei pra gravar e aí eu posso me 'desejar' quando bem quiser".

Conectei meu iPod e estava escolhendo algumas músicas para ouvir dirigindo quando meu telefone vibrou, alertando-me de uma nova mensagem:

"Sheridan, estou preocupado com você... acho que você precisa se apaixonar por uma nova celebridade, alguém mais jovem, talvez. Mais charme e menos drogas".

Senti meu coração se acelerar um pouco. Ele era fofo *e* engraçado. *E tem 24 anos, Grace, vinte e quatro!*

Então, pensei no cabelo dele, aqueles cachos lindos, e aqueles olhos verdes. Pensei em como ele ficava quando mordia seu lábio inferior. Ah, foda-se.

"Hamilton, estive pensando encontrar para alguém novo para meus 'sonhos'. Alguma sugestão?"

Escolhi minha música e, antes de sair do estacionamento, recebi outra mensagem:

"Sheridan, consigo pensar várias sugestões... mas antes, uma pergunta. Ainda topa o encontro?"

Ri alto e lhe enviei outra mensagem:

"Hamilton, claro que sim, mas terei que ser carregada".

Ele respondeu em menos de um minuto:

"Um brinde a suas pernas pro ar, Grace..."

Droga, ele me chamou pelo meu primeiro nome.

cinco

Após voltar, tomei um banho rápido para tirar o cheiro de cê-cê. Quando terminei, voltei para a cozinha e encontrei Holly esquentando a comida que tinha buscado para o jantar.

— Como foi seu dia, querida? – perguntei, dando um beijinho em sua bochecha e fazendo uma voz de dona de casa dos anos 1950.

— Foi agitado. Estou feliz de estar em casa. Vi que você teve um dia produtivo – respondeu ela, acenando para a revista que estava no congelador, quando ela tirou a garrafa de Absolut.

Ri e disse:

— Tive que escondê-la. Estava me deixando louca! Tentei escrever protocolos de treinamento a tarde toda e as revistas ficavam me chamando. Eu, por fim, tive que pô-las de lado.

Peguei a jarra de azeitonas e comecei a misturar dois *dirty martinis*.

— Até qual parte você leu? – perguntou ela, ao pegar, agradecidamente, o drinque que dei para ela.

— Hmm, deixe-me pensar. Ele estava conversando com seu assistente sobre fazer algumas modificações na máquina do tempo. Eu adoro o Isaac.

— Espera para ver o ator que foi escolhido para interpretá-lo no filme. Muito gato – riu ela, tomando um gole de seu drinque e ficando um pouco arrepiada.

— Quanto tempo até o jantar ficar pronto?

— Ah, acho que uns vinte minutos.

Era tempo suficiente para eu pegar minha revista do congelador novamente e me posicionar na sala de estar para uma leitura rápida antes do jantar.

Não demorou muito antes que eu gritasse:

— Espera... o quê? Sua máquina do tempo quebrou? Ele está preso no Egito antigo! Ele não pode voltar? — levantei rapidamente e sai correndo até a cozinha com uma expressão de pânico. Holly estava colocando toda a comida na mesa.

— Grace, relaxa — acalmou ela.

— Mas e a Penelope na primeira história? Ele vai voltar para vê-la? Ele vai voltar para a sua própria época? E... — balbuciei, e percebi que estava muito envolvida na história. Tentei desnortear um pouco — É que, acho que ele devia ter pensado nestes tipos de infortúnios antes. Não sei. Tanto faz. — disse com tom de indiferença ao me sentar e começar a mordiscar um rolinho primavera, tentando parecer desinteressada — Estou pensando se quando ele voltar, *se* ele voltar... — arrisquei, olhando de lado para Holly, tentando conseguir alguma informação dela.

— Ah, esquece. Não vou te contar — disse ela, virando seus olhos — Você disse que não queria que eu te contasse. Você terá que ler e descobrir.

Sentei quieta por alguns minutos, engolindo meu rolinho primavera, tentando descobrir qual seria minha próxima tática.

Ele não podia realmente estar preso lá, apesar de que a ideia de Joshua encontrar a filha de um faraó traz possibilidades intrigantes. Talvez se eu pedir docemente, ela pelo menos me diria se...

— Pode parar de pensar em estratégias, idiota. Não vou te contar nada — disse ela novamente, sorrindo com a boca cheia de macarrão ao alho.

Fui pega.

— Cara, você é uma merda. Eu com certeza te contaria — respondi.

— Até parece que você contaria! Lembra quando eu estava no hospital com pneumonia e não podia assistir *Sex and the City* até uma semana depois da estreia? Te perguntei diversas vezes se Carrie e Big tinham se casado. Você se lembra do que me disse? — disse ela, me imitando.

— Não — respondi, ficando evidentemente mais interessada em meu prato de vegetais.

— Você disse que não me diria de modo algum, que me amava muito para não deixar que eu descobrisse sozinha. É a mesma coisa. Azar o seu — disse ela, vitoriosamente.

— Tudo bem. Tanto faz. Não me importo tanto assim. Provavelmente nem vou terminar de ler — murmurei, engolindo meu Martini.

— Tanto faz, Grace, você está na mão do Joshua agora. Como todas nós — disse, contendo o riso. — De qualquer modo, falando sobre o Cientista Supersexy, — continuou ela — Jack entrou em contato contigo hoje? Ele pediu seu telefone. Não vai me contar não?

— Sim, conversamos por SMS. Fiquei pensando onde ele tinha conseguido meu telefone. Quando ele te pediu? — perguntei, tentando novamente não mostrar muito interesse.

— Ele ligou no meu escritório hoje e usou seu encanto na minha assistente para que ela desse o número para ele. Juro, aquele cara consegue praticamente tudo que quiser agora. O tempo inteiro tem gente ligando no meu escritório para agendar entrevistas, planejar promoções... até mesmo donos de bares o querem nas noites. Ele está bem próximo de estourar — suspirou ela, comendo ruidosamente mais macarrão.

— Ele está pronto para tudo isso? Porque isso é muito para alguém tão jovem — acrescentei.

— Claro, ele está pronto. Tão pronto quanto qualquer outra pessoa. Ele tem um bom coração e é muito inteligente. Estamos trabalhando muito para garantir que isso tudo seja gerenciável e que ele não seja apenas explorado pelos quatro cantos da cidade. Além disso, ele está se divertindo e estamos recebendo propostas para alguns projetos interessantes. Isso o deixa feliz — respondeu ela — Falando sobre se divertir, o que está rolando entre vocês dois? E não fique jogando comigo, senhorita. Te conheço melhor do que isso.

— Holly, eu acabei de conhecê-lo! Ele parece um bom menino, e você sabe que eu sempre gostei de conhecer as pessoas que você representa. Ele é engraçado — protestei, me afastando da mesa e colocando meu prato dentro da pia.

— Sim, veremos — riu ela, me acompanhando.

— Holly, fala sério! Se o que você está dizendo for verdade, este cara pode conseguir quem ele quiser e provavelmente faz isso. Com todo aquele *buffet* de meninas jovens à disposição, por que ele iria querer alguém igual a mim? Estou curtindo ter um novo amigo, mas vamos deixar só nisso. Além disso, acho que ele é um pouco jovem para mim — respondi, começando a ficar um pouco agitada, sem saber o por quê.

Porque você de fato acha que ele é muito jovem para você e isso está te deixando louca.

— Tudo bem, nervosinha, relaxa. Quer dizer então que você não gosta dele nem um pouquinho? Fala a verdade, Grace – disse ela, me cercando no canto perto da lava-louças.

— Não gosto dele – debati – Bem, talvez eu tenha uma miniqueda. Um "tropeço"– admiti, rindo – Mas é apenas por causa de Joshua – acrescentei, sabendo que aquilo não era totalmente verdade.

— Ah, bem, caramba — até eu tenho uma queda por ele inspirada em Joshua. Como você não teria? – suspirou ela, ficando com uma cara quase de cachorro pidão.

Com isso, sabia que a discussão havia terminado e estava ansiosa para voltar à minha leitura. Ajudei Holly a limpar a cozinha e conversamos sobre nossos planos de irmos dançar com Nick na próxima noite.

Peguei minhas revistas e as levei lá para cima, avisando Holly que iria dormir mais cedo. Após lavar meu rosto, coloquei minha velha camiseta polo branca. Durmo com ela desde a faculdade. Aconcheguei-me sob meu edredom e mergulhei novamente, determinada a descobrir o que diabos aconteceu com o Joshua.

★ ★ ★ ★

1:30 da manhã.
Eu ainda estava lendo.
Parei apenas uma vez para descer e pegar um pouco de café, praticamente corri para voltar à história. Eu estava muito viciada e envolvida na série. Tão envolvida que levei um susto quando meu telefone tocou na cama perto de mim. Era Jack. Ai, ai...

— Sério? – murmurei, tentando esconder a felicidade na minha voz.

— Sheridan! Está acordada? – riu com um tom baixo.

— E se eu não tivesse? Você sabe que horas são? Alguns de nós dormem à noite – respondi, virando para o lado.

— Ha ha. Não parece que você estava dormindo. Na verdade, você parece bem acordada, quase agitada. O que está aprontando? – perguntou ele. Podia ouvir ruídos ao fundo.

— Bem, você me pegou. Eu *estou* acordada. E estava lendo – sorri ao telefone.

— O que está lendo? – perguntou ele.

Merda.

Não querendo levar um sermão por ler estas histórias, meus olhos se moveram pelo quarto e finalmente encontraram outro livro no meu criado-mudo.

— *A História do Sal* – respondi, virando meus olhos assim que disse isso.

A História do Sal, *Grace?*

— *A História do Sal*, Grace? Uau, parece... horrível. Por que está lendo essa merda? – riu ele.

— Ei, é muito bom. Você sabia que o sal já foi usado como moeda antigamente? Muitas cidades europeias grandes foram fundadas perto de uma mina de sal. Essa é uma boa informação para se ter – retruquei, arrumando-me em meu travesseiro. Consegui escutar mais barulho no fundo.

— O que você está fazendo? Que som é esse? – perguntei.

— Desde a outra noite tenho tido desejos por salgadinhos e torradas – riu ele.

— Bem, guarde os salgadinhos de trigo para mim. São meus favoritos – ri novamente, engolindo um bocejo.

— Então, devemos falar sobre o quê? – perguntou com uma boca cheia do que eu presumi serem torradinhas.

— Ei, foi você quem começou esse *booty call*, me diga você. E não fale de boca cheia, é falta de educação – provoquei.

— *Booty call*? É isso o que você acha que é? – perguntou ele, zombando.

— Deixe-me te explicar algo, Hamilton. Nos Estados Unidos, quando um cara liga para uma garota no meio da noite, *principalmente* quando eles acabaram de se conhecer, quase sempre é um convite ao sexo: um *booty call*– disse, inexpressiva.

— Eu sei disso, Sheridan, e se eu entendo como a coisa funciona, minha intenção seria ir aí e me dar bem, certo? – perguntou ele.

— É. Essa é a ideia geral. - respondi, revirando o estômago, que havia virado residência permanente borboletas naquele momento.

— Bem, você está sendo muito arrogante. Quem está sendo mal educada agora? – provocou ele, fazendo eu me sentir meio boba.

— Há, Eu... hmm... – me esforcei para terminar a frase. Mas não consegui nada. Houve uma longa pausa.

– Talvez eu tenha ligado apenas para conversar *com* sua bunda – disse ele, por fim.

– *O quê?* – ri alto.

– Acalme-se, vai acabar acordando a Holly – advertiu ele – Fala sério, me deixa falar com sua bunda, Sheridan. Esta será uma *verdadeira booty call* – riu ele.

– Você tem merda na cabeça – zombei, tendo dificuldades em conseguir rir baixo no meu quarto.

Conversamos por mais alguns minutos, sendo que a maior parte do tempo ele ficou implorando para falar com minha bunda, e eu constantemente me recusei a permitir. Comecei a bocejar novamente no final, e ele percebeu.

– Quais são seus planos para amanhã? – perguntou ele, quando eu colocava minha revista em outro canto e desligava meu abajur no criado-mudo.

– Ah, nada em especial. Vou fazer ioga de manhã e depois vou encontrar com Holly para tomar café e trabalhar nas composições que estou fazendo em seu *showcase*.

Frequentemente, agentes e gerentes apresentam *showcases* para novos talentos a fim de introduzi-los aos diretores de elenco. Holly os realizava quase duas vezes por ano, dependendo do quanto ela se aprofundava em um novo talento. Ela concordou em me trazer como cliente novamente, e estávamos no processo de testar parceiros de cena para trabalhar junto comigo.

– Ah, você está nisso? Ela mencionou que estava preparando algo. Que horas você vai encontrar com ela? – perguntou ele.

– Vou passar no escritório dela às 11h30 – respondi.

– Bem, então, vou te deixar dormir um pouco, Sheridan. Adorei nossa *booty call*. Foi bom para você? – sorriu ele.

– Minha nossa, claro – ri – Acho que não conseguirei andar de manhã. Ainda bem que tenho ioga. Posso trabalhar algumas coisas.

Nos demos boa noite e desligamos, e eu me aconcheguei ainda mais fundo nas minhas cobertas, pensando em Jack. Ele era engraçado, malicioso e perigosamente bonito. Minhas mãos encontraram o caminho até o fundo da minha polo e deslizaram por baixo. Meus dedos passaram pelo meu estômago, por cima, até que tocaram as saliências suaves de meus seios. Pensei sobre o lábio inferior de Jack e como ele o mordia.

Por que os lábios dele te excitam tanto?

Meus mamilos imediatamente se endureceram quando pensei em como seria tê-lo por cima de mim, mordendo aquele lábio perfeito. Como seria ter seu cabelo encostado na minha barriga quando ele me desse beijinhos no seu caminho até a minha...

Vá dormir, Grace. Isso não está ajudando.

Minha professora interior interrompeu meu sonho logo quando estava ficando bom. Coloquei minhas mãos seguramente sobre as cobertas, fechando meus punhos para tirar um pouco da tensão.

Eu precisava de um alívio. E logo.

ns # seis

Acordei cedo e fiz um rápido café da manhã para mim e para Holly, enquanto ela se arrumava para trabalhar. Já que meus horários eram muito mais livres do que os dela, tentei ser uma boa hóspede e mantive-a bem alimentada. Misturei uma salada de frutas e a adicionei numa taça com iogurte de baunilha. Quando ela começou a descer as escadas, eu rapidamente coloquei para ela um copo de café de pistão, com a quantidade correta de leite e dois cubos de açúcar — do jeito que ela gosta.

— Maldita, você está me mimando. Eu acho que finalmente terei que contratar uma empregada quando você se mudar – brincou ela, sentando-se na mesa do café da manhã e bebendo seu café perfeito.

— Você pode fazer isso ou pode se casar com um homem que não trabalhe. Aí você terá sua casa limpa *e* sua xoxota ficará contente, tudo em uma só tacada – acrescentei, começando a me alongar antes da minha aula de ioga.

— Minha xoxota não saberia o que fazer se um homem se aproximasse – suspirou ela, olhando tristemente para sua salada de frutas – Você tem falado com seu empreiteiro ultimamente? Não que eu queira que você saia daqui. Adoro te ter aqui – continuou ela.

— Sim, na verdade, vou na casa nesta sexta-feira para ver como está o andamento. Parece que as coisas estão indo conforme o planejado. Vou sentir falta de ser sua *roommate*, mas não vejo a hora de ter minha casa de novo – respondi, pensando afetuosamente sobre meu novo lar.

Tinha vendido minha outra casa e estava reformando meu novo lar aqui. Quando decidi voltar para Los Angeles, vinha pelo menos uma vez por mês para procurar casas com a Holly. Naquela época, ela era um anjo que caiu do céu, conferindo as propriedades que eu tinha visto na internet para que pudéssemos garantir que, quando estivesse lá, otimizássemos nosso tempo juntas e evitássemos roubadas.

 Juntei dinheiro durante anos, e não tive muito onde gastar. Também tive uma sorte inesperada que veio na forma de herança de uma tia-avó que eu mal conhecia, por isso tinha dinheiro o bastante para enfrentar o mercado imobiliário de Los Angeles. Eu finalmente encontrei exatamente o que procurava em um bangalô californiano mais ou menos pequeno ao lado de Laurel Canyon. Tinha uma estrutura ótima e um lindo jardim velho que precisava de uma boa reforma. Não via a hora de me mudar. Tinha um empreiteiro e uma equipe de profissionais trabalhando dia e noite tentando prepará-lo para mim. As paredes foram removidas, as árvores e os arbustos foram limpos, os pisos foram recolocados; adorava uma reforma. Esperava me mudar provavelmente no próximo mês.

 — Por sinal, essa é uma fruta gostosa, é da feira? — perguntou ela, lançando um mirtilo.

 — Sim, fui outro dia e abasteci. Falando sobre frutas, ainda vamos dançar com o Nick hoje à noite? — perguntei, prendendo meu cabelo em um coque apertado no topo da minha cabeça.

 — Ah, claro. Não vejo a hora de dançar por toda a West Hollywood hoje à noite. Estou canalizando a minha bruxa interior — respondeu ela, mexendo seu bumbum lá na cadeira mesmo.

 — Vai ser divertido, apesar de não ter permissão para beber muito hoje à noite. Interrompa-me depois de dois drinques. Talvez três — adverti ela.

 — Fechado. Não quero que você fique toda acabada de molho o dia inteiro amanhã — concordou ela, terminando seu café e pegando sua bolsa para ir trabalhar. Inclinei-me para lhe dar um beijo na bochecha.

 — Sem ficar molhada, entendi. Te amo, sua vaca. Te vejo às 11h30 — disse, colocando os pratos na pia.

 — Você é uma besta. Eu também te amo — disparou ela, saindo para ir ao trabalho.

★ ★ ★ ★

 Depois de uma aula de ioga exaustiva, tomei banho e me preparei para ir à academia. Coloquei uma calça limpa de ioga preta e um corpete branco novo, depois coloquei um agasalho rosa choque na minha cintura e achei que caiu bem. Holly e eu íamos sair para tomar café, então não achei que precisasse me vestir superbem.

Sua empresa estava em um novo espaço perto de Wilshire. Era próximo a todos os museus e ao La Brea, perto de onde havíamos dividido nosso primeiro apartamento. Era possível ver até mesmo o prédio do E! da janela. Ela dizia que isso lhe ajudava a manter o foco durante o dia.

Depois de estacionar, andei pelo saguão e fui até seu escritório no décimo quinto andar. Ela possuía metade do andar e quando entrei na recepção, vi Sara, sua assistente, na mesa da entrada. Ela era jovem, bonita e meiga — um pouco agitada, mas gentil. Falando em agitação, ela parecia especialmente agitada nesta manhã.

– Oi, Sara – comecei, antes dela dar um gritinho e se virar.

– Oh, Grace! *Mil* desculpas. Não ouvi você entrar. Não pareço eu mesma hoje – balbuciou ela, parecendo que ia fazer xixi nas calças.

– Não tem problema. O que está acontecendo? Você parece estar pirando um pouco.

– Pareço? Saco, estava tentando manter a compostura– suspirou ela, sentando-se novamente na sua mesa e depois batendo sua cabeça nela.

– Ei, ei! Pare com isso! Quem está aqui? – hesitei, sabendo que devia ser por isso que ela estava gritando. Sara tinha uma tendência de ficar um pouco chocada com estrelas. Uma vez uma famosa estrela do cinema veio para uma reunião com Holly, e ela surtou na recepção, fazendo-se de besta. Ela até mesmo tropeçou e caiu de cara num vaso de samambaia. Holly estava trabalhando para melhorar seu autocontrole, que era o que ela precisava, principalmente se quisesse continuar tendo uma carreira na indústria. Achei engraçado quando soube que Holly estava repreendendo alguém sobre controle, pois uma vez eu a vi perseguindo Donnie Wahlberg pelo estacionamento de uma lanchonete para pegar um autógrafo. O New Kids era com certeza seu calcanhar de Aquiles.

– Seu novo namorado, ele é quem está aqui! Quase morri quando ele pediu seu telefone no outro dia. Como você fisgou Jack Hamilton? – perguntou ela, sem acreditar, enquanto eu bufava.

Droga, você tem mesmo que começar a usar umas roupas melhores quando vier aqui.

– Primeiramente, eu não 'fisguei' nada. Nada foi fisgado, ninguém está fisgando nada. Segundo, eu mal o conheço – garanti a ela, tentando não deixar tanto na cara ao passar minha mão no meu cabelo, afofando meu rabo de cavalo.

— Sheridan, fiquei magoado. A minha *booty call* não teve nenhuma importância para você? — escutei uma voz adorável ridícula dizer atrás de mim.

Antes de me virar, Sara disse as palavras *"Booty Call?"* para mim silenciosamente, e eu mexi minha cabeça — Cala a boca — retruquei e me virei.

Puta merda, como ele é bonito.

Jack estava vestindo um jeans claro com os mesmos Doc Martens que ele usou naquela noite. Sua camiseta branca e suéter cinza estavam tão apertados que me permitia ver por baixo deles seu corpo magro, porém sarado, desleixado o bastante para não parecer que era de propósito. Graças a Deus, ele não estava usando aquele boné de beisebol do demônio, e aqueles cachos estavam implorando para que eu passasse meus dedos por eles. Juro, implorando. Ele sorriu para mim descaradamente e eu não consegui resistir, sorri de volta.

— Ah. Que surpresa te encontrar aqui — provoquei — Lembro-me de ter te dito que eu tinha uma reunião com a Holly nesta manhã. Coincidência?

— Sheridan, que bobeira. Você está insinuando que eu vim aqui apenas por que esperava esbarrar em você? Eu também tinha uma reunião aqui — provocou ele.

— Isso é mentira, seu perseguidor — fui direta, me aproximando dele. Ao me observar, ele levantou sua sobrancelha.

— Sério, eu tenho uma reunião. Pode pedir para Sara olhar na sua agenda — desafiou. Olhei para Sara esperando uma confirmação, ela assistindo a essa pequena troca com o mesmo interesse que ela tem por reality shows.

— É verdade, Grace. Ele tinha uma reunião antes de você — respondeu ela, tentando não se alterar novamente com a proximidade dele. Eu conhecia o sentimento. Jack me deu um sorriso convencido, como se tivesse ganhando aquele round.

— Sara, quando ele agendou esta reunião? — perguntei, sem tirar meus olhos de Jack, que, de repente, olhou para Sara demonstrando um pânico conspiratório.

— Hmm, vamos ver. Tinha um e-mail nesta manhã quando liguei meu computador — respondeu ela, ainda parecendo confusa.

— Que horas aquele e-mail foi enviado? — perguntei, com meu próprio sorriso convencido começando a se formar no meu rosto.

Sara clicou mais algumas vezes e depois disse:

— 2:07 da manhã.

— Merda — disse Jack silenciosamente, quando eu ri bem alto.

— Eu sabia! Peguei você, Hamilton! — exclamei. Estava provocando ele, mas por dentro dançava como uma imbecil.

Ele veio aqui apenas para te ver. Você está no páreo, garota.

Ele riu e passou suas mãos pelos cabelos, mordendo aquele maldito lábio inferior, quando escutei Sara suspirar audivelmente. Também tinha problemas para me controlar. Ele era um tesão. Ele sorriu encabuladamente e disse:

— Tudo bem, você me pegou. Queria te ver. Isso é tão ruim? Estou entediado e você é fascinante.

Ele estava sorrindo, mas juro que vi um olhar de nervoso se movimentar pelo seu rosto. Mas antes de eu notar, já havia desaparecido.

— Bem, estou feliz que posso te alegrar. Você também me diverte um pouco. Apesar de que, como Holly pode atestar, posso ser muito para aguentar — respondi, de repente ficando tímida.

Sara havia atendido a uma ligação telefônica durante nossa última brincadeira e acabei ficando sozinha com ele.

Eu sabia que nosso único contato físico até agora tinha sido apenas dois apertos de mão e uma superficial passada de mão através de uma toalha, quando ele me ajudou a me secar. Eu queria *contato*.

— Eu, por alguma razão, duvido disso, Sheridan. De qualquer jeito, tenho quase certeza que consigo dar um jeito — disse ele, movendo-se um pouco mais para perto.

Se eu não estivesse tão consciente da posição que ele tinha com relação a mim, eu provavelmente não teria percebido isso. No entanto, cada molécula, cada partícula, cada mancha de substância entre nós começou a sussurrar e eu sabia de tudo. Eu sabia qual era sua posição.

Pode continuar vindo para mais perto de mim, queridinho, pode continuar.

— Acho que você não percebeu o quanto eu sou louca. E ninguém "dá um jeito" em mim, Hamilton — provoquei, rastejando infinitamente mais próxima dele. Agora era eu quem estava em movimento.

— Acho que você é louca na medida certa. Adoro garotas que não batem bem das bolas.

Conseguia literalmente sentir seus olhos em mim. Conseguia senti-los se movendo pelo meu corpo. Assistia seus lábios dizerem palavras, assistia a ponta de sua língua deslizar gentilmente pelo seu lábio inferior quando ele pontuava uma frase. Ele erguia sua cabeça delicadamente para o lado e, conforme ele levantava sua mão direita para sua cabeça a fim de passar seus dedos em seu cabelo, eu finalmente notei suas mãos, seus dedos.

Deus do Céu, olha para essas mãos. Boa. Noite. Enfermeira.

A tensão estava tão forte no ambiente, que era demais. Ele era demais. Não conseguia aguentar a pressão, então entrei em pânico. A Grace sensual e no controle desapareceu e a tola de doze anos entrou em ação.

— He he, você disse bolas – gargalhei. Meu botão de autoedição agora se desligou para sempre.

Grace, sua tosca.

Comecei a rir incontrolavelmente ao observar seu rosto se mover com rangidos. Minhas risadas se tornaram gargalhadas, depois risos e, finalmente, estava doendo de tanto rir — do tipo que você parece estar com mais dor do que qualquer outra coisa. Eu estava completamente na horrível fase da risada. Graças a Deus, depois que ele observou meu jeito por um momento, ele me acompanhou.

Segurei-me nele, quase perdendo meu equilíbrio no meu estado de mente frenético. Estava rindo tanto que via estrelas e, quase no mesmo momento em que Jack começou a secar as lágrimas de seu rosto, pude também sentir as minhas caírem.

Quando finalmente começamos a voltar ao normal, percebi que ele estava me encarando com uma expressão de contentamento. Aquela que você consegue apenas depois de uma risada gostosa e bem verdadeira.

— Ah cara, você realmente não bate bem das bolas – suspirou ele.

— Não começa. Não aguento outro ataque igual a esse – comecei a rir novamente e depois parei. Encaramos-nos por um longo período, nossas respirações ainda rápidas devido à insanidade do que havia acabado de acontecer. E não apenas pela risada.

Sara saiu dos escritórios internos e disse:

— Grace, a Holly está apenas terminando uma ligação, mas ela disse para você ir lá.

Holly? Quem é Holly? Ah, claro...
Virei-me para Jack.

— Bem, foi... – comecei, quando ele me interrompeu.

— Ahã. Você tem uma reunião com a Holly para tomar café, certo? – perguntou ele.

— Sim, por quê?

— Vou ficar por aqui e quando você terminar, nós vamos sair para dar umas voltas. Certo? – declarou ele, ao invés de perguntar.

— Claro – respondi, não me preocupando em tentar inventar alguma desculpa. Comecei a ir para o escritório de Holly, mas parei para olhar para trás. Jack estava se posicionando no sofá na recepção, pegando seu iPod.

— Não vou a lugar algum, Sheridan. Agora vá até lá e faça sua reunião – ordenou ele, com aquele sorriso meio sensual. Ele estava sério.

— Tudo bem – foi tudo que consegui falar ao continuar indo para o escritório de Holly, totalmente ofuscada e confusa.

Você está tão caidinha.

★ ★ ★ ★

Andei pelo corredor, tentando me concentrar novamente. Holly me conhecia muito bem e se ela me visse toda corada, ela me encheria o saco. Recompus-me e abri a porta da sala.

— Então, vocês dois já estão transando? – perguntou ela, com um sorriso denunciador em seu rosto. O calor ardeu por todo o meu corpo, imaginando Jack por baixo de mim, com o rosto corado de paixão, aquele mesmo sorriso em seus lábios quando disse meu nome. Eu rapidamente voltei ao normal e me sentei.

— Com quem estou supostamente transando? – perguntei, tentando fingir. Ela não descobriria nada.

— Ah, me poupe. Com quem você acha que está conversando? Acabei de passar trinta minutos com ele hesitando sobre o assunto Grace Sheridan. Ele é muito transparente. Ele gosta de você. Ele te acha "legal" – respondeu ela, fazendo aspas no ar.

— Eu *sou* legal, mas isso não vem ao caso. Ele disse algo a mais?

— Não, exceto que quando mencionei que tinha uma reunião contigo hoje, ele parecia já saber disso. Então, me fala, como ele saberia disso, Grace? — provocou ela.

— Ele meio que me ligou na noite passada — respondi.

— E que horas ele te ligou? — continuou ela, examinando-me cuidadosamente.

— Hm, acho que era uma e meia da manhã — disse, quase sem conseguir respirar.

— Fala sério! Isso é uma *booty call*. Sabia! — gritou, quando tentei fazer com que ela calasse a boca.

— Cala a boca! Ele vai te escutar — sussurrei.

Seus olhos se ampliaram.

— Ele ainda está aqui? Por quê? — perguntou ela.

— Ele me perguntou se eu queria sair para dar uma volta depois que tivesse terminado contigo e eu disse que sim — disse quietamente, desejando estar em qualquer outro lugar. Ela ia me encher impiedosamente sobre isso. Meu novo amigo e eu. Meu amigo muito mais jovem que eu. Mas, apesar de tudo, ela não me importunou.

— Eu acho isso ótimo, Grace. Divirta-se... só tome cuidado! A imprensa está dando bastante destaque a ele, e seus fãs estão começando a procurá-lo. Você vai ver — advertiu ela — Mas chega desse assunto. Vamos pedir um pouco de café e começar com nosso projeto do *showcase*.

Ela apertou o botão do alto-falante no interfone da sala e ouvimos Sara rir.

— Oi, Sara, você pode ir rapidinho até a Starbucks para nós? — perguntou ela, virando seus olhos gentilmente por causa da risadinha.

— Claro, Holly, o que vocês querem? — perguntou ela, com um tom de voz alto. Ela obviamente ainda estava perdendo a cabeça lá com o Senhor Hamilton.

Você também deve estar perdendo a cabeça.

— Um *Macchiato* de soja com caramelo grande para mim. O que você quer, Grace? — perguntou ela.

— Um *Mocha* gelado grande sem gordura, sem chantilly, com três pedras de açúcar — gritei no interfone.

— Será que mais ninguém pede café normal? — escutei Jack rosnar ao fundo.

— Quieto, *Brit Boy*, – advertiu Holly – ou farei com que você seja selecionado para o elenco de High School Musical 4: o inimigo agora é outro.

Ri muito alto e depois escutei Jack dizer:

— Acho que vou ter que repensar sobre quem me representa.

Trabalhamos durante quase uma hora, planejando quais cenas eu faria. Meu companheiro de cena seria outro ator que ela estava representando e faríamos uma cena de um filme que ainda não foi lançado, no qual dois personagens se beijam pela primeira vez e mudam a trajetória de seu relacionamento para sempre. Era intenso e doce, e acho que faríamos jus a ele. A segunda cena era entre um casal que estava passando por um divórcio conturbado, e era cheia de tensão e drama. As duas cenas fazem exatamente o que um *showcase* deveria fazer, ou seja, destacar as variações emocionais de que um ator é capaz de fazer.

Ainda tínhamos que escolher as músicas, mas eu já tinha algumas em mente. Holly e eu concordamos em discutir sobre isso novamente naquela noite após eu ter reduzido minhas opções. Quando estávamos terminando, fui lembrada do presente que estava esperando por mim na recepção, e meu coração acelerou um pouco. Andamos em direção à voz de Sara, que ainda estava surtada, e eu olhei para Jack. Ele ainda estava no sofá, escutando suas músicas, do mesmo jeito que eu havia o deixado. Ele olhou para cima quando saíamos e sorriu para mim, ficando em pé para irmos.

— Nossa, Jack, o que você ainda está fazendo aqui? – perguntou Holly diretamente para ele, quando eu fiquei corada atrás dela.

— Estou tentando conquistar sua amiga aqui. E não finja que ainda não sabe de nada. Deu para ouvir vocês duas papeando lá dentro – disse ele, colocando um braço nos meus ombros e me levando até a porta.

— Te vejo em casa! – disse para Holly ao sairmos, deixando Sara e seus olhos grandes. Ela tinha finalmente parado de sorrir.

— Não se esqueça de que temos um encontro como nosso amigo gay hoje à noite, Grace! – chamou Holly depois que a porta se fechou. Quando estávamos no saguão do elevador, ele soltou seu braço e se apoiou na parede, olhando-me.

— Então, o que quer fazer? – perguntou ele.

— Ei, garoto, esta ideia foi sua. Pensei que íamos dar uma volta – disse ao entrarmos no elevador. Ele apertou o botão para o térreo e se virou para mim. Estávamos sozinhos no elevador e comecei a sentir aquela mesma tensão crescer em mim de novo.

— Bem, podemos, mas tenho que te informar. Meu carro é bem ruinzinho. Eu só comprei porque não é possível *não* ter um em Los Angeles. Devíamos sair com o seu – disse ele, sorrindo levemente.

— Você *me* chamou para dar uma volta e agora quer pegar meu carro? Que merda é essa, Hamilton? – ri, quando o elevador fez barulho abrindo a porta – Fala sério – conclui, indo em direção ao meu carro. Meu conversível preto estava estacionado no final daquela rua e andamos até ele.

— Você pensou em algum lugar que queira ir? – perguntei, jogando-lhe as chaves.

— Você quer que eu dirija?

— Claro, foi ideia sua. Aonde vamos?

— Santa Barbara? – sorriu ele de volta.

— Não, não posso sair da grande área de Los Angeles – ri, pensando que não havia nada no mundo que eu gostaria mais do que dirigir até Santa Barbara com ele.

— Bem, o que acha de dirigirmos pela Sunset Blvd. até a rodovia e depois comermos algo? – sugeriu ele, ligando o carro.

— Sim, eu amo dirigir pela Sunset, especialmente depois que passamos por Hollywood. Com ou sem o teto? – perguntei, com meu dedo no botão. Ele olhou para mim, virando aqueles olhos verdes fortes.

— Sem o teto, com certeza – disse ele, quando seus olhos se desencontraram dos meus, movendo-se devagar pelo meu corpo e depois finalmente olhando para os meus novamente.

Minha respiração acabou saindo muito alta.

Raios.

— Como quiser, Hamilton – disse quietamente, meu coração se esforçando para voltar ao normal. Este cara ainda tinha que me abraçar, segurar minha mão, até mesmo me tocar de verdade, e com apenas aqueles olhos ele conseguiu me deixar fora do controle.

— Vou me lembrar disso, Grace – sorriu ele sensualmente.

Raios duplos.

★ ★ ★ ★

Conforme eu e Jack passávamos pelas ruas de Los Angeles, começamos o processo de realmente nos conhecermos, deixando as brincadeiras de lado. Conversamos sobre há quanto tempo ele morava na Califórnia e se ele gostava mais de lá do que de Londres. A resposta foi "não". Perguntei para ele sobre o filme que ia estrear em apenas alguns meses, fingindo ainda não saber nada sobre a história. Ele me deu uma versão para crianças da história. Eu silenciosamente rezei para que ele não me revelasse nada que aconteceria no final da série, já que eu ainda estava apenas na metade. Eu tinha que progredir nisso.

Jack havia começado a trabalhar na indústria há apenas alguns anos, tendo sido visto um dia em Londres por um diretor de elenco. Ele fez uma audição para um papel pequeno em um filme para a BBC e depois começou a trabalhar em filmes independentes. Depois de conseguir alguns papeis famosos em uns filmes de muita atenção, Hollywood foi o próximo passo. Ser selecionado para ser o protagonista de *Tempo* rapidamente o tornou oficialmente uma "estrela em ascensão" e "uma para se assistir". Ele chamava tudo isso de "bobagem". Ele amava atuar, mas pude sentir que ele poderia deixar tudo isso e ainda ser feliz trabalhando em algum lugar do West End de Londres.

Quando a Sunset cortou a Brentwood em direção à Pacific Palisades, começamos a conversar sobre outros assuntos. Descobri que ele tem dois irmãos mais velhos e que ele perdeu sua mãe para o câncer quando ele tinha apenas dezesseis anos. Seu pai ainda estava em Londres, mas um de seus irmãos agora vivia aqui nos Estados Unidos, trabalhando na embaixada no distrito de Washington.

Ambos gostávamos de cachorros e gatos igualmente. Conversamos sobre os últimos filmes que vimos, se gostávamos do atual presidente, e descobri que compartilhávamos de um amor mútuo por Tina Fey. Rimos ao conversarmos sobre nossas comédias favoritas e discutimos sobre qual versão de *The Office*, a britânica ou a americana, era a melhor. Eu achei que ele secretamente preferia o elenco americano, mas por ser um londrino orgulhoso, ele nunca admitiu isso.

Conforme conversávamos, achei-o encantador. Ele era charmoso e engraçado, sim, mas pude ver que também era inteligente. Ele também parecia interessado no que eu tinha para lhe dizer, e eu não consegui me lembrar da última vez que tinha curtido conversar tanto com um cara.

Tinha conectado meu iPod logo quando saímos, e a gente ficou tão ocupado conversando que me esqueci de ligá-lo. Selecionei minha lista de músicas favoritas para 'dirigir' e aumentei o som. Quando a música começou a tocar, ele olhou para mim com curiosidade.

– O que te fez colocar essa música? – perguntou ele, movendo seus olhos de volta à estrada, que estava começando a se tornar mais curvada ao ficarmos mais próximos às montanhas.

– Ah, essa é uma das minhas favoritas de sempre. Esta é minha lista de músicas para dirigir, quando eu quero somente relaxar. Você gosta? – perguntei, pondo meus pés por baixo de mim no assento conforme eu me arrumava. Ele não respondeu, mas sorriu para mim.

Fiz um rabo de cavalo, deixando meu cabelo se espalhar por trás de mim e ser pego pela brisa. Podia sentir-me ficando ainda mais relaxada e um riso vagaroso se esticou no meu rosto.

– Essa música parece nunca cansar de me deixar feliz. Se eu tivesse uma lista com as minhas cinco músicas favoritas, esta com certeza estaria nela – inclinei minha cabeça no banco de couro e deixei "Into the Mystic" se lançar sobre mim.

Comecei a cantar enquanto dirigíamos. Não conseguia resistir quando esta música começava a tocar. Eu cantava junto, mantendo meus olhos fechados, deixando minha mão se arrastar pelo ar. O sol estava perfeitamente brilhando, deixando minha pele aquecida e fazendo pequenas formas dentro das minhas pálpebras. Era um daqueles momentos em que você encontra si mesmo em seu pequeno mundinho em perfeita harmonia. Eu estava contente.

Conseguia sentir os olhos de Jack em mim e, quando a música terminou, olhei para ele. A luz do sol batia em seu cabelo e ressaltava cores de loiro, trigo, bala de leite e baunilha. Seus olhos estavam bem esverdeados ao me observar. Ele não tinha falado nada desde quando a música começou. Ele ficou me olhando por tanto tempo que comecei a refletir um pouco sobre a minha cantoria. Nem todo mundo costuma cantar junto com a música no carro.

– Desculpa, costumo me empolgar um pouco – comecei. Ele tirou sua mão direita do volante e colocou em meu braço.

– Xiu – disse ele suavemente – Isso foi adorável, Grace – continuou ele, sorrindo gentilmente para mim ao traçar levemente algumas formas na minha pele.

Tudo bem, olha. Toda vez que escuto as pessoas dizerem que sentiram "faíscas", costumo pensar que é uma baboseira. Fala sério, eu já me senti atraída por pessoas, claro, e também já senti um desejo instantâneo. Mas faíscas? Faça-me o favor.

Em seguida, ele tocou minha pele. De propósito. Intencionalmente. Nada platonicamente.

Faíscas. Faíscas. Faíscas. Faíscas quentes. Faíscas luminosas. Faíscas de relâmpago. Jesus, Maria e José, *faíscas*.

Estávamos no final da Sunset Boulevard, onde ela encontra a Pacific Coast Highway. Parei de fitá-lo e olhei pelo Oceano Pacífico que se batia contra a areia.

– Fim da estrada, Grace. Para aonde vamos daqui? – perguntou ele gentilmente, ainda tocando meu braço.

– Gladstone – consegui dizer, com a respiração pegando na minha garganta.

Aonde?

– Aonde? – perguntou ele, tentando sair do seu próprio devaneio.

– Gladstone – disse novamente, apontando para o restaurante no outro lado da Pacific Coast Highway – Preciso comer.

Minha respiração estava finalmente voltando a ficar sob controle e ele deu uma risadinha ao seguir meu dedo.

– Ah, entendi. Bem, então vamos alimentá-la – sorriu ele ao virar da rodovia para o estacionamento.

sete

Gladstone é um dos meus restaurantes favoritos e, apesar de ser um pouco turístico, é perfeito desse jeito. É um restaurante com ambientes interno e externo, com piso de madeira e bancos de concreto para sentar. Decidimos fazer apenas aquilo e tínhamos o Oceano Pacífico inteiro como nosso pano de fundo. Eu imediatamente pedi uma cerveja, e Jack me acompanhou, nós continuávamos sorrindo um para o outro. Sei que devia parecer que eu tinha pegado no sono com um cabide na minha boca. Ainda podia sentir sua mão em meu braço, como se tivesse deixado uma marca lá.

A garçonete voltou com nossa cerveja e pedimos o almoço. Por ser um restaurante de frutos do mar, eu sempre peço a sopa de caranguejo e o camarão empanado no coco. Há anos peço a mesma refeição. Mesmo quando eu voltava apenas para visitar, pedia para Holly me trazer aqui.

Depois que a garçonete terminou de anotar nosso pedido, Jack levantou seu copo de Killian's Red para mim e disse:

– Para Van Morrison e para a versão mais sensual de "Into the Mystic" que já escutei na minha vida.

Fiquei um pouco corada.

– Bem, muito obrigada, senhor. Eu costumo perder o controle quando escuto aquela música. Apesar de que talvez você deva ficar interessado mesmo é se começar a tocar uma música do U2 no rádio. Quando sou exposta ao The Edge, perco o controle de verdade – admiti.

Ele pensou por um instante.

– Bem, vou ter que pensar em outras formas de fazer você perder o controle – disse ele, piscando para mim.

Antes de poder responder àquela indiretinha, vi seus olhos moverem-se atrás de mim. Virei-me e percebi duas mulheres um pouco mais velhas do que eu. Elas estavam com a mesma expressão que Sara tinha nesta manhã. Elas começaram a se aproximar de nós e ambas estavam rindo descontroladamente, sendo que nenhuma das duas queria ser a primeira a dizer algo. Por fim, a mais atrevida das duas deu um passo para frente e disse:

– Oi, você é o Joshua... digo, Jack Hamilton? – perguntou ela, caindo na gargalhada.

Esforcei-me para não rir também, sorrindo quietamente ao olhar para Jack.

Ele começou a ficar vermelho e respondeu:

– Sim, como você está? Qual é o seu nome?

– Uau, meu nome é Claudia e esta é Michelle. Podemos tirar uma foto? – apressou ela, com a outra mulher, Michelle, que estava convulsionando ao seu lado.

– Lógico, claro – ele sorriu, enquanto elas, felizes, tiravam uma foto com ele, seus olhos encontraram os meus e ele piscou para mim. As duas mulheres não prestaram nenhuma atenção em mim. Elas estavam muito entretidas com o Cientista Supersexy delas.

Ele conversou com elas por um tempo e aquela que estava na frente disse:

– Tudo bem, chega. Vamos deixá-los comer agora. Muito obrigada. Você não sabe o quanto nós, há, quer dizer, há, tchau! – terminou ela, virando-se rapidamente e indo embora. Elas mal estavam a cinco metros de distância quando começaram a gritar.

– Ah cara, você é realmente um sucesso entre as mulheres, né? – provoquei, tomando um gole da minha cerveja. Quando estávamos apenas eu e ele, era fácil se esquecer de que todos os sinais apontavam que ele iria se tornar um grande nome hollywoodiano até o final do ano.

– Sim, sim. As mulheres me amam. O que posso fazer? – ele encolheu seus ombros.

– Besta – declarei, quando a garçonete nos trouxe nosso almoço. Voltamos à nossa agradável conversa. As fãs tinham quebrado a tensão que estava acontecendo o dia inteiro.

★ ★ ★ ★

Terminamos nosso almoço e, depois de nos sentar e observarmos as ondas por um instante, decidimos fazer uma caminhada um pouco antes de voltarmos à cidade. Malibu sempre era linda, e hoje não era nenhuma exceção. Segurei meus tênis na mão ao andarmos pela água.

– Hamilton, este parece um daqueles cartões de presente. Caminhada na praia, luz do sol, gaivotas. Tudo muito perfeito – disse, admirando-o pela lateral. Ele estava parado de perfil como uma silhueta contra o horizonte, e o sol novamente destacava os traços formidáveis de seu rosto.

– Se fosse perfeito, estaríamos rolando na areia juntos, nos beijando loucamente.

Parei de andar e olhei direto em seus olhos. Em seguida, deitei-me na areia e comecei a me virar de um lado para o outro. Ele fechou seus olhos e inclinou seu rosto para o céu.

– Porra de garota doida – suspirou ele.

– Fala sério, garotão, deite-se aqui e se vire comigo. Não posso fazer isso sozinha. Alguém vai chamar os salva-vidas e dizer que tem uma garota na praia tendo algum tipo de ataque – ri, ficando coberta por areia.

Ele riu e se juntou a mim. Sem palavras, ele começou a rolar para trás e para frente também, fazendo com que eu risse mais alto. Era tão fácil, e tão autêntico estar com ele. Paramos e nos deitamos de costas, perto um do outro, olhando para o céu. O sol estava aberto sobre o oceano e eu ergui minhas pernas. Apontando para meus dedos do pé, cobri o sol com meus pés e depois os separei para mostrá-lo novamente. Fiz isso diversas vezes, e percebi que Jack estava olhando para minhas pernas. A gravidade fez com que minha calça de ioga subisse um pouco, revelando minha pele acima do meu joelho.

Obrigada, Deus, por ter me lembrado de me depilar no dia.

Ele se virou para o seu lado, apoiando sua cabeça em seu braço. Olhei para ele, mas mantive minhas pernas no ar, com os dedos do pé apontados para o céu.

– Viu algo que gostou, Hamilton? – repliquei, esperando por sua resposta esperta.

– Você não tem ideia – respondeu ele gentilmente, seu tom fez com que minhas pernas parassem suspensas no ar. Trouxe-as de volta ao chão e virei de lado também, olhando para ele.

— Tenho algumas ideias — falei, arrastando meus dedos pela areia macia entre nós. Sua mão começou a deslizar na minha. Meu coração parou, depois começou a bater novamente, muito rápido.

— Estava pensando em algo — começou ele.

— Ah é?

— Você sabia que U2 é uma das minhas bandas favoritas? Digo, *a* minha banda favorita? — perguntou ele, sua mão estava perigosamente próxima da minha.

— Como eu saberia disso? Acabei de te conhecer — perguntei. Peguei uma concha para analisá-la e depois a coloquei para baixo, movendo minha mão para mais perto da dele no processo.

— Na Internet tem aparecido todo tipo de coisa sobre mim ultimamente. Você podia ter me procurado no Google — declarou ele, ainda aproximando mais sua mão. Consegui sentir a energia entre nós funcionar novamente.

— Acho que você devia ir *se* procurar no Google, *Brit Boy*. Não estou interessada em te procurar lá — franzi minhas sobrancelhas, colocando minha mão de volta ao meu corpo levemente.

— Você se interessa por estrelas do cinema? — perguntou ele, vagarosamente.

— Na verdade, não — menti. Apenas uma...

— Você se interessa por gestos românticos feitos na praia? — perguntou ele, movendo seus dedos para que ficassem a apenas um centímetro dos meus.

- Não — disse, quase não conseguindo respirar. Seus olhos estavam, na verdade, começando a arder ao olharem profundamente nos meus. Um fio de seu cabelo tinha caído em sua testa e eu estava morrendo de vontade de colocá-lo no lugar.

— Você se interessaria por uma estrela do cinema que gostaria de te beijar? — respirou ele, seus dedos finalmente tocando os meus. Parei ao olhar para ele de novo, quase ofegando.

— Aham — sussurrei.

Merda. Merda. Merda.

Seus olhos estavam sérios quando olharam os meus. Ele reduziu a distância entre nós, e sua mão veio até a minha bochecha. Conseguia sentir a areia que ainda estava grudando em seus dedos roçar na minha pele, e estava fresca. Eu não estava.

Ele segurou meu rosto gentilmente ao chegar mais perto de mim. Só conseguia me focar nos lábios perfeitos e macios que iam tocar os meus. Eu me mexi para encontrá-lo e depois fechei meus olhos. Sabia que se tivesse que olhá-lo agora, perderia a coragem.

Senti-o antes de sentir seus lábios. A energia entre nós mudou, e eu sabia exatamente onde ele estava. Logo antes de seus lábios encontrarem os meus, sabia que não demoraria para ele me dar um beijo que me deixaria estonteada.

Foi macio e doce. Foi, ao mesmo tempo, tentador e decidido. Ele me beijou uma vez, depois de novo, e depois uma terceira vez, com um pouco mais intenso. Seu aroma, que até agora eu tinha ignorado de algum modo, preencheu minhas narinas. Ele tinha cheiro de areia, sol e suor misturado à baunilha e fumaça. Não aquela fumaça de cigarro nojenta, mas uma mistura daquela fumaça gostosa de cachimbo com uma chaminé.

Deus do céu, ele é meio que seu próprio doce pessoal.

A combinação estava confundindo minha cabeça seriamente, bem como fazendo com que minhas calças ficassem excessivamente limitadas. Separamos-nos e apenas nos olhamos. Eu inclinei minha testa para relaxar na dele. Francamente, preciso do apoio. Estava rodopiando.

Ele sorriu primeiro e depois eu respondi com meu próprio sorriso.

– Você sentiu isso? – perguntou ele, fazendo uma expressão de preocupado.

– Sim, senti. Você também? – respondi, flertando.

– Não, quer dizer, sim, claro que senti aquilo, mas você não sentiu bater na sua cabeça? – perguntou ele, começando a dar um grande sorriso.

– Como assim? – perguntei, colocando minha mão em meu cabelo.

– Pelo amor de Deus, Grace, uma gaivota acabou de cagar na sua cabeça – declarou ele, começando a mexer.

– O quê? – gritei, levantando-me para correr em círculos.

Claro que *uma gaivota cagou na minha cabeça.*

A risada dele ressoou por toda a praia.

oito

    Diversas enxaguadas no banheiro do Gladstone e depois de secar com diversas toalhas de papel, estava pronta para enfrentar o que aparecesse e sabia que não haveria compaixão. Jack estava esperando por mim e seu rosto se iluminou ao me ver.

– Penteado bonito, Sheridan – brincou ele. Tentei secá-lo com o secador de mão, o que resultou em fios grudentos radiando para fora do meu rosto envergonhado.

– Cale a porra da sua boca ou juro que da próxima vez que estiver usando sapatos pontudos te chutarei – adverti-o, percebendo como a equipe de espera estava se esforçando para não rir. Obviamente, Jack tinha lhes atualizado com o que aconteceu com a gaivota. Eu sabia, então, que ele nunca se esqueceria disso.

Comecei a andar em direção ao estacionamento quando ouvi um dos garçons dizer:

– Senhorita? Você se esqueceu do seu embrulho para viagem.

Não se esqueça das sobras do seu camarão empanado ao coco. Você vai querê-lo perto da meia-noite.

Sendo uma pessoa que nunca recusa comida, voltei para buscá-lo. Percebi que não estava embrulhado na forma de cisne tradicional, mas sim na forma de uma maldita e adorável gaivota.

Desgraça.

A equipe inteira começou a rir alto, enquanto Jack gargalhava. Eu sorri docemente e peguei meu camarão, depois o informei onde ele podia enfiar sua gaivota. Ele mexeu sua cabeça e foi para fora comigo até o carro, indo direto para o banco do motorista, quando eu o interrompi.

— Ah, não, porra. Os privilégios de motorista foram revogados. Por favor, as chaves – gesticulei, quando ele as tirava de seu bolso.

— Ah, fala *sério*, Sheridan. Aquilo foi hilário! Você vai contar essa história pelo resto da sua vida. Foi comédia pura. Você não pode inventar uma coisa dessas! – implorou ele, entregando-me as minhas chaves e se afundando no banco do passageiro – Não acredito que você está brava. Você sabe muito bem que se isso tivesse acontecido com outra pessoa, você estaria se matando de rir – continuou ele.

— Escuta, Johnny Mordidinha – virei para ele – Com certeza seria engraçado se tivesse sido com outra pessoa, mas não foi. Foi comigo. E até que eu tenha tomado um banho ou retirado minha cabeça do meu corpo, ou ambos, é melhor não conversarmos sobre isso – resmunguei, saindo do estacionamento cantando os pneus em direção à Sunset. Ficamos quietos por um minuto, e depois acrescentei:

— Bem, talvez seja mais do que um pouco engraçado. Mas agora estou nojenta e suja. Sinto-me violada.

— Ah caramba, se você quer poluição e violação, posso pensar em algumas coisas... espera, do que você me chamou mesmo? Johnny Mordidinha? – exclamou ele, virando-se para olhar para mim.

— Por favor, como se você não soubesse o quanto é sexy! Você mordendo seu lábio inferior e aquele seu sotaque e seu cabelo encaracolado. Parece que você vai me jogar na parede e me fazer gritar seu nome! – gritei, toda a adrenalina do dia estava bombeando em mim e voando para fora da minha boca.

Longe demais, longe demais! Perigo! Perigo!

Olhei para ele. Ele estava sentado lá chocado com minha explosão. Eu me atrapalhei com o rádio, tentando conectar meu iPod novamente, enquanto tentava olhar para ele novamente. Ele parecia agora confuso, mas estava sorrindo.

— Isso pode ter sido a coisa mais quente que alguém já disse para mim – declarou.

— Bem, eu digo coisas quentes quando estou com o cabelo cheio de merda – reconheci com um sorriso, tentando atenuar a situação. Ainda estava lutando com meu iPod.

— Posso te ajudar com isso? – perguntou ele, tentando ajudar.

— Não consigo enfiar no buraquinho – respondi.

– Foi isso o que ela disse – ambos dissemos juntos. Estávamos parados em um farol, e ficamos nos encarando.

– Você deve ser a garota mais perfeita que já conheci – gargalhou ele, olhando para mim se divertindo.

– A perfeição vai lhe dar trabalho, bonitinho – disse claramente, ao correr de volta para a cidade. Ele escolheu uma música e dançamos em nossos bancos pelo resto do nosso caminho de volta.

★ ★ ★ ★

Quando voltamos para a casa da Holly, virei para a garagem e Jack me direcionou para o seu carro. Era um MG velho que parecia ser sustentado por cordas.

– Não está feliz por termos ido com seu carro hoje? – perguntou ele, acenando em direção ao seu carro.

– É, talvez. Se bem que, com exceção do cocô de gaivota, foi um ótimo dia. Não seria um carro que mudaria isso – respondi, permitindo-me ter um pequeno momento de honestidade. Ele se arrumou em seu banco, virando seu corpo todo para mim.

– Foi mesmo um ótimo dia. Estou muito feliz por termos feito isso... sem brincadeira. Foi ótimo – as paredes estruturadas de nossas brincadeiras estavam caindo, e o rugido ensurdecedor dos feromônios estava começando a filtrar. Você não pode lutar contra a química.

– Então, se escutei Holly corretamente, você tem um encontro com seu amigo gay, certo? – perguntou ele.

Mexi minha cabeça por um minuto, tentando me lembrar.

– Ah, meu amigo gay! Sim, vamos sair para dançar com o Nick. Você se lembra do Nick da outra noite, certo? Ele é o líder do seu fã clube de West Hollywood. Você sabe que é gostoso quando faz sucesso com esse público – provoquei ele.

– Sim, foi isso o que ouvi falar – riu ele. Ficamos quietos por um instante, aparentemente sem palavras. Estava pensando naquele beijo e se eu podia pedir outro. Precisava de outra dose de Hamilton. Não queria que ele fosse embora e ele também não parecia querer. No entanto, sabia que tinha que ir para casa e me arrumar para a noite.

— Me liga amanhã? – perguntei com hesitação. Seus dedos esfregaram minha bochecha. Inclinei-me na sua mão, sem saber que ia fazer isso até ter feito.

— Pode contar com isso, Grace – respondeu ele, deixando seus dedos passarem suavemente sobre meus lábios. Beijei a ponta deles levemente e depois sorri.

— Tudo bem, agora saia do meu carro, seu porco – brinquei ao ver seu rosto recuar.

— Você será responsável pela minha morte, Sheridan. Posso prever – sussurrou ele, desdobrando suas pernas para sair do carro.

— Sim, mas será uma boa morte. Serei gentil. Você nem vai me notar chegando lá.

Ele se virou e sorriu.

— Foi isso o que ela disse.

Perfeição.

— Ah, e Grace? – continuou ele, andando até seu carro. Ele parou quando chegou perto e se apoiou na porta – Eu *definitivamente* saberei quando você estiver chegando lá. E você também. – disse ele, mordendo aquele lábio inferior.

Puta perfeição.

Fiquei de queixo caído e tentei dirigir até em casa. Passei por dois sinais vermelhos e quase atropelei um Spitz Alemão.

★ ★ ★ ★

Quando voltei para a casa de Holly, era quase seis horas e eu queria fazer um jantar para nós comermos antes de sairmos para nossa festinha. Ela tinha uma cozinha fantástica, com equipamentos para profissionais e uma geladeira muito boa. Toda vez que era possível, meu chef interior despertava.

Ela ainda não estava em casa, então pus dois copos na geladeira para esfriar para os drinques. Fiquei zanzando pela despensa e pela geladeira, pegando tudo que precisava. Abri uma lata de tomates San Marzano, drenei-os em um coador e depois coloquei uma panela de água no fogão para ferver. Depois, enxaguei um pouco de espinafre fresco e joguei-o na centrífuga de salada para secar, enquanto eu cortava e grelhava um pouco de pão italiano, esfregando-o com alho para a *bruschetta*.

Quando Holly entrou, eu estava freneticamente cortando cebolas na tábua de cozinha com lágrimas escorrendo pelo meu rosto.

– Grace, está bem. Não precisa ficar mal. Já estou em casa – disse ela dramaticamente, tirando a lágrima de meu rosto.

– Muito engraçado, Holls. Drinque? – perguntei, fazendo o gesto para a geladeira.

– Está me oferecendo ou pedindo para fazer um? – ela virou seus olhos, já no caminho.

– Pedindo, lógico. Por favor, faça bem forte – lembrei, quando ela pegou a vodca e as azeitonas.

– Algo está com um cheiro bom... que porcaria aconteceu com seu cabelo? – indagou ela, parando no seu caminho para olhar mais de perto. Ainda não tinha dado tempo de tomar banho e meu cabelo ainda estava em órbita do incidente da praia/cocô.

– Acho que você não vai querer saber, mas te conto depois – suspirei, pensando no paraíso que estava acontecendo antes tudo ir à merda.

Tecnicamente, não foi a merda que veio? Hãn, hãn?

– Esquece, prefiro deixar isso como um mistério – respondeu ela, sentando-se na minha frente no balcão – Então, como anda a invasão britânica? Ele já invadiu sua perereca?

Deus do céu.

– Desde quando você estava esperando para usar esta? – perguntei, olhando para ela.

– Apenas desde esta tarde, juro – protestou ela – Deu tudo certo, não é?

– Sim, foi bom. E nenhuma perereca foi invadida – gesticulei com minha faca, apontando para ela.

– Sério? Você está perdendo o jeito, senhorita.

– Só para te lembrar, sua piranha, eu o conheci há apenas alguns dias. Não é tempo o bastante para deixar alguém invadir algo – repreendi, despejando o macarrão na panela com um punhado grande de sal Kosher. Giada De Laurentiis ficaria orgulhosa.

– Eu poderia te lembrar de uma certa noite na cidade de Nova Iorque, véspera do Ano Novo, eu acredito que era... – repreendeu ela.

– Não, você não pode me lembrar. Isso foi há muito tempo – censurei ela.

– Sério, Grace, no banheiro do hotel... vergonhoso – ela mexeu seu dedo para mim.

– Basta! Quer brincar disso? Quer? – alertei – Na faculdade? Nicholas Rabinowitz... com a namorada dele?

Aquilo calou a boca dela rapidamente.

– Trégua? – bufou ela, olhando-me cautelosamente.

– Trégua – concordei, oferecendo minha azeitona para ela.

– Eu te amo – disse ela.

– Eu te amo também, sua besta – admiti, acrescentando óleo na panela e dourando um pouco de alho levemente.

– Hmm, então ainda não houve invasão. Mas como foi a tarde? – perguntou ela, roubando um tomate da tigela.

– Ei, vai estragar seu jantar! E hoje foi... uau! – disse, fechando meus olhos brevemente.

– Tão bom assim, há? Aonde foram? – perguntou ela, aproveitando que meus olhos estavam fechados para roubar outro tomate.

– Dirigimos pela Sunset até a praia e depois almoçamos no Gladstone. Eu vi, viu? – repreendi, chamando sua atenção por ela ter roubado o tomate.

– E depois o que aconteceu? – perguntou ela, inclinando-se para frente em seu banco.

– Depois andamos pela praia e conversamos e rimos e deitamos na areia, edepoiselemebeijoueumagaivotacagounaminhacabeça – acelerei esta última parte, segurando minha respiração para ver em qual momento conseguiria o grito mais alto.

Fiquei surpresa quando escutei:

– Ele te beijou! Porra, Grace, você acabou de dar uns pegas na praia com o Cientista Supersexy! – ela pulou por cima do balcão e me abraçou, ficando bem perto de se queimar no fogo.

– Ei, *ei*, cuidado! Por favor, tome cuidado. Quero sair para dançar hoje à noite, não ir à unidade de queimados! – gritei, tirando seus braços do meu pescoço e acompanhando-a seguramente para o outro lado do balcão. Ela me observou de perto ao beber seu drinque.

– Ele *não* é Joshua. Ele é o Jack. E ele é muito bom – acrescentei, pressionando meus lábios, tentando não gritar – E nós não demos uns amassos tecnicamente. Nós nos beijamos.

– De língua?

– Sem língua... ainda – arqueei minhas sobrancelhas para ela. Ela continuou a me olhar com empolgação. Pude notar que ela estava muito feliz que sua melhor amiga estava conseguindo algo. Holly e eu ainda conversávamos como se fôssemos duas adolescentes.

– O que eu não entendo é que eu sou tipo nove anos mais velha do que ele – resmunguei.

Claro, eu tinha feito as contas.

– E? Ele claramente não se importa em você ser uma panela velha – provocou ela, piscando para mim.

– Não, estou falando sério. Ele é legal e tudo mais e nós nos divertimos juntos. E porra, há algumas vibrações sexuais poderosas sendo jogadas de um pro outro, mas fala sério! Ele vai perceber a qualquer momento que isso é loucura! – eu mexi o molho vigorosamente, finalmente dando voz às minhas preocupações.

– Ele parece gostar de loucura e você, com certeza, se encaixa nisso. Além disso, não sei quem você acha que está convencendo aqui. Já vi alguns dos caras que você costumava sair antes de se mudar para cá. Todos eles eram mais jovens do que você – desafiou.

– Aquilo não era sair, eram oito anos de frustração sexual explodindo e pousando em garotos bonitos – sorri, pensando sobre Trevor, meu treinador na academia.

Hmm, lembra de quando ele te fez trabalhar na sua força central fazendo com que você se equilibrasse na bola de exercícios, enquanto a boca dele trabalhava na sua...

– Grace, o macarrão está pronto – ela interrompeu meus pensamentos – Tire-o antes que ele fique mole.

– Foi o que ela disse – murmurei, sorrindo para mim mesma. Talvez eu conseguisse lidar com isso tudo, afinal.

– Espera um minuto! Você acabou de preparar jantar para mim com merda de pássaro na cabeça?

Opa.

★ ★ ★ ★

Após o jantar, deixei Holly arrumar a cozinha, enquanto eu tomava um banho. Após lavar meu cabelo três vezes em água escaldante, me esfoliei em todos os lugares que precisam ser esfoliados e estava depilando minha axila quando escutei Holly entrar no banheiro. Espiei-a através do vidro fosco.

— Que foi? Está aqui para um espetáculo? – perguntei.

— Não podia esperar para te mostrar isso. Olhe o que está na Internet – disse ela, com um tom de maldade. Abri a porta ligeiramente e olhei para o seu notebook. Estava na página do TMZ.

Era Jack e eu almoçando. Ele estava rindo, com a mão no seu cabelo e se inclinando para mim. Eu estava o admirando, apontando com um camarão.

Lembrei-me deste momento. Ele tinha acabado de me falar que eu tinha um morcego na caverna.

A legenda abaixo da figura dizia:

"O novo queridinho, Jack Hamilton, foi pego na praia com uma ruiva misteriosa. Será que esta é a nova dama da sua vida?"

As próximas fotos mostravam Jack e as duas mulheres que tinham se aproximado dele para tirar fotos. Aquelas putas venderam as fotos para ganhar uma grana!

— Está me zoando? – disse com raiva, enxaguando minha navalha e partindo para minha axila.

Grande erro!

— O que você esperava? Te disse, ele está ficando cada vez mais popular. Você devia ver todos os sites que foram feitos sobre ele. Isto? Isto não é nada – garantiu ela para mim, tirando seu telefone do bolso.

— Para quem você está ligando? Merda – gemi, quando o xampu começou a cair no meu olho.

— Para quem você acha? É hora de ligar para o *Brit Boy* – respondeu.

— Espera, espera! Não ligue para ele! – implorei, tentando parar o fluxo de sangue do meu sovaco e o fluxo de bolhas que estavam indo diretamente para dentro do meu globo ocular. Não era o meu melhor momento.

— Muito tarde... Oi, Jack! É a Holly. Escuta, só queria te falar que você está no TMZ de novo... Sim, estou vendo isso agora. Claro, é você e a Grace na praia... Não, vocês não estão rolando na areia, estão almoçando. Espera, quando vocês estavam rolando na areia? Não ouvi sobre essa parte – ela tirou o telefone de sua boca e gritou – Você não me contou sobre rolar na areia, Grace. Estou triste que você pulou esta parte. Tudo o que ouvi foi sobre o beijo! – ela amava sua vida agora.

Com vergonha, eu deslizei na parede do chuveiro e deixei a água bater sobre mim. Eu era uma ruiva misteriosa com um sovaco sangrento e um vício por um britânico. Além disso, minha melhor amiga estava adorando tudo isso.

– Sim, ela está bem aqui. Ela está tomando banho, na verdade... Ah, Jack! Eu contei para a Grace uma piada muito engraçada sobre uma Invasão britânica na sua xo— Espera, o quê?... Aguenta aí... Grace, Jack gostaria que você soubesse que ele viu as fotos e acha que você estava apontando aquele camarão para ele de uma maneira muito agressiva... Não, ela não está te agradecendo. Ela está agora batendo sua cabeça nos azulejos do banheiro... Opa, agora ela está me encarando... ela está desligando o chuveiro, Jack... ela está vindo até mim... ela está pelada, Jack... e nervosa... ela está pelada e nervosa, Jack... você provavelmente adoraria a Grace nervosa e pelada. É algo que deve ser visto. Ela está batendo em mim, Jack... acho que ela vai arrancar o telefone de...

Silêncio.

Fiquei parada ao lado de Holly, segurando o telefone com uma mão e com a outra sobre a sua boca.

– Você vai ficar quieta a partir de agora – instruí com tom baixo. Ela acenou sua cabeça, com seus olhos grandes. Ela lambeu minha mão tentando me expulsar. Eu já tinha aturado o bastante.

Podia ouvir Jack rindo loucamente ao telefone.

– Oi, Jack. As coisas estão sob controle agora. Posso te ligar daqui uns minutos? – perguntei, apertando mais forte na boca de Holly.

– Você realmente está pelada? Tipo, bem peladinha? – perguntou ele entre arquejos.

– Bem peladinha. E molhada. Agora, isso já basta para te deixar relaxado por alguns minutos. Já te ligo.

– Uau, molhada? Espera, Sheridan, espera! – escutei ele dizer ao desligar o telefone.

– Boa sacada com o pelada e molhada – murmurou Holly através de minha mão.

– Claro, pensei nisso também – respondi, batendo em seu rosto com minha esponja.

★ ★ ★ ★

Um pouco depois, com meu esparadrapo firmemente colocado em meu sovaco, sentei na minha cama com meu roupão, olhando para o meu *notebook*. Já tinha visto as fotos diversas vezes. Eu parecia atrevida. Parecia sensual.

Que beleeeeza.

Eu realmente parecia demais. Disquei no telefone.

— Não acredito que você desligou o telefone depois de ter me dado aquela imagem. Sua esquenta-pau – resmungou ele. Sua voz estava baixa e grossa.

Se pudesse ouvir Jack Hamilton dizer uma palavra para o resto da minha vida, esta seria "pau".

— Tive que dar um jeito em um certo alguém. Eu vi as fotos. Mil desculpas – desculpei-me.

— Por que você está se desculpando? Eu devia ter te avisado sobre isso. Essa não foi a primeira vez que isso aconteceu.

— Claro, Holly falou que as coisas estão começando a ficar um pouco loucas para você. Você está bem com isso? – perguntei, deitando-me nos travesseiros. Precisava me arrumar para sair, mas queria conversar um pouco com ele.

— Não é tão ruim. Tipo assim, conhecer pessoas que são fãs dos contos é bem legal. Apesar de ser estranho, pois sou um tédio. Se elas soubessem o quanto eu sou chato, elas não ficariam interessadas – sussurrou ele.

— Eu não te acho um tédio. Eu te acho bem... excitante, na verdade – respondi, com um tom de voz baixo.

— Sério? O que você acha excitante? – indagou.

— Bem, agora é a sua voz. Esse seu maldito sotaque está me deixando louca – respirei pelo telefone. Isso tinha mudado de inocente para rapidamente promíscuo.

— É, o sotaque sempre deixa vocês americanas enlouquecidas. Eu não tinha ideia de que você gostava também... – seguiu ele.

— Ahhh, gosto disso. Fale desse jeito – implorei, sorrindo no travesseiro.

— Como, Grace?

— Fale em britânico comigo – sussurrei, brincando seriamente.

— Elementar, meu caro Watson.

— Mais – encorajei.

— Chá das cinco.

— Mais – mandei.

— *Rock & Roll.*

Se eu pudesse escutar Jack Hamilton dizer uma segunda palavra pelo resto da minha vida, seria *Rock&roll*.

– Fale "Crocodilo Dundee" – choraminguei.

– Grace, isso é australiano – ralhou ele.

– Diga!

– Tá bom. Crocodilo Dundee. Pela amor da Rainha – resmungou ele.

– Ahhhhhhh! – gritei ao telefone. Holly estava passando pelo meu quarto e abriu seus olhos. Eu sorri para ela.

– Você já terminou? – perguntou ele.

– Ah, *meus* olhos. Isso foi demais. Obrigada por isso – ri.

– Tudo para minha ruiva misteriosa – respondeu ele.

Sua ruiva não identificada? Aí sim!

– Então, tem algum plano para hoje à noite? – perguntei.

– Vou para a abertura de um bar, algum lugar perto de Robertson – disse ele, não parecendo muito empolgado.

– Bem, tome cuidado. E você não tem permissão para dormir com ninguém de qualquer reality show da MTV. – adverti.

– Ah, quer dizer que estamos fazendo reivindicações? – provocou ele, fazendo com que eu percebesse o que tinha acabado de falar.

Cedo demais, Grace.

– Espera, eu não posso fazer nenhuma reivindicação hoje à noite? – protestou ele.

Ou talvez não...

– Nenhuma das minhas reivindicações inclui transar hoje à noite, mas vá em frente.

– Você não tem permissão para dormir com qualquer um que tenha *assistido* um reality show da MTV – continuou ele, com um tom de voz macio.

– Então tem, tipo, uma cláusula para depois da meia-noite? – provoquei.

– Não me provoque, Grace, ou vasculharei cada bar em West Hollywood procurando por você, começando na batida da meia-noite – declarou ele, não se importando.

Meus dedos do pé se enroscaram. Ainda precisava daquela segunda dose de Hamilton.

– Hehehe, você disse... – comecei.

– Batida. Já entendi, disse 'batida'. Estou à sua frente, Sheridan – ele me lembrou.

Por favor, fique à minha frente... ou então atrás.

– Tudo bem, Holly está plantada do lado de fora da minha porta. Preciso ir. Falo com você em breve? – odiava ter que desligar o telefone, mas não podia mais continuar com isso. Da próxima vez que brincarmos desse jeito, espero de verdade que seja com menos roupas.

– Sim, preciso me encontrar com meus amigos. Te ligo amanhã. Não coloque muito brilho nos seus seios. Eles estão ótimos, por sinal. Lindo roupão – brincou ele.

– Obrigada. Eu, espera, como você sabe que estou usando um ...

– Boa noite, Grace – sussurrou ele.

Sentei por um minuto na minha cama.

Que porcaria foi essa?

Escutei um risinho e olhei na minha porta. Holly estava com sua câmera do celular. Na tela, tinha uma imagem minha de alguns minutos atrás. Meu roupão tinha acabado de cair aberto o bastante para ser possível ver os topos dos meus melões, sem dizer o quanto estava aberto nas minhas pernas.

A pior parte era que ela tinha filmado isso quando eu estava gritando após ele ter dito "camarão no churrasco". Parecia que estava em um filme pornô.

Ela foi para fora do meu alcance e disse:

– Nunca jogue sua esponja em mim novamente. Eu sei por onde ela já passou.

Pelo amor da Rainha.

nove

A noite foi divertida. Holly e eu nos encontramos com Nick em um bar em West Hollywood. Eles estavam dando uma noite de "décadas", e dançamos a noite inteira ao som dos anos oitenta. Eu não falei para Nick sobre estar envolvida em um rolo com Jack. Primeiro, sabia o quanto ele tinha uma queda por ele. Segundo, ele também trabalhava na indústria e isso era um rumor muito tentador de se iniciar.

Depois da ressaca do outro dia, me assegurei de beber no máximo dois drinques, apesar das melhores tentativas de Nick em me deixar bêbada e no palco com uma travesti. Isso não iria acontecer — a parte de ficar bêbada. Dançar no palco, eu dancei...

Caí exausta na cama um pouco depois das três — bem depois da minha hora de dormir — e estava quase pegando no sono instantaneamente, mas não rápido a ponto de me esquecer do inglesinho, e se ele estava em casa ou não.

★ ★ ★ ★

Algumas horas mais tarde, após uma boa noite de sono, decidi dar outra corrida no Parque Griffith. Ao dirigir pelos cânions no caminho, meu telefone tocou. Era o inglês.

— Oi! — atendi feliz ao telefone. Estava mais feliz do que queria estar ao falar com ele.

— Oi, Doidinha. O que está aprontando? — perguntou ele, com uma voz deliciosamente grossa. Parecia que ele tinha acabado de acordar.

— Vou dar uma corrida. E você?

– Ainda estou na cama, tentando decidir se convenço a menina da Starbucks a fazer uma entrega em casa. Será que seria muito presunçoso perguntar se ela é uma fã de *Tempo*? – perguntou ele, já sabendo minha resposta.

– Sim, é. Não se atreva – repreendi.

– Onde vai correr? – questionou ele, me colocando numa armadilha. Eu deixei.

– Parque Griffith, por quê?

– Ah, é bem perto da minha casa. Uma pena que eu não saiba quem é aquela ruiva misteriosa. Aposto que ela me compraria um pouco de café.

– Talvez se você pedisse com jeitinho e depois a beijasse durante um tempo, ela poderia pensar sobre isso – provoquei, amando onde isso iria chegar.

– Fechado. Quando eu a ver, vou beijá-la até que ela me peça para parar.

– Quem disse que ela vai te pedir para parar? – palpitei.

– Bem, então é melhor você vir logo aqui para que eu possa começar a beijar – convidou ele.

Você vai deixá-lo tocar seus seios, não vai?

Talvez. Provavelmente.

– Tudo bem, vou dar uma corrida e depois levo seu café. Você quer um bolinho também? Ou por enquanto sou só sua escrava de café? – ousei.

– Haha! Apenas o café, mas pule a corrida. Estou me sentindo solitário.

– Não, preciso correr. Além disso, lhe dará tempo de limpar sua casa – importunei.

– Como você sabe que preciso limpar minha casa? Você nunca veio aqui – perguntou ele.

– Você tem 24 anos, certo? Vamos ver, vinte e quatro anos. Acho que suas cuecas estão na mesinha da sala, tem um monte de caixas de pizza jogadas pelo chão e tem um *bong* atrás da privada. Acertei?

Ele ficou quieto por um minuto e depois se matou de rir.

– Vá correr. Te vejo em breve. E não tem *bong* nenhum no banheiro – repreendeu.

– Na cozinha?

– Talvez.

– Já esteve no banheiro? – pressionei.

– Droga, já.

— Sou uma gênia! Me mande por SMS seu pedido e seu endereço e eu já já chego aí. Mas já vou avisando. Estarei toda quente e suada por causa da minha corrida. Talvez você não vá querer me beijar.

— Impossível. Não vejo a hora de te ver quente e suada. E Grace?

— Sim?

— Corre rápido – disse ele misteriosamente.

— Sem problemas. Até logo – prometi.

Corri como se minha bunda estivesse pegando fogo.

★ ★ ★ ★

Cheguei ao apartamento dele em menos de sessenta minutos, abstendo-me da minha usual corrida mais longa a favor de um treino mais amigável com Jack. Tinha buscado seu café, expresso grande, e também o meu, *mocha* gelado. Subi as escadas até sua porta e bati cuidadosamente, equilibrando os dois copos.

Quando ele abriu a porta, minha respiração se contraiu com um silvo. Ele estava usando uma camiseta branca, jeans de cintura baixa e estava descalço. O cabelo estava encaracolado perfeitamente e ele estava sem se barbear há alguns dias. A aspereza de sua barba marcou seus ossos maxilares, deixando-o com aparência másculo e angelical. Ele estava sorrindo para mim, parecendo diabólico. Eu o cumprimentei, passei por ele para entrar no corredor e continuei até o que parecia ser a sala de estar. Ele não disse nada, apenas me mostrou o caminho. Dava para escutar o suave barulho de seus pés descalços nos pisos de madeira. Virei-me para lhe dar seu café e ele estava logo atrás de mim. Ele pegou os dois copos e os colocou sobre a mesa.

— Pedi com duas pedras de açúcar, do jeito que você... – fui silenciada por seu olhar. Ele escorregou suas mãos ao redor da minha cintura e me puxou para perto dele. Seus olhos verdes estavam resplandecendo e sua mandíbula se contraiu quando seus dedos tocaram a pele entre minha regata e minha calça de corrida.

— Desculpa, eu te disse que estaria suada, você quer que eu...

— Grace? – interrompeu.

— Sim?

— Cala a boca e curta o momento – sussurrou, ao inclinar sua cabeça para a minha.

Ele está certo, Grace. Cale a porra da sua boca.

Seus lábios tocaram os meus e, apesar do beijo de ontem ter sido doce e maravilhoso, ele estava sério hoje. Sua boca se movia sobre a minha urgentemente, incessantemente. Estive morrendo de vontade de tocar seu cabelo desde o primeiro dia em que o vi, e agora estou puxando-o. Senti a seda e a maciez de cada fio ao colocar meus dedos por todo ele, deixando-o mais perto de mim. Chupei levemente aquele maldito lábio inferior, e quando a língua dele encontrou a minha, eu... pensei... que iria *explodir*.

Suas mãos estavam ásperas pelos meus quadris, puxando-me para mais perto, e eu conseguia sentir cada impressão digital se pressionando sobre a minha pele. Meus sentidos estavam tão aguçados naquele momento que conseguia sentir até mesmo leves calos na sua mão esquerda, ao passarem pela minha barriga. Eu gemi na sua boca, sentindo minha pele se franzir e se arrepiar. Ele se afastou por um nanossegundo e respirou, olhando-me através daqueles olhos pesados e depois se inclinou para continuar.

Seus lábios traçaram um caminho do meu queixo até o meu pescoço e eu virei minha cabeça para lhe dar tudo. Era meu lugar especial, o lugar que fazia meus dedos do pé arrepiarem... sim, eles estavam arrepiados. Ele usou sua língua para fazer cócegas desde a clavícula até a minha orelha, parando apenas para morder e mordiscar aqui e ali. Tirei minha mão direita do seu cabelo e comecei a passar as pontas dos meus dedos por cima e por baixo das suas costas, sentindo seus músculos fortes através de sua camisa fina. Suas mãos voltaram para os meus quadris, virando-me de costas até eu sentir que minhas pernas tinham batido na mesa. Ele, então, parou e levantou sua cabeça de meu pescoço para olhar para mim. Aproveitei a oportunidade para colocar minhas mãos em torno dele, deslizando-as sob sua camisa e deixando-as passarem pelo seu estômago. Ele fechou seus olhos.

— Sheridan, você está me deixando louco — gemeu, empurrando-me de volta à mesa.

— Você curte loucura, lembra? — zombei, ajeitando-me para que me sentasse com ele entre minhas pernas — Agora, venha pegar sua louca — sussurrei, pegando sua camisa e o puxando para mim.

Foi quente.

Ele estava quente.

Eu estava quente. Eu estava muito quente. Eu estava quase... des*confortavelmente* quente. Eu estava, queimando?

— Ai ai ai! — gritei, empurrando ele e pulando da mesa — O que é isso? — chorei, sentindo minhas costas. Tinha deitado em cima do café dele, derrubado, e agora o café estava espalhado pelas minhas costas e mãe do *céu*, estava quente! Estava pingando da mesa para o chão.

— Você está bem? — exclamou ele, desgrudando minha camisa e segurando-a para longe do meu corpo para que eu pudesse sentir um pouco de ar.

— Sim! Caramba, isso dói! — chorei. E que merda, quem dá uns amassos em alguém tão gostoso como este cara e depois deita em café quente? *Você, Grace.*

— É melhor você tirar isso. Está ficando refrescante agora — observou ele, olhando para a bagunça com o café que eu tinha deixado na minha camisa.

— Você acha? — perguntei, mais frustrada pelo fato dos beijos terem parado do que o fato de que as minhas costas deveriam provavelmente estar formando bolhas. Podia ver que ele estava realmente preocupado que eu tivesse me machucado, mas também havia uma faísca começando a se formar em seu olho. Ele estava tentando não rir ao continuar segurando minha camisa longe das minhas costas.

— Se eu tirar essa camisa, ficarei de *topless*. Sem sutiã, senhor, você aguenta isso? — indaguei.

— Por que não damos primeiro uma olhada nas suas costas para garantir que está tudo bem. Depois, eu vejo sobre resistir — provocou ele, ainda tentando não rir. Virei-me e peguei na minha regata, puxando para cima devagar até os meus ombros. Ao mostrar minhas costas para ele, escutei-o ofegar.

— Sim, tudo bem. Está gostando da vista? — perguntei, balançando meus quadris sugestivamente. Olhei por cima dos ombros com um olhar que eu considerava sedutor. Ele estava com uma careta.

— Recomponha-se, Doidinha, está bem vermelho aqui atrás. Vou pegar um pouco de gelo para você — respondeu ele — Fique aqui.

Ele foi para a cozinha e escutei-o fuçando em algo. Ele voltou em um minuto, segurando um saquinho cheio de gelo e enrolando um papel toalha em volta dele. Ele pegou meu cotovelo e começou a me levar até o seu quarto. Minha camiseta ainda estava levantada perto do meu queixo, tentando manter as minhas meninas cobertas na frente. Vi que ele deu uma olhada para baixo e depois mexeu sua cabeça. Ele estava sorrindo daquele jeito sensual.

— Você está em uma posição um pouco comprometedora.

— Faça disso um compromisso – lancei, ao entrarmos em seu quarto. Pude perceber que ele tinha acabado de dar uma arrumada antes de eu chegar e fiquei comovida.

Tinha cheiro de desinfetante.

Ele me guiou até sua cama.

— Beleza, deite-se, vou colocar isso nas suas costas. Você vai se sentir melhor. Prometo que não vou espiar – declarou ele, quando fiquei na sua frente. Fiquei na ponta dos pés para dar um beijo suave em seu pescoço e depois tirei minhas calças.

— Feche seus olhos – sussurrei. Ele sorriu e seus olhos se fecharam dramaticamente.

Tirei minha camisa passando pela minha cabeça e a joguei no chão na minha frente. Ao tocar os pés deles, ele sorriu novamente.

— Você prometeu que não ia espiar – repreendi, indo até a cama dele.

— Eu sei. Estou tentando. Você está me matando aqui. Me avise quando estiver pronta – disse ele gentilmente.

— Tudo bem, estou pronta. Pode abrir agora – respondi. Tinha me posicionado no meio de sua cama, deitada sobre minha barriga, olhando-o. Peguei um travesseiro e coloquei por baixo de mim, para me cobrir. Não toda. Posso ter deixado escapar um pouco do meu decote. Ele abriu seus olhos e me notou.

— Por que você não deixou cair um pouco nas suas calças também, Grace? – brincou ele, sentando-se perto de mim – Aguenta aí, agora vem o gelo – Ele gentilmente colocou a sacola de gelo enrolada com papel onde estava mais vermelho, e eu sibilei sem querer.

— Isso dói muito? – perguntou ele, passando sua outra mão para cima e para baixo de meu braço suavemente.

— Não, não muito. É apenas gelado.

Sorrimos novamente um para o outro. Olhei pelo seu quarto e percebi um violão no canto. Vou ter que me lembrar de perguntar para ele sobre isso.

Suspirei.

— Por que isso? – perguntou ele, percebendo o suspiro.

— Não é nada. Quando me imaginei pelada no seu quarto, não tinha um saco de gelo envolvido – brinquei.

— Você não é a única que te imaginou pelada aqui. Mas quem pensou que você iria se machucar? – perguntou ele.

— Bem, estou aqui. E fazendo *topless*.

— Sim, e queimada. Não quero que você se machuque ainda mais – declarou ele firmemente.

Olhei para ele. Ele estava sentado perto de mim com as pernas cruzadas na cama, com a sacola de gelo em uma mão, segurando-a nas minhas costas. A outra ainda estava no meu braço. Ele parecia um pedacinho do céu. Eu não conseguia resistir a ele. Ele era muito delicioso.

Sentei-me, com minhas mãos ainda me cobrindo. Ele tirou o gelo das minhas costas. Estiquei minhas mãos para alcançá-lo, ficando aberta para sua felicidade. Seus olhos se abriram e um sorrisinho foi aberto em seu rosto. Empurrei-o de volta para os travesseiros e coloquei uma perna por cima dele.

— Está tudo bem, Hamilton. Eu terei apenas que ficar por cima.

— Que maravilha– respirou ele.

Ótima jogada, Grace, agora vai com tudo.

★ ★ ★ ★

Nós não fomos até o fim. Teria sido muito fácil, muito cedo. Teria sido maravilhoso, maravilhosamente cedo. Pensei sobre o que havia acontecido entre nós, dirigindo para casa. Minha mente ficava trazendo *flashes* de imagens que eram muito agradáveis.

Seus olhos, olhando-me quando eu o escarranchava, passando minhas mãos em seu cabelo, sorrindo para ele...

Suas mãos, quando ele me tocou pela primeira vez. Ele as passou desde os meus quadris até a minha barriga e depois continuou, com uma lentidão agonizante, até os meus seios. Ele ficou olhando para o meu rosto esperando por uma aprovação ao me rodar, acariciando cada lado antes de gentilmente amaciar minha pele. Gemi quando as pontas de seus dedos roçavam em meus mamilos, que endureceram instantaneamente.

Seu sorriso macio, quando ele começou a me ver ficar solta...

Sua força, ao se sentar por baixo de mim, acomodando-se em meu pescoço. Ele tomou tanto cuidado para não tocar nas minhas costas e usou meus quadris para me guiar para ficar mais próxima dele. Apenas me encolhi levemente quando ele me pegou lá. Eu já não era tão autoconsciente quanto já fora. Perdi minhas mãos em seu cabelo novamente. Sua respiração ficou mais pesada e mais irregular quando pressionei meus quadris para baixo nele, evocando um gemido que fez meu sangue ferver e minha barriga sacudir.

Seus lábios, quando ele os pressionou em mim descendo do pescoço até os meus seios. Joguei meu corpo pra trás para aproveitar mais e ele beijou bem entre eles. Me beijou suavemente em todos os lugares, entre, abaixo e ao redor.

Sua língua, quando ele, enfim, colocou meu mamilo direito na sua boca. Ele tinha chupado tortuosamente, passando sua língua de um lado ao outro antes de soltá-lo com uma mordida. Ele sorriu para mim maliciosamente, vendo minha reação.

Foi irreal. De verdade, não havia palavras.

Quando finalmente nos separamos, ofegando severamente, apenas nos encaramos com um desejo óbvio. Meus lábios estavam inchados por causa de seus beijos apaixonados e dos arranhões sutis de sua barba. Eu ainda estava sentada em seu colo, minhas pernas estavam ao redor dele. Ele tinha encostado sua cabeça no meu peito, empurrando minha cabeça para trás para que pudesse se aconchegar no canto entre meu ombro e meu seio. Seus braços fortes me rodearam, garantindo que não houvesse nenhum espaço entre nossa pele. Passei minhas mãos no cabelo dele novamente, dessa vez mais gentilmente, usando minhas unhas para massagear sua cabeça. Rapidamente, descobri que isso era algo que ele adorava.

Ele suspirou contente e perguntou:

— Como é possível eu te conhecer há apenas alguns dias?

— Eu sei. Eu sei – confortei, puxando-o para ainda mais perto de mim. O frenesi de antes tinha dado lugar a uma paz calma e fácil de toques e sentimentos e conforto e proximidade. Era amável.

— Como estão suas costas? – perguntou ele, sem se afastar. Na verdade, ele me abraçou ainda mais. Senti sua respiração cálida em meu peito.

— Está melhor. Obrigada pela distração – respondi, beijando sua testa, suas têmporas, seu nariz, suas pálpebras, suas sobrancelhas. Ele suspirou novamente, soltando um zumbido leve no fundo de sua garganta que registrei como "Som Feliz do Jack".

Uma buzina barulhenta me trouxe de volta à realidade, fazendo com que eu saísse da minha memória. Esfreguei as pontas de meus dedos nos meus lábios, que ainda estavam inchados, e sorri. Vi de relance um reflexo de mim no espelho traseiro e meu coração ficou mais rápido quando me lembrei o que estava vestindo. Minha camisa ainda estava molhada de café, então, quando saí estava vestindo uma das camisetas dele, branca de mangas longas. Nele, ela teria ficado justa, mas eu estava mergulhada nela. Ele teve tempo de dobrar as mangas para mim, enquanto eu ficava na sua frente como uma porta. Percebi, e não foi a primeira vez, o quanto ele era mais alto do que eu. Ele tinha com certeza mais de 1,80 m, e me olhava de maneira adorável. Ele me deu minha camiseta arruinada numa sacolinha e sorriu para mim. Fiquei pensando se as coisas iam ser diferentes agora. Demos amassos a manhã inteira, não foi nem brincadeira.

E agora? Seríamos amigos? Ficaríamos melosos? Seríamos alguma coisa?

Ele se inclinou para me dar um beijo de despedida e sussurrou na minha orelha:

– Caso eu não tenha te contado, você tem peitos maravilhosos.

Sorri intimamente, depois coloquei minha boca perto de sua orelha.

– Eu sei, espera para ver o restante.

Ambos entregamos grandes sorrisos e eu corri em direção ao meu carro. Quando cheguei lá, olhei de volta e o vi parado, me observando.

– Até mais, Hamilton!

– Até, Sheridan.

Sim, vai ficar tudo bem.

★ ★ ★ ★

Jack e eu concordamos que, durante o resto do dia, eu trabalharia. Ele estava mudando de emprego agora, embora estivesse fazendo diversas divulgações para o filme. Holly também o fez ir a várias reuniões por toda a cidade, garantindo que as portas estivessem abertas quando esse filme estreasse. Seria um sucesso comercial, provavelmente conseguindo até mais de quarenta milhões no final de semana de estreia. Se tudo corresse bem, Jack poderia barganhar quando estivesse escolhendo seus próximos trabalhos. Holly estava determinada a usar sua nova posição de poder para assegurar sua carreira, mais do que capitalizar apenas os próximos dezoito meses, enquanto ele fosse o novo "garoto famoso".

Por não estar, tecnicamente, trabalhando agora, ele estava curtindo seus últimos meses de sossego em relativo anonimato, apesar de que nem mesmo isso estava garantido. Pensei sobre as fotos de ontem e sobre como uma foto minha saindo de seu apartamento, com o que obviamente era sua camiseta, poderia afetá-lo.

Parecia que estávamos nos dando o luxo de ter uma tarde prazeiroza, à qual eu não me opunha.

Não estava em dia com meu trabalho com meu companheiro de cena, sem mencionar estar quase atrasada em um projeto que estava trabalhando para um cliente. Disse para Jack, enfaticamente, que ele não podia me ligar, me mandar e-mail ou me enviar mensagens até que eu fosse atrás dele. Ele era tão adorável que tiraria minha concentração em qualquer atividade que estivesse tentando completar — não que eu esteja reclamando. O tempo que passamos juntos nesta manhã foi incrivelmente bom. Porém, tenho que manter meus pés presos no chão. É muito fácil se perder com todas as coisas referentes ao Hamilton. Além disso, eu tinha outro motivo para passar a tarde sozinha.

Queria procurá-lo no Google.

Desde que ele mencionou isso na praia, estive pensando em fazer isso. Isso não é correr muito atrás dele, né? Se estivesse saindo com outro cara e soubesse que havia um montão de informação disponível *online* me esperando, será que eu não aproveitaria isso? Isso é assustador?

Deixa de drama, menina, faça logo a busca, pelo amor de Deus.

Ao chegar em casa, trabalhei durante algumas horas depois de dar uma olhada nas minhas costas. Ainda estava vermelha, mas não tão ruim. Na próxima vez que encontrá-lo, vou tirar proveito, ganhar alguns pontos de simpatia. E talvez também uma massagem nas costas. Sim, uma massagem nas costas. Suas mãos passariam pelas minhas costas, até minha calcinha e depois...

Foco, Grace.

Trabalhei por algumas horas e depois mudei para a noite de shows aberta ao público que tinha planejado para a próxima semana. Arranhei meu violão, praticando as músicas que tinha escolhido. Recentemente, tinha começado a escrever algumas músicas, mas não estava ainda segura o suficiente para cantá-las na frente do público.

Ainda estava cantando quando percebi que já estava perto da hora do jantar e Holly chegaria em casa loguinho. Teria que fuçar no Google depois. Fui correndo para o chuveiro e estava me vestindo quando ela me ligou para falar que chegaria daqui cinco minutos. Ela estava trazendo comida tailandesa para a janta.

Estava entrando em um vestido branco quando ela colocou sua cabeça em meu quarto.

— Ei, idiota. O jantar está lá embaixo e você tem um pacote te esperando na varanda da frente.

— Tenho?

— Sim, está lá fora. Vá pegar seu pacote – sorriu quando passei por ela, desconfiando de algo. Ela apenas encolheu os ombros e me mostrou o caminho da porta da frente.

Saí e vi um envelope branco no degrau da frente. Abri e encontrei um cartão de presente da Starbucks. O bilhete que veio junto dizia:

Sheridan,

Você não falou nada sobre bilhetes quando cortou todas as formas de comunicação.

Vire-se para o outro lado.

— Ah cara, Hamilton, você está aqui? – perguntei ao me virar. Ele me pegou e me deu um abraço forte, puxando-me para beijar minha testa.

— Te trouxe isso, já que não te paguei nada esta manhã.

— Seu bobo, e te disse: nenhuma comunicação. Obviamente, isso inclui cara a cara – reclamei, relaxando um pouco em seu abraço.

— Por que você está levando esse negócio de comunicação tão a sério? – indagou, abaixando sua cabeça até a minha e começando a dar beijos gentis desde a minha orelha descendo até o meu pescoço.

— Por isso. Porque não consigo me concentrar quando você faz isso – sussurrei, inclinando-me nele, contrariando-me.

— Não se concentra, é? Então, eu não devia fazer isso? – perguntou ele inocentemente, esfregando a ponta de seus dedos pelos meus braços despidos. Ele deslizou sua mão pelo meu ombro, dentro do vestido branco, e começou a se mover em direção ao meu seio.

— Não, não faça isso – protestei, fracamente. Eu já estava começando a ficar excitada e podia sentir meus seios ficarem duros, quando ele se aproximava mais perto de mim.

— Gosto deste vestido, Grace. Nunca tinha te visto de vestido.

— Não brinca. Acabamos de nos conhecer! Até agora, você me viu com roupas esportivas, com roupa de corrida e um jeans de piriguete. E coberta por farelos.

Ao se lembrar dos farelos, ele riu.

— Bem, todas foram memoráveis. Mas o vestido? Meu favorito até então – ele continuou seu ataque, passando suas mãos na minha lateral e começando a amassar meu vestido, levantando-o na altura das minhas coxas.

— Pelo amor de Deus, não podemos fazer isso aqui! Isso é tão inadequado. Isso é errado. Isso é … Ai, meu Deus… – parei, sem conseguir falar.

Ele deixou as pontas de seus dedos deslizarem até as minhas pernas, parando apenas quando chegou à minha calcinha de renda. Ele delineou a borda do meu rendado, começando no quadril e indo para baixo, até me cobrir com sua mão. Não consegui segurar o gemido que escapou de mim.

— Está se concentrando agora, Grace? – respirou ele na minha orelha.

— Ah, sim? Mas você não me afeta tanto quanto acha – tentei fracamente manter o controle da conversa, já que estava perdendo o controle da parte de baixo do meu corpo.

— Não acho que isso seja verdade – ele franziu para mim, colocando a renda de lado, seus dedos suspensos ligeiramente acima de mim. Como antes, apesar dele não estar realmente me tocando, eu podia senti-lo. Podia senti-lo onde estava, e eu sabia que ele sabia exatamente o que isso estava me causando – Na realidade, posso afirmar que você está bem afetada por isso – sussurrou ele sensualmente, nos olhando, seus olhos penetrantes não me deixavam desviar o olhar.

Em seguida, seus dedos me tocaram.

Nunca na minha vida me senti tão excitada. Era mágico. Seus dedos tremulavam, roçando-me levemente. Eu quase gozei naquele momento. Estremeci.

— Hmm, Grace. Tem certeza que isto não está te afetando? – continuou ele, me apertando lá embaixo. Quase perdi meu equilíbrio. Ele me empurrou na porta, jogando-me na campainha. Escutei ela tocar.

— Já estou chegando! – escutei Holly dizer ao ouvi-la andar até a porta da frente.

— Acho que *alguém* vai chegar lá antes – riu ele, tirando sua mão e me deixando sem ar e com as bochechas rosadas.

— Vou te deixar voltar a se concentrar. Liga para mim quando estiver pronta para terminar o serviço – disse ele, rindo levemente do meu olhar frustrado e confuso.

– Vá – murmurei. Ele sumiu na escuridão, mas podia escutá-lo. Eu o divertia.

Holly abriu a porta e me deu uma olhada. Eu ainda estava contra a porta com meu vestido preso ao redor dos meus quadris. Estava mexendo minha cabeça surpresa, parecendo exausta e empolgada ao mesmo tempo.

– Ah, Deus, o inglês entrou, não é? – perguntou ela.

Olhei para ela, incapaz de dizer algo.

Escutei a risada de Jack indistintamente soar pela noite, quando seu carro saiu correndo.

– É melhor você não ter comido ela na minha porta, Jack! – gritou para ele.

Conforme o carro dele desaparecia pela esquina, escutei-o gritar:

– Ainda não, Holly!

Holly mexeu o dedo para mim me repreendendo e voltou para dentro. Alguns segundos depois, ela desligou a luz da varanda na minha cara.

Você acabou de perder o dom da fala.

dez

Apesar de nos conhecermos há apenas alguns dias, aquela noite tinha sido decisiva para nosso "relacionamento". Estava rolando. Sabia que estávamos ridiculamente atraídos um pelo outro. Sabia que não tinha sentido algum estarmos nos envolvendo no que agora era mais do que um simples flerte. Sabia que a diferença de nove anos era importante e que, querendo ou não, isso eventualmente seria algo com que se lidar. Sabia que ele já era o Senhor Nome Quente, edição britânica, e que estava prestes a estourar como uma grande estrela. Sabia que havia pouca ou quase nenhuma chance de que nós dois sairíamos ilesos disso.

Sabia que ele iria me foder como se fosse pago pra isso.

E sabia que eu iria deixá-lo.

Apesar de todas essas outras coisas estarem lá e um dia terem que ser tratadas, eu estava além da minha capacidade conseguir resistir. Ia deixar meu corpo tomar conta e meu cérebro se preocupar com outras coisas. Todas as porcarias mentais foram empurradas para o lado e colocadas em uma caixa intitulada "Grace vai cuidar de vocês mais tarde, agora ela está sendo levada por sua xoxota".

Conversamos ao telefone pelo resto daquela semana, trocamos e-mails, mensagens e até colocamos Holly no meio como uma interceptora, deixando-a indignada. Ela foi forçada a transmitir mensagens como: "Fale para a Sheridan que vi uma gaivota esta manhã que precisava de um lugar macio para pousar" e "Fale para o Hamilton que está tendo uma liquidação de protetor labial se ele precisar se abastecer. Aquele lábio inferior está parecendo um pouco áspero" e "Fale para Sheridan que ela devia usar Salonpas caso as juntas dela estejam podres. É o que meu pai usa" e "Fale para o Hamilton que o leitor de medidas passou um pouco em mim na noite passada, e foi óóótimo". Consequentemente, Holly se recusou a continuar este jogo, gritando pelo telefone na frente de um cliente famoso que estava lá para participar de uma reunião:

— Dá pros dois treparem logo e pararem com isso?

Não nos vimos até a próxima semana. Eu realmente estava atrasada com o meu trabalho. Estava me preparando para o *showcase* e, naquela noite, estava finalmente ensaiando duas de minhas músicas para a noite aberta ao público. Holly e Nick iam me encontrar em um bar perto de Fairfax. Estava um pouco nervosa, mas muito empolgada. Precisava praticar, e estava começando a me sentir confortável para me apresentar na frente de um público novamente.

Ainda estava lendo também a série *Tempo*, e o tal do Joshua era um Cientista Supersexy — que se envolvia em um caso amoroso arrebatadoramente excitante com uma garota diferente em cada época. Estava viciada. Estava lendo ficção erótica? Erotismo que viajava no tempo? Talvez...

Tinha conversado com Jack no final da tarde. Ele ficou em um *set* fazendo novas fotos em um estúdio no vale o dia todo e ia tentar chegar ao bar a tempo.

— Não sei que horas vou acabar aqui. Eles me falaram que devo sair daqui umas oito, mas isso costuma ser mentira – suspirou ele pelo telefone.

— Bem, se você chegar aqui, você chegou aqui. Se não, sem problema. Na próxima semana talvez eu faça outra sessão – respondi, pegando um fio solto não existente no meu jeans. Estava ficando mais nervosa do que imaginei. Mas isso era bom, boa energia para se ter.

— Na verdade, não sei se vou conseguir ir lá – disse ele – Holly e eu conversamos hoje e terei que começar a fazer mais divulgação. Eles agendaram entrevistas para mim durante a semana que vem inteira, e algum dia terei que ir para Santa Barbara para fazer uma sessão de fotos.

— Ah, tudo bem. Não faz mal. É apenas uma apresentação de bar. Eu entendo – respondi, chocada por isto ter me afetado tanto. Conseguia sentir meu estômago se apertar quando percebi que eu estava realmente esperando que ele fosse me ver cantar.

Grace, este não é seu namorado. É uma pessoa que ainda nem te viu nua.

Bem, ele me viu quase nua. Mas isso não foi porque ele não tentou. Apesar do fato de eu ter mantido ele longe de mim toda a semana enquanto trabalhava, ele tentou me levar para algum lugar ou pelo menos ir me visitar quase toda noite. Depois da sua performance na porta, eu fiquei extremamente tentada. No entanto, tinha que agir como uma adulta e acabar meu serviço antes.

Será que eu estava dando uma de difícil também? Ah, claro que sim.

– Grace, você sabe que, se estiver na cidade, vou aparecer lá, né? Você não vai se livrar de mim tão fácil – garantiu, e podia ouvir alguém falar no fundo – Então tá. Eles precisam que eu volte para o cenário. Te ligo se conseguir chegar. Caso contrário, te vejo em breve.

– Falo com você mais tarde. Ei, outra coisa.

– Sim?

– Se eu te ver hoje à noite, você vai terminar o que começou – provoquei, lembrando-me do que ele me prometeu na última vez em que estivemos juntos.

Ele ficou quieto e pensei que ele tivesse desligado até que ele disse, quase sussurrando:

– Grace, não vou me concentrar em mais nada até que você goze. Vou começar e vou terminar essa porra.

Ai. Meu. Deus. O inglesinho era um pouco safadinho. Eu me tirei do chão e tentei começar a respirar novamente.

– Hamilton, não tenho nada para te dizer.

– Que bom. Gosto de te deixar sem palavras. Agora deixe-me ir para que eu possa te pegar mais rápido – provocou ele e depois desligou o telefone.

Deus do céu...

★ ★ ★ ★

Cheguei cedo ao bar e esperei por meus amigos. Sentada no balcão, pedi um chá quente, tentando me esquecer das palavras de Jack. Estava ficando quente apenas ao pensar nele, e queria que a noite já tivesse terminado para que pudéssemos ficar juntos.

Garota, você está derretidinha.

Sim, mas esperava ficar molhadinha logo. Quando estava sentada lá, senti um par de mãos em minha cintura e sorri. Virei-me e não esperava o que vi.

–Esta ruiva não é mais misteriosa! – era Nick, e ele segurava uma cópia da foto da praia tirada pelo TMZ. Ele não estava contente – Por favor, me fala que você não está transando com ele. Pelo amor de Deus, me diz que você não bebeu dessa água.

— Por que você acharia isso só de olhar esta imagem? A gente não poderia estar só dividindo um camarão, ser só um almoço inofensivo? – protestei inocentemente.

— Então você não dormiu com ele? Ah, muito obrigado, Senhor. Eu ia bater minha cabeça em uma janela de vidro se você tivesse roubado meu garanhão inglês antes dele ter descoberto secretamente que é gay. Preciso de mais tempo para convencê-lo – riu ele, relaxando sua postura.

— Não, Nick, eu não dormi com ele – respondi honestamente, pensando como escaparia dessa jogada em particular.

— Ela ainda não fez isso. Mas dou mais uma semana antes de uma penetração real acontecer – falou Holly, andando ao meu redor para roubar uma cereja por trás do balcão.

— Droga, Holly – comecei, observando o rosto de Nick se mover passando pelas sombras vermelhas até as roxas.

— Como você *pôde*? Meu garanhão, minha gostosura inglesa, minha tortinha de bife com rim, meu, meu... – balbuciou ele, conforme eu lutava para não rir.

— Nick, lamento sua perda, mas ele é hétero — inteiramente, completamente hétero. Se tivesse uma chance dele não ser, eu nunca teria o beijado. E isso foi tudo o que fiz, apenas o beijei.

— Ele tirou uma casquinha no outro dia. Ah, e quase fez você gritar na minha campainha – acrescentou Holly, sorrindo alegremente.

— Você não está ajudando – demonstrei nervosismo.

— Bem, pelo menos ele está enfiando em alguém que conheço – começou Nick – Isso me deixa um pouquinho feliz. E ninguém precisa mais disso do que você. Digo, exceto por você querida – disse ele, rapidamente virando-se para Holly. Ela engasgou, engolindo sua cereja.

— Quando é que eu virei o assunto dessa conversa? Estou bem – protestou ela, já ficando levemente roxa.

— Ah, por favor, faz meses desde a última vez que você fez sexo com alguém. E não tente mentir para mim. Estou em dia – disse ele ferozmente, colocando a ponta de seus dedos na sua têmpora, tentando adivinhar a última vez em que Holly tinha transado.

Afastei-me da conversa, escutando-os brigarem de um lado para o outro. Precisava me concentrar. Mais uma vez, alisei minha roupa, pegando uma fibra não existente.

Naquela noite, estava usando um vestido preto apertado de botões, que me caiu bem, e tinha deixado os botões de cima estrategicamente abertos. Tinha feito uma combinação com calças pretas largas, terminando com o Sapato Urbano Lendário: *mary janes* de couro preto envernizado. Meu cabelo estava solto, e eu nem precisava fingir que tinha deixado-o deste modo para o Jack. Uma vez ele me falou ao telefone que amava meu cabelo, principalmente quando ele estava enrolado. Eu agora analisava o que ele havia me dito como se estivesse na minha quinta série — que, aliás, foi quase na mesma época que ele nasceu... ai, droga.

Grace, pare. Você já passou por isso. Jack é apenas Jack. Esqueça-se da diferença de idade. Foco no prêmio. O prêmio é o pacote.

O pacote realmente era o prêmio. Estou morrendo de vontade de espiar aquele pacotão desde o dia em que estava montando nele em sua cama, com minha coluna cheia de vergões de café. O menino estava excitado e eu pude perceber. Pode-se dizer que ele tinha uma arma em seu bolso *e* também estava feliz em me ver.

Eu peruei um pouco com Nick e Holly e, quando os artistas começaram a ir para o palco, dei uma olhada pela plateia procurando por Jack. Já era quase nove e meia e nenhum sinal do inglesinho. Ah bem, sei que ele ia tentar. As repetidas sessões de fotos devem ter demorado mais do que ele esperava.

Quando a apresentadora chamou meu nome, subi no palco com meu violão. Tinha escolhido duas músicas diferentes e estava feliz com minhas escolhas. Ao observar Holly e Nick aplaudirem para mim, deixei o sentimento familiar que vinha da apresentação me tomar. Isso sempre me deixava um pouco alta. Fechei meus olhos, encontrei meu centro, e quando terminei a abertura, abri minha boca para cantar.

Foi quando o vi. Ele estava no balcão, longe de Holly e Nick, e estava me encarando, sorrindo. Puxei minha respiração fortemente e sorri de volta para ele, sentindo minha barriga dar um estalido. Estava tão afim desse cara — chegava a ser maluco o jeito que me sentia por ele.

Comecei a cantar e não pude tirar meus olhos dos dele. Eles se penetravam em mim, indo até as pontas de meus dedos que formigavam, e isso era tudo o que conseguia fazer para continuar a música. Me concentrei na letra, questionando-o com meus olhos para saber se ele aguentava aquilo, tudo aquilo, tudo o que eu era. Tinha escolhido "Strong Enough", da Sheryl Crow, e a música era perfeita para aquela noite.

Seu olhar se fixou ao meu o tempo todo, ele acenava sua cabeça junto com a minha, conforme as palavras na música lhe perguntavam tudo aquilo que eu achava ser muito cedo para perguntar cara a cara. Ele ficou comigo o tempo todo e quando terminei, ele aplaudiu mais alto e por mais tempo do que o resto do público, acrescentando ainda uns uivos de lobo. Agradeci ao público, entreguei meu microfone para a apresentadora e sai propositalmente pela plateia. Estava indo pegar o que considerava agora meu, não me importando com as consequências.

— Grace, isso foi surpreendente... — silenciei-o com minha boca, pegando sua nuca e puxando seu rosto ao meu, fazendo com que seus lábios se encontrassem aos meus forçadamente. Com minha mão livre, apertei seu pulso, coloquei sua mão na minha bunda, e o empurrei no balcão. Seus olhos se abriram de surpresa, mas rapidamente espelharam os meus com um crescente desejo.

Não conseguia pensar, não conseguia escutar, não conseguia me concentrar em nada a não ser neste homem na minha frente e no fato de que se não conseguisse senti-lo, e teria que ser muito em breve, eu literalmente explodiria. Ao apertar minha língua na dele loucamente, senti suas mãos crescerem imediatamente, puxando-me para mais perto dele, e estava pronta para montar no maldito balcão. Por sorte, uma boa parte do meu cérebro estava funcionando e havia muita educação britânica da parte dele a fim de prevenir isso, e quando tomamos conta de que as palmas haviam mudado da minha cantoria para os nossos amassos no meio da plateia, nos separamos, embora com relutância.

Olhei para ele, os cachos loiros estavam bagunçados e sensuais, e eu quase dei o bote novamente. De qualquer forma, já tinha começado a tentar beijar seu pescoço quando senti a mão de Holly em mim.

— Grace, tem muita gente olhando. E tem pelo menos dez meninas que reconheceram o Jack. Controle-se – advertiu ela, tentando ficar entre nós. Jack não ligou para isso e me manteve encolhida contra este lado.

— Holly, foda-se tudo isso. Não importa quem elas reconheçam – disse ele, suas mãos ainda estavam perambulando pelos meus quadris e passando por cima e por baixo da minha coluna. Escutei Holly respirar e afastei meus olhos dos de Jack por tempo suficiente para olhar ao redor. Ela estava certa. Havia pelo menos três grupos de garotas nos encarando, e uma de nós estava pegando seu telefone.

— Merda — xinguei, afastando-me dele, deixando-o sozinho no balcão. Ele fez uma careta e tentou me puxar.

— Espera. Espera apenas um minuto. Holly está certa — comecei. Ele tentou me interromper e coloquei um dedo nos seus lábios. Escutei as fãs mais próximas de nós reagirem com desprezo.

Holly me observou de perto. Afastei o dedo desprezado devagar para não antagonizar o bando perturbado. Continuei.

— Holly está certa, e acho que ela também gostaria de me lembrar, neste momento, que ela e Nick vão sair para jantar mais tarde, não é isso, Holly? — virei-me para olhá-la, quando um sorriso pequeno começou a se abrir pelo rosto do inglesinho.

— Vamos? — perguntou Holly, parecendo confusa. Nick parecia apenas feliz em estar tão perto de Jack e estava tentando acidentalmente-de--propósito encostar seu cotovelo com o seu próprio. Por sinal, nada disso passou batido para Jack.

— Sim, acho que sim. E também acho que você vai desaparecer por pelo menos duas horas — acrescentei.

— Duas horas? — interrompeu Jack, parecendo insultado — Um *jantar* muito bom irá demorar pelo menos de três a quatro horas, ou até mais. Depende do quanto você estiver com fome, do quanto você quiser ficar satisfeita. Você talvez queira até diversos pratos... na verdade, posso te garantir, quando *janto*... eu não costumo parar no primeiro. Eu faço questão de repetir. Os pratos, lógico — terminou ele, colocando seu braço ao redor da minha cintura secretamente e me puxando para mais perto dele. Seus olhos estavam pegando fogo ao me olhar e eu não conseguia mais sentir minhas pernas. No entanto, o que estava logo acima das minhas pernas, conseguia sentir intensamente.

Durante esta última troca, Nick começou a respirar profundamente e estava agora se apoiando no balcão, se abanando. Os olhos de Holly ficaram até um pouco brilhantes ao escutar Jack, sem mencionar o *bartender*, que agora estava se inclinando do outro lado do balcão, parecendo um pouco fora de si.

Desgarrei-me um pouco do inglesinho, olhei para Holly e disse:

– Ok, você escutou o cara. Jantar, agora, vocês dois... por pelo menos três horas. Se você vier para casa antes disso, não prometo que não verá um pouco de pele – virei novamente para Jack e disse:

– Você e eu, vamos nessa – pegou ele na minha mão e começou a me puxar até a porta da frente.

Holly parou na frente dele.

– Ei, posso ser sua gerente por apenas um minuto? Não é uma boa ideia você ser fotografado com alguém, e pode haver câmeras lá fora. Sem falar, você sabe, todas aquelas garotas estão te observando como um falcão. Vai estar por toda a Internet se você sair com Grace, principalmente segurando sua mão, o que eu, pessoalmente, acho fofo, por sinal – parou brevemente para me lançar um rápido sorriso – Você devia ficar aqui por alguns minutos, conversar com elas, deixar Grace sair daqui. Você pode encontrá-la na minha casa daqui um tempo.

Jack ficou olhando para mim e para Holly, escutando. Ele pensou durante um minuto e olhou para mim. Eu encolhi os ombros. Não me importava. Eu só queria muito aquele cara — não me importava como isso aconteceria.

– Vou fazer do jeito que você quer, mas depois terá que fazer algo para mim – contou ele a Holly, piscando para mim.

– O que seria? – perguntou Holly.

Ele apertou algo em sua mão.

– Peça sobremesa também. É por minha conta – respondeu ele. Com isso, deu uma batidinha de leve no seu relógio, segurando os dez dedos para cima, olhando maliciosamente para mim. Ele mordeu aquele lábio inferior perfeito e quando senti minha barriga enlouquecer, ele foi até o primeiro grupo de garotas.

Não vi Nick desfalecer. Não vi Holly fazer sinal com seus braços através do meu campo de visão, tentando prender minha atenção. Não vi o bando perturbado começar a gritar quando ele foi até elas para dar alguns autógrafos. Apenas o vi, e depois o asfalto no estacionamento quando corri para o meu carro.

Graças a Deus que você se depilou.

★ ★ ★ ★

Ao dirigir até em casa, comecei a mentalmente pensar no que vou precisar para o meu pequeno encontro amoroso com o inglês.

Lingerie sexy? Já estou usando.

Música sensual nos fundos? Já arranjei.

Lençóis limpos? Fresquinhos.

Camisinhas?

Confere, e a pílula também.

Espera, camisinhas? Essa era uma pegadinha... vai dormir com ele hoje à noite?

Coloquei essa questão na caixa "Grace decidirá mais tarde" e voltei a me concentrar no fato de que ioga me fez ser mais flexível, e sabia que alguém ia tirar muito proveito disso. Então, eu provavelmente ficaria muito satisfeita.

Tudo o que ele faria seria me satisfazer.

Deixei um gritinho hiperativo escapar ao pensar em como estou prestes a ser completamente trabalhada. Tinha deixado o teto do carro abaixado e o som alto, enquanto dirigia pelas ruas de Los Angeles em direção à Mulholland, cantando Dramarama o mais alto possível. Estava dirigindo pela Coldwater Canyon quando vi os faróis atrás de mim.

Eles estavam rápidos e não recuaram. Vi um carro desviar pelo meu retrovisor e escutei o motor aumentar rapidamente. Apertei meu pé no acelerador e manobrei montanha acima. Quando fiz uma curva apertada, vi um carro ficar ainda mais próximo e percebi que era um velho, acabado, MG. Era Jack. Ele dirigia como um morcego que saiu do inferno... e queimando.

Ele estava me forçando a dirigir mais rápido.

Sorri para o meu espelho e coloquei minha mão esquerda para fora da janela. Acenei para ele com minha mão, dizendo para ele "Manda!". Sacudi meu cabelo que estava com o rabo de cavalo que costumo usar quando dirijo com o teto abaixado, e escutei-o buzinar por ter gostado daquilo.

Ele estava me seguindo como a Kelly McGillis fez com Tom Cruise, em *Top Gun*. Os pneus cantavam, os freios estavam sendo pisados fortemente, os outros motoristas estavam nervosos e gritando. Eu já respirava fortemente antecipando o que me esperava, quando finalmente chegamos em casa.

Ele continuou a me seguir até a colina e quando cheguei mais perto da rua da casa de Holly, ele desviou de perto de mim e acelerou, chegando à vaga antes de mim. Ele estacionou, pulou do carro, e estava bem perto do meu antes de eu ter desligado meu motor. A música do meu rádio soava bem alta, quando ele se aproximou do carro.

– Você é um louco da porra! – gritei, observando-o vir na minha direção.

– Achei que você precisava de um empurrãozinho – respondeu ele, diminuindo a distância em três rápidos passos. Tirei minhas chaves e não tive nem chance de sair do meu banco antes dele colocar meu cabelo em suas mãos, passando-as por ele. A música foi cortada repentinamente.

Silêncio.

– Saia do carro, Grace – ordenou ele calmamente, segurando meu rosto entre seus dedos, apertando as pontas nos meus lábios. Beijei-os gentilmente e sai do carro.

Quando me virei para fechar a porta do carro, ele estava por cima de mim. Braços escorregaram pela minha cintura, mãos deslizaram sob minha camisa, lábios foram arrastados do meu pescoço, seu quadril foi apertado ao meu. Respirei com força, o que foi rapidamente seguido por um gemido. Ele estava em todos os lugares, de uma só vez.

Minhas mãos encontraram seu cabelo e eu puxei sua boca para a minha, beijando-o vorazmente com toda a força que trabalhei na minha mente desde o bar. Ele me rodou, empurrando-me contra o carro. Minhas mãos estavam selvagens em seus cabelos, em seu rosto, agarrando a sua nuca quando ele me atacou com seus beijos. Suas mãos se moveram para frente da minha camisa, arrancando dois botões quase instantaneamente. Eu, rapidamente, me lembrei de onde estávamos e recuei um pouco.

– Ei, vamos pro lado de dentro, Hamilton.

– Esse é o plano, Sheridan – sussurrou ele, sensualmente contra meu pescoço, movendo sua mão para baixo e botando pressão no meu centro – Estou tentando *entrar*.

– Ah. Meu. Deus – gemi, minhas palavras estavam pegando na minha garganta, conforme meus olhos se rodavam na minha cabeça. Apertei-me com seu toque, aumentando deliciosamente a fricção. Eu estava literalmente ofegante e começava a ver estrelas. Ele continuou a torcer e virar as pontas de seus dedos, encontrando mais e mais caminhos para me fazer gemer.

Eu sou do tipo que grita — sempre fui e sempre serei, desde que seja feito do jeito certo. Quando não está rolando, fico quieta como rato em igreja. *Este homem vai fazer você perder sua voz por dias de uma só vez.*

Já estava começando a sentir que estava ficando pronta, e não queria que a primeira vez que Jack me deixasse louca fosse no estacionamento da minha melhor amiga. No quarto de hóspedes da minha melhor amiga, onde eu estava atualmente morando? Aí tudo bem.

– Ei, senhorzinho, vem aqui. Vamos para dentro da casa – direcionei, continuando a beijar o que estivesse perto de mim. Neste caso, era sua orelha.

– Já que você insiste, mas você será toda minha – rosnou ele, puxando-me do carro e me levando até a casa. Houve um momento furioso na porta da frente quando não conseguia encontrar minha chave, mas, ao entrarmos, minhas calças quase foram arrancadas.

Corremos até as escadas, mas, conforme subíamos, nossos beijos diminuíram um pouco, ficando mais e mais carinhosos e menos exaltados. Eu o levei pelo corredor até o meu quarto e ficamos na porta. As luzes estavam acesas e ambos hesitamos em frente à porta. As coisas estavam próximas de mudar, para melhor, eu espero, mas definitivamente mudariam.

– Este é o meu quarto – disse tranquilamente, quase timidamente. Gesticulei para ele entrar e ele cumpriu. Ele olhou ao redor, vendo as fotos na cômoda, os livros na prateleira, os CDs em cima do rádio, finalmente posicionando meu iPod no rádio.

– Estou morrendo de curiosidade para saber o que você ouve – riu ele, apertando o botão de tocar.

– Não, espera, não faz isso! – comecei pelo quarto, prevendo o inevitável.

Jack se matou de rir quando um gangsta rap antigo começou a gritar pelo quarto e ele caiu na cama. O humor mudou. Ainda havia aquela combustão, aquela queimação, mas éramos nós. Estávamos rindo e nos amando. Fiquei na frente dele, deixando suas mãos passarem por mim às escondidas a fim de segurar minha parte de baixo, conforme ele acariciava seu rosto contra meu estômago. Podia sentir sua respiração na minha pele e ela fazia cócegas, de uma maneira agradável.

– Nossa, Grace, você me mata. Só você mesmo teria isso no seu iPod.

– Ei, cara, sou da velha guarda. Não me faça pegar o Eazy-E e N.W.A. ou vou vou dar uma de gangster na sua bunda. Ninguém é mais barra-pesada do que uma riquinha branca e suburbana – provoquei, encostando seu rosto mais perto de mim, passando meus dedos pelo seu cabelo do jeito que sei que ele gosta e arranhando minhas unhas de cima para baixo.

Ele fez o som, meu novo som favorito, o "Som Feliz do Jack", que esteve tocando diversas vezes na minha cabeça durante a última semana. Ele tinha um cheiro maravilhoso, de novo era aquela mistura de sol, chocolate, cachimbo e Hamilton puro não adulterado.

Ele beijou minha barriga, virando seu rosto em direção ao meu, suspirando novamente e parecendo estar completamente em paz. Eu amava poder deixá-lo daquele jeito — fazer com que ele parecesse tão calmo e contente.

Mas, oi, o que era isso? Será que ele não era tão calmo quanto eu achava? Ele estava desabotoando minha camisa desde a parte de cima, tirando-a gentilmente enquanto eu o observava, depois ele abriu seus olhos para me ver e eu sorri. Tomado pelo sutiã de renda preto através do linho, ele suspirou novamente.

– Grace – sussurrou ele, beijando-me pelo meu sutiã, chamando minha atenção imediatamente. Ri quando percebi que uma música fabulosa, mas não muito apropriada para este momento, ainda tocava.

– Ei, vou apenas me refrescar rapidinho. Por que você não encontra outra coisa para escutarmos? Pode escolher – me afastei rapidamente quando ele franziu a sobrancelha, e posso dizer que ele não gostou nadinha de ter que me deixar sair, mesmo que fosse por apenas um minuto.

– Você já está refrescada. Até mesmo insolente – provocou ele, dando uma batidinha de brincadeira em minha bunda quando me virei para ir ao banheiro.

– Insolente? Você vai me falar mais palavras de lorde britânico hoje à noite? – provoquei também, mais uma vez brincando.

– Não, não até que você volte – disse ele, apoiando-se em seus cotovelos, parecendo perfeitamente um deus do sexo.

– Fechado. Agora escolha algumas músicas, Hamilton – sibilei pelo quarto e só fui atrás da porta quando ele me deu uma pegada de brincadeira.

– Você tem o mesmo tempo que tenho para escolher algo, e é bom que tenha alguma música boa para dançar nesta coisa – escutei-o dizer ao mexer minha cabeça com diversão.

Olhei para o meu reflexo. Meu cabelo estava armado e cheio, bagunçado pelo vento de quando tinha dirigido. Meus lábios estavam inchados por causa dos beijos. Minha camiseta estava aberta e eu estava bonita. Bonita o bastante para seduzir um homem de vinte e quatro anos? Ah caramba, eu com certeza tentaria. Queria que isso durasse.

Eu rapidamente verifiquei minha respiração, passei meus dedos no meu cabelo mais uma vez e a reajustei as garotas, apertando meus seios para ficarem um pouco mais para cima. Tenho certeza que Jack é um homem que curte seios e eu realmente queria deixá-lo feliz. Então, comecei a formular um plano na minha mente sobre como garantir que ele, há, bem, que ele...primeiro..ah caramba.

Fala logo, Grace...

Estava morrendo de vontade de fazê-lo gozar.

Pensar nisso trouxe a cor de volta às minhas bochechas, imaginando como ele ficaria quando eu o trouxesse para onde estava desejando trazê-lo.

Graças a Deus. Aquela música tinha parado. Ele deve estar escolhendo a música. Ainda tinha mais alguns minutos. Talvez eu devesse apenas me jogar. Sim, os homens gostam de mulheres agressivas. Eu apenas iria lá e daria um jeito de ter o controle da situação, e podia ditar como as coisas aconteceriam. Sim, eu podia talvez...espera um minuto...que música ele estava tocando...é...

Ele escolheu uma das minhas favoritas e uma das músicas infinitamente mais sensuais do meu iPod.

Todos aqueles pensamentos dele "gozando" antes de mim deixaram minha cabeça ao ouvir a música, e abri a porta para vê-lo parado lá, sorrindo e esperando por mim. Psychedelic Furs dominou o quarto e as primeiras palavras de "Until She Comes" soaram alto.

– Boa escolha – permiti, apoiando-me no batente da porta.

– Achei que você aprovaria – respondeu ele, estendendo sua mão para mim e piscando. Fui para cima dele. Com vontade. Perversamente.

Grace, prepare-se. Isso provavelmente vai fazer a terra tremer.

onze

    Jack lançou seus olhos para mim, escorregando devagar minha camiseta dos meus ombros, deixando-a cair no chão. Ele passou suas mãos ao longo dos meus braços, e seus dedos entrelaçaram aos meus. Ele jogou nossas mãos para trás ao me beijar por um longo tempo e profundamente, enquanto se apertava firmemente em mim, e eu quase não conseguia respirar. De um modo muito bom.

    Assim que ele soltou minhas mãos, elas encontraram o caminho para sua nova casa, enroscadas no cabelo dele. Ele deu beijos por todo o meu pescoço até a minha clavícula, e escutei minha respiração parar na minha garganta. Jack sorriu contra a minha pele, sabendo que esse era o meu ponto fraco. Senti suas mãos quando elas soltaram o fecho do meu sutiã, juntando-se à pilha nos meus pés. Ele curvou sua cabeça e deixou um rastro de beijos pelos meus seios, suas mãos viajavam para segurá-los gentilmente. Seus polegares roçaram em meus mamilos e eu quase pirei.

    — Isso é demais — sussurrei, observando-o me assistir. Seus olhos moveram-se até os meus, mas sua boca não deixava minha pele. Ele piscou.

    — Minha nossa! — saiu da minha boca quando jogava minha cabeça para trás para curtir. Sua língua se balançava pelo meu mamilo direito e sua boca entrava em mim, prendendo-me entre seus lábios. Seus dentes gentilmente me envolviam, me mordendo gentilmente. Eu gemi, mostrando que isso era exatamente do que eu precisava. Seus dentes mordiscavam mais insistentemente e sua mão esquerda começou a se mover até as minhas pernas. Passei minhas mãos pelas suas costas para cima e para baixo, começando a sentir a construção vagarosa que possivelmente derrubaria esta montanha.

Movimentamo-nos juntos pelo quarto, ao mesmo tempo em que eu lutava para tirar sua camisa. Ele se recusou a quebrar o contato comigo, então tive que fazer umas manobras entre nós e, por fim, jogá-la sobre o meu ombro. Dei uma primeira olhada para ele, sem camisa, e ainda bem que ele estava me agarrando tão fortemente, pois senti meus joelhos tremerem.

Ele era lindo pra caralho. Consegui afastá-lo o bastante para pegá-lo e conforme o segurei na altura de seu braço, deixei meus olhos viajarem por cima e por baixo. Ele era comprido e magro, forte e bonito. Ele tinha um pouco de cabelo loiro pálido, quase com cor de morango, em seu peito que se franzia em um traço alegre abençoado na sua barriga. Planejei pegar aquele caminho o quanto fosse possível. Ele percebeu que eu o encarava e sorriu.

– Está olhando para o quê?

Escutei pelo menos cinquenta comentários satíricos na minha cabeça ao mesmo tempo, mas consegui apenas dizer:

– Você. Você é bonito.

Passei as pontas dos meus dedos levemente pelo seu peito, abaixando até seu estômago e ele gemeu.

– Doidinha, a coisa bonita nesse quarto é você – respondeu ele, imitando meu movimento com mãos. Ficamos muito próximos, deixando apenas nossos olhos se encararem e nossos dedos se explorarem. Senti um estouro breve de timidez ao perceber que meu corpo muito mais velho estava em exibição e sendo examinado. Tentei cruzar meus braços sobre meu peito e ele os pegou, segurando-os nas laterais para que pudesse continuar com seus olhos perambulando pela minha pele.

– Linda – respirou ele novamente, soltando minhas mãos para colocar as dele no meu corpo. Fiz o mesmo. Conforme as pontas de meus dedos deslizavam no cós de seu jeans, ele arqueou a sobrancelha para mim.

– Você primeiro – repreendeu alegremente, lembrando-me de suas intenções. Ele começou a me levar de volta à cama e nossas mãos e beijos se tornaram iminentes de novo. Sabia que tinha apenas mais alguns segundos antes de sucumbir e queria que ele ficasse muito mais pelado do que estava agora.

Eu habilmente abri seu botão e o zíper antes dele saber o que eu estava fazendo. Quando seus olhos se ampliaram, deslizei uma mão dentro, encontrei o que procurava e dei um apertão gentil, mas insistente.

– Porra, Grace... – gemeu ele, dando-me mais alguns segundos, tudo o que precisava. Escorreguei seus jeans por suas pernas. Ele cedeu, tirando seus sapatos e deixando-me continuar a tirá-los. Eu primorosamente fiquei de joelhos na frente dele antes dele poder me parar, e quando terminei de tirá-los, dei uma boa olhada para cima. Ele estava me encarando com um olhar de desejo e cobiça que quase me fez subir no salto de novo.

Sua samba-canção cinza-escura estava moldada em seu corpo como se tivesse sido feita para ficar lá. Conseguia ver a empolgação por baixo e meus dedos o provocavam gentilmente, palpitando e massageando-o pela roupa. Suas mãos ficaram entrelaçadas em meu cabelo e apertei meu rosto contra o dele, jogando beijos, passando minhas unhas acima de suas coxas.

– Grace querida, você está tentando me distrair. Não vai funcionar – advertiu ele.

Isso é um desafio?

Olhei para ele, passando minhas mãos pelo seu traseiro, pegando a parte de trás da sua cueca com força.

– Tem certeza disso? – perguntei, confundindo-o. Antes de ele conseguir responder, puxei-a completamente para baixo, agarrei-o com minha mão e o levei para dentro de minha boca... inteirinho.

– Ai meu deus, Grace... Ai, caralho – gemeu ele, suas mãos apertavam meu cabelo, trazendo-o para mais dentro de mim na mesma hora.

Escutar aquela linda voz, aquele sotaque inglês libertador — ah, meu Deus. Deixei ele me preencher, sentindo-o no fundo da minha garganta, e sorri por dentro. Este é o exato lugar em que o queria. Ele estava perfeito e enorme e suave e duro.

Eu falei que era enorme?

Estava no paraíso do pênis.

Afastei-me um pouco, colocando ambas as mãos nele e decidi brincar um pouco com ele. Admirando sua perfeição, olhei para ele e disse:

– Você chamaria isso de distração? – perguntei inocentemente, deixando minha língua lambê-lo de ponta a ponta, brincando, enquanto ele me observava.

– Grace, o que está fazendo comigo? – gemeu ele quietamente, traçando seus dedos de modo adorável em volta do meu rosto.

E com uma voz que teria deixado uma estrela do pornô orgulhosa, respondi malvadamente.

— Chupando seu pau — até eu fiquei um pouco chocada.

Houve silêncio. Jack parou de se mexer, os dedos pararam, as mãos pararam, até os quadris pararam de se bater. Fechei meus olhos com vergonha.

Ah, Deus, por que eu fui dizer aquilo? Cedo demais, cedo demais!

Por isso que fiquei muito surpresa quando me senti caindo na cama com tanta força que os travesseiros ficaram bagunçados por todo o quarto.

Jack havia me tirado dos meus joelhos e me jogado na cama e agora me atacava vigorosamente. Minhas calças foram rudemente arrancadas e jogadas de lado. Tudo que sobrou entre este inglesinho, agora alucinado, era uma singela calcinha preta de renda... opa, falei muito cedo.

Ele arrancou, *arrancou* de verdade, minha calcinha do meu corpo, deixando-me nua e estremecida perante ele. Estava surpresa pela reviravolta. Quem diria que a palavra "pau" faria tudo isso? Teria que me lembrar daquilo.

Ouvi a doce música sensual do Psychedelic Furs terminar e, de algum modo, minha lista de músicas da aula de *kickboxing* começou, músicas industriais agressivas e barulhentas ocuparam o quarto.

A banda? The Prodigy. A música? "Firestarter".

Minha nossa.

Jack olhou para mim com olhar de loucura e deixou seu olhar viajar por todo o meu corpo, parando no local em que minhas pernas se encontraram, lambendo seus lábios.

— Totalmente brilhante — murmurou ele e continuou agarrando meus quadris e me empurrando até a ponta da cama, caindo para que eu ficasse nivelada a seu rosto. Ele curvou sua cabeça para mim.

Em seguida, Jack Hamilton começou a me dar a maior série extraordinária de orgasmos que já havia tido na minha vida inteira.

Sua língua me tocou e eu me curvei para fora da cama tão violentamente que ele teve que me segurar:

— Não, querida, você não vai a lugar algum — reprovou ele, e sentir sua respiração quente contra mim quase me fez gozar instantaneamente. Suas mãos seguraram meus quadris, curvando-me para que eu me apresentasse a ele, deixando-me completamente vulnerável a qualquer coisa que ele desejasse fazer comigo. Me arrepiei só de pensar. Não sabia para onde ele iria a partir daí.

Puta que o pariu.

Sua língua passou outra vez, se arrastando para cima, parando logo abaixo, onde eu precisava dele, circulando, e depois puxando novamente. Deixei um gemido apaixonado escapar, sabendo que ele me provocaria o quanto ele achasse que eu conseguiria aguentar. Não sabia quanto tempo eu aguentaria. Minhas mãos estavam enterradas nos meus travesseiros, quando me entreguei para as sensações que estavam percorrendo meu corpo. A mistura da música alta louca e a sensação do cabelo de Jack, quando fazia cócegas na minha barriga, era uma combinação extraordinária.

A música parecia levá-lo para dentro, regulando a marcha de sua língua. Ele começou novamente pelo fundo, me lambendo, me juntando, sem tocar onde eu queria, dançando em voltas diversas vezes, me fazendo gemer, suspirar e me bater sobre a cama. Ele fez isso durante o que pareceu horas, me enloquecendo e depois me soltando. Era inebriante. Era intoxicante.

Era algo que não podia ser real.

— Porra, isso é muito bom! — exclamei, sentindo-o sorrir para mim ao gemer também, seus lábios estavam vibrando levemente.

Puta merda, Jack Hamilton está te lambendo. E o inglesinho tem habilidades insanas.

Ele parou por um segundo, e eu deixei minhas mãos deslizarem por seu corpo e enroscarem em seu cabelo.

— Grace, você tem um gosto inacreditável — murmurou ele, deixando seu nariz me roçar e eu gemi bem alto. Em seguida, seus dedos começaram finalmente a se enfiar em mim. Gritei pelo prazer repentino, senti-lo dentro de mim era quase mais do que eu conseguia suportar. Eu fiquei presa ao seu redor, sem conseguir parar o bom orgasmo que logo iria se romper pelo meu corpo.

— Deus, você é linda! — gemeu ele, observando-me reagir a cada toque e a cada batida sua. Suas mãos e seus dedos eram geniais. Ele estava me tocando como um instrumento.

Eu logo me lembrei do violão em seu quarto do outro dia. Aquela era a razão dele ser tão bom nisso. Violonistas sempre têm as melhores mãos.

Gemi novamente, começando a perder a razão. Ele enfiava, pressionava e girava, na busca pelo... puta merda, achou. Quando ele o encontrou, perdi minha respiração, tudo isso saindo de mim rapidamente e eu congelei.

Ele encontrou o que agora e para sempre seria conhecido como meu Ponto J.

Sabia que estava muito perto, então, tirei minha mão de seu cabelo, procurando por sua mão. Sua mão direita se soltou de meu quadril e entrelaçou a minha e comecei a ver pontos de luz dançando pelos meus olhos.

Enquanto ele continuava pressionando, alisando-me por dentro, sua língua, finalmente, felizmente, perfeitamente, me afagou no centro de meu mundo.

Ele me tocou, realmente me tocou, pela primeira vez. Ele pressionou sua língua contra mim, sem se mexer, sem lamber, sem deslizar, apenas me segurando com aquela pressão constante e perfeita. E eu desmoronei.

Entoei seu nome repetidamente ao sentir onda após onda bater em mim, minhas mãos estavam apertadas em seu cabelo enquanto minhas costas se arqueavam e eu gritava com desejo. As partes de dentro das minhas pálpebras eram uma mistura de cores que disparavam de um lado para o outro, explodindo enquanto eu perdia todo o controle.

★ ★ ★ ★

Perdi a noção do tempo. Tudo que sei é que no meio de tantas músicas do Prodigy, ele me fez gozar diversas vezes. Eu estava igual a uma boneca de pano no final, mole e sem membros. Ele tinha me pegado com sua língua e seus dedos e suas mãos por toda a cama. Estava na ponta da cama e depois fui virada sobre a cama. Em pé contra a cabeceira, toda aberta, enquanto ele me tocava por baixo. Houve um momento em particular que foi bem intenso, quando ele me tinha sobre ele, minhas mãos estavam agarrando as colunas da cama para me equilibrar, ao mesmo tempo em que usava seus dedos mágicos e sua língua supermágica dentro de mim.

E ele tinha me deixado marcas.

Logo antes de colocar meu corpo sobre o dele novamente, ele havia mordiscado gentilmente a minha coxa direita. Sussurrei seu nome mais uma vez e ele realmente me mordeu, furando a pele e fazendo eu me arrepiar de prazer. Ele me fez dar um sorriso triunfante — não há nada igual a um homem orgulhoso. Um homem deve se orgulhar de seu trabalho, e o trabalho dele foi me fazer gozar. Nunca alguém tinha me feito gozar tão gostoso na minha vida. Minha garganta estava rouca, minhas pernas estavam permanentemente bambas e eu não conseguia tirar o sorriso da minha cara cansada.

E eu ainda estava com meus sapatos de salto alto. Assanhada.

Estava deitada de costas, com Jack aconchegado junto a mim, sua cabeça encostada no canto entre meu pescoço e meus ombros. Sua mão distraidamente continuou a acariciar meus seios, indo de um para o outro, enquanto eu respirava contentemente embaixo dele. Não tinha mais energia nem para falar, mas eu canalizei um pouco de força para fazer meus dedos acariciavam sua cabeça, concedendo-me um sussurro sereno. Era o mínimo que podia fazer. Ele merecia isso.

– Grace? – sussurrou ele, bem depois que a música havia mudado para algo um pouco mais calmo.

– Hmm? – era tudo o que conseguia falar.

– Adorei que você falou meu nome quando você, você sabe... – disse ele calmamente.

– Eu disse? – perguntei incredulamente.

– Você não se lembra?

– Doidinho, não me lembro de mais nada depois que você arrancou minha calcinha. Acho que devo ter apagado – sussurrei.

Ele riu e continuou a mexer nos meus seios. Era mais do que prazeroso.

– Vou te dizer uma coisa. Dê alguns minutos para a mama aqui se recuperar e depois você vai ver, Johnny Mordidinha – gracejei, o pensamento mandava uma nova onda de desejo através do meu corpo, que ele rapidamente percebeu.

– Grace, você está com um cabelo de sexo! – riu ele, levando minha mão até a parte de trás da minha cabeça, onde pude sentir um ninho começando a se formar.

– Ah bem, valeu a pena – ri, rolando sobre ele e escorregando sobre seu corpo – Agora, vamos ver o que o jovem senhor Hamilton topa fazer...opa, vejo que ele já está topando – provoquei, conforme percorria seu corpo abaixo.

– Ei, pensei que você tivesse dito que precisava de um tempo para se recuperar, louca – protestou ele fracamente, tentando agarrar meus ombros.

– Hamilton, cale a porra da sua boca e curta – ordenei, usando suas próprias palavras contra ele.

Ele sorriu e encostou sua cabeça nos travesseiros de novo, dobrando seus braços por trás de sua cabeça a fim de que ele pudesse me ver melhor.

– Continue, então – sorri ele maliciosamente.

E foi o que eu fiz.

doze

Rastejei por todo o seu corpo como uma gatinha empolgada, determinada a chegar aonde queria. Ele sibilou quando deixei meus peitos se esfregarem nele, deslizando para cima e para baixo novamente com movimentos propositais feitos para deixá-lo descontrolado. Não sou nenhuma novata no assunto e eu sabia que era boa nisso. Quando ele começou a sorrir maliciosamente, sua boca rapidamente ficou desenhada com uma forma perfeita de O, conforme seus olhos se fecharam e ele exalou vagarosamente.

– Grace – sussurrou ele, prolongando meu nome por alguns segundos. Suas mãos saíram do meu rosto e voltaram ao meu cabelo quase na mesma hora. Quando seus olhos se abriram novamente, ele me viu posicionada com minha boca diretamente acima do brinquedinho dele, sem se mexer. Deixei minha respiração afagá-lo e observei-o se contrair por baixo de mim. Ele era lindo. Eu gentilmente o levei para dentro de minha boca, apenas um pouco, e deixei minha língua se curvar para tocar só a ponta. Ele gemeu.

Jack Hamilton gemendo era possivelmente o som mais bonito do mundo. Deixei as pontas de meus dedos o acariciarem e depois o agarrei firmemente. Seus quadris avançaram contra a cama, do mesmo modo que os meus tinham feito anteriormente. Reviravolta era um jogo limpo. Eu ia adorar provocá-lo.

Quando o coloquei dentro da minha boca e ele sentiu minha língua quente se empurrar contra ele, reagiu involuntariamente. Eu fiz movimentos rápidos e depois lentos, alternando apertos loucamente gentis e perfeitamente firmes. Ele deixou suas mãos soltas no meu cabelo, apertando-me quando precisava de um apoio.

Envolvi meus lábios em volta da base e depois eu gentilmente o cerquei com meus dentes. Recuei, deixando meus dentes roçarem sua pele com uma pressão suave, liberando-o com deleite. Imediatamente o coloquei dentro de minha boca novamente, enterrando-o profundamente como tinha feito antes, deixando ele me preencher. Sua respiração ficou com uma qualidade ríspida, e eu sabia que ele estava chegando perto. Não podia deixar aquilo acontecer.

Parei e me afastei ajoelhada, seus olhos se abriram repentinamente, encontrando os meus. Conforme eu o observava, inclinei minha cabeça e sorri.

– Grace, pare de brincar comigo, porra – resmungou ele intensamente.

– Ah, eu estou apenas começando a porra da brincadeira – sussurrei respondendo. Inclinando-me novamente, peguei em suas mãos e as apertei em ambos os lados de meus seios, empurrando-os juntos. Levei ele para o meio delas, apertando-o e conseguindo outro gemido de aprovação.

– Ah Grace, seus peitões são o paraíso – gemeu ele.

– Mmm, isso te faz sentir bem? – perguntei, ao observá-lo de cima.

– Você não tem ideia – respondeu ele brutalmente.

Eu tinha alguma ideia.

Eu me curvei e o levei de volta à minha boca mais uma vez. Sabia que uma visão minha com ele entre meus seios seria muito mais do que ele aguentaria, e quando a minha língua encontrasse-o novamente, sabia que ele estaria próximo de se liberar. Minha boca estava furiosa nele, pulsando o de dentro e para fora de mim, e seus gemidos ficaram constantemente mais altos conforme ele tentava se afastar de mim.

– Grace, aimeudeus, Grace, vou…mmmm… – balbuciou ele, sentando-se, tentando ser um cavalheiro.

Parei por apenas um segundo para dizer "Eu sei" e com uma mão o empurrei novamente para a cama, e voltei para o que estava fazendo.

Ele deixou sua cabeça encostar-se aos travesseiros enquanto apertava meu cabelo, sentindo sua liberação novamente. Senti-o começar a gozar antes dele realmente ter feito isso, e mantive minha boca bem apertada nele. Sabia que ele queria que eu me afastasse. Aquele espetáculo lindo de cavalheirismo nunca teria funcionado comigo. Não perderia isso por nada. Senti-o explodir na minha boca e continuei a manter o ritmo conforme ele se sacudia. Observava, da minha posição vantajosa, o homem mais lindo do mundo fazer a expressão mais linda do mundo.

Ver Jack gozando era como nada que já havia visto. Ele repetia meu nome diversas vezes, no início bem alto e depois calmamente, quase de maneira respeitosa ao começar a ceder. Observava quando seu rosto, primeiramente enrugado e teso por paixão, começou a amolecer e meu sorriso favorito tomou conta.

Ele era magnífico.

Ele era angelical.

Ele era meu. Quer ele soubesse ou não, ele era meu.

Soltei-o de minha boca, beijando-o suavemente. Dei beijos doces por toda a sua barriga e seu peito, conforme subia. Posicionei-me na sua nuca e ele me abraçou. Ele continuou a dizer meu nome, ficando mais quieto após cada respiração que ele dava. Inclinando-se, beijou minha testa, puxando-me para mais perto.

— Caralho, Grace, aquilo foi demais — por fim, ele disse. Faria qualquer coisa ao ouvir aquela voz.

— Mmmm, fico feliz por isso — respondi, me aconchegando. Ficamos deitados quietos por alguns minutos, ambos perdidos em nossos próprios pensamentos. Apenas nossa respiração e o som poderoso suave que ele fazia constantemente entremeavam o silêncio.

Em seguida, escutei outra coisa... um riso silencioso e depois um baque. Depois outro riso silencioso.

— Você escutou isso? — sussurrou ele.

— Sim, infelizmente escutei — sussurrei também, rapidamente juntando os lençóis e puxando-os em volta de nós como proteção.

— É melhor você se preparar — adverti gentilmente, sabendo que tínhamos apenas alguns segundos.

— Como assim? — ele começou a dizer, saindo apenas as duas primeiras palavras quando a porta foi arrombada.

Holly e Nick saltitaram no quarto, correndo em círculos, rindo loucamente. Holly olhou para nós dois enrolados nos lençóis e abriu sua boca para dizer algo. Ela começou a rir novamente ao tentar desesperadamente falar algo. Jack encarou o show que estava acontecendo na nossa frente e olhou para mim pedindo ajuda.

— Espera para ver — instruí calmamente.

Holly respirou profundamente e conforme Nick se jogou em seus joelhos, ela finalmente disse:

– Os ingleses estão invadindo! Os ingleses estão invadindo!

Ela caiu na cama, rindo igual a uma hiena e Jack me olhou novamente com suas sobrancelhas franzidas.

– Mil desculpas – articulei com os lábios, me recompondo para sentar, e ele fez o mesmo. Ele cortesmente puxou os lençóis um pouco mais para cima para me cobrir mais e, depois de pensar novamente, também puxou o dele.

Deixamos os dois bobos rirem até se acalmarem e depois eu falei:

– Acabaram agora?

– Depende. Você acabou? – perguntou ela, começando a rir novamente. Nick estava agora pulando do chão, também caindo na cama.

– Holly, os ingleses já invadiram– disse Jack, ainda sacudindo sua cabeça para a loucura que estava em exibição.

Os dois se olharam e se romperam em mais uma onda de risadas.

– Mas tem muita gente nesta cama. Quem estiver usando calças, deve sair agora – anunciei, empurrando Nick com meu dedo coberto. A boca do Jack estava se abrindo nas covinhas e parecia que ele estava segurando sua própria risada.

– Não fique do lado deles, eles nunca irão embora – repreendi – E Holly, você e o Jack trabalham juntos! Tenho certeza que está ultrapassando algum tipo de barreira de um ambiente de trabalho hostil.

– Você se sente ofendido, Jack? – perguntou ela, virando-se para ele.

– Não, embora se você tivesse chegado antes, não teria sido muito dócil contigo – respondeu ele, pegando na minha mão e beijando a parte de trás dela. Sorri para ele. Isso era loucura, mas era das boas.

– Awwww – Nick e Holly disseram ao mesmo tempo. Parecia que eles iam começar a ficar confortáveis, e eu não ia deixar isso acontecer.

– Aqui está com cheiro de sexo – sussurrou Nick para Holly, claro que alto o bastante para a gente escutar. Comecei a ficar corada, ao mesmo tempo em que Jack começou a gargalhar.

– Tudo bem, já deu. *Fora!* – gritei, juntando as cobertas e começando a me levantar.

– Calma, calma, a gente sai. Não quero ver mais do que preciso – disse Holly, finalmente saindo da cama.

— Fale por si, menina. Eu ainda não vi o bastante — murmurou Nick, também saindo da cama.

— Na próxima vez, vamos trancá-los para fora — disse Jack, puxando-me para mais perto dele quando os dois iam até a porta.

— Parece que ela transou — escutei Nick dizer, enquanto saíam.

— Bem, dá. Não escutou toda a gritaria? — brincou ela — Boa noite, crianças — declarou ela, fechando a porta atrás dela. Peguei um lençol ao sair da cama imediatamente, cruzando até a porta e trancando-a rapidamente.

— O que está fazendo? — perguntou ele, quando eu parei na porta por alguns segundos. Levantei minha mão para ele, fazendo um gesto para que ele ficasse quieto. Sem dúvidas, não havia passado nem noventa segundos quando vi a maçaneta começar a se girar.

— Droga, eles trancaram — escutei Holly sussurrar.

— Achei que ela não ligaria de uma gozadinha de leve — sussurrou Nick também. Olhei novamente para Jack, que ainda estava na cama.

— Foi isso o que ele disse! — ambos gritamos, e escutamos os dois descerem correndo, um deles tropeçando e caindo no chão, dando um alto estalo. Ambos rimos.

— Desculpa por isso — disse, apoiando-me na porta, apertando meu lençol mais forte em volta de mim.

— Sem problemas. Agora coloque essa bunda linda de volta nessa cama antes que eu vá te pegar — respondeu ele. Olhei para ele, seu tronco estava se sobressaindo pelos lençóis que estavam posicionados abaixo de seus quadris. Ele estava se apoiando na cabeceira, minha cabeceira, e ele nunca esteve tão sensual. Ele me olhou com um brilho agora familiar nos olhos.

— Já? Não precisa de alguns minutos? — perguntei. Ele puxou os lençóis um pouco mais para baixo. Não, acho que não.

— Não, madame. Estou pronto para outra — respondeu ele, levantando sua mão e puxando seu indicador, me chamando.

De repente, adorava o fato de ele ter apenas vinte e quatro anos.

É claro que você adora...

treze

Aquela noite será lembrada na história para sempre como: "Hamilton: 5/ Sheridan: perdeu a conta depois de 17". Foi provavelmente a melhor noite que já passei na cama com um homem.

E no chão com um homem.

E em pé na porta com um homem.

E, juro por deus, no chão do closet com um homem.

Quando o sol se abriu no céu, estávamos deitados um ao lado do outro, totalmente acabados. Foi igual às Olimpíadas Orais. Em um certo momento, a coitada da Holly realmente veio até a porta, implorando para que deixássemos ela dormir um pouco. Não consegui responder, estava muito envolvida nos espasmos de outro orgasmo intenso, então, Jack retirou sua boca apenas tempo o suficiente para mandá-la embora, voltando a mim rapidamente. Quanto cavalheirismo.

Nossos rostos se encontravam nas laterais, e ele tinha colocado seu braço sob minha cabeça, para me apoiar. Minha perna foi jogada sobre seu quadril, meu braço estava em volta de sua cintura, arrastando meus dedos para cima e para baixo pela sua coluna. Não falamos por um tempo, ambos estávamos muito cansados para dizer uma palavra. Ele estava apertando seus lábios no meu rosto, na minha têmpora, nas minhas pálpebras, nos meus lábios. Ele cantarolava suavemente uma melodia que eu não conhecia. Soltei um gemido e estiquei meus braços sobre minha cabeça, arqueando minhas costas, escutando, quando meus músculos me deixaram saber que eles tinham trabalhado excessivamente. Meus seios estavam perigosamente próximos ao seu rosto, e ele não conseguiu resistir, dando um leve beijo no meu mamilo esquerdo — que respondeu em seguida. Depois, sua mão encontrou meu seio direito. Eu gemi suavemente. Tinha que parar isso. Joguei sua mão para longe e me virei para o outro lado da cama, de costas para ele.

— Temos que parar, isso é loucura. Eu literalmente não aguento mais. Acho que perdi minha função cerebral. Na verdade, acho que consigo me sentir ficando mais burra — reclamei, cavando sobre as cobertas e enterrando meu rosto nos travesseiros. Ele se moveu esmagadoramente na cama sobre mim, deslizando suas mãos por baixo das cobertas e encontrando meus quadris. Ele moldou seu corpo no meu, apertando seu peito na minha coluna.

— Não será possível. Vamos testar isso. Quanto é dois vezes dois?

— Laranja? — brinquei cansada.

— Hmmm, isso está pior do que eu imaginava...vamos tentar outra. Qual é o meu nome?

— George? — intriquei.

— George? George? Grace, estou chocado — condenou ele, se apertando ainda mais em mim quando eu ria. Podia prever, e sentir, aonde isso chegaria.

— George, é isso? Comporte-se. Não vai mais haver isso. Minha xoxota não aguenta mais — falei em nome dela, que, claro, tinha seus próprios objetivos. Meu corpo respondia a ele, até mesmo quando meu cérebro já estava implorando para descansar.

— Relaxa, Sheridan. Estou apenas fazendo o que todas as mulheres parecem querer. Carinho, não é? — cacarejou devagar na minha orelha, levantando os pelos na minha nuca devido a sua proximidade.

— Bem, então tudo bem. Na verdade, bem legal — respondi, dando um grande bocejo — É hora de dormir, George, e depois vamos acordar e comer — terminei, começando já a adormecer.

— E depois...?

— Depois veremos.

Ele ficou quieto por um momento e pensei que ele finalmente tinha pegado no sono, quando riu e disse:

— George e Gracie. É perfeito.

— Quieto, George.

— Ok então. Excelente — disse ele, beijando-me docemente na bochecha, e com um último aconchego daquela bunda gostosa na minha, nós pegamos no sono.

★ ★ ★ ★

11:27 da manhã.

Ao acordar, ainda estava no mesmo lugar onde tinha pegado no sono, com Jack ainda aconchegado, até mesmo dormindo, em mim. Senti seus braços fortes ao meu redor, suas mãos envolvendo meus seios, e sabia que nunca queria sair deste exato ponto. No entanto, a natureza me chamava.

Virei-me gentilmente, tentando não acordá-lo. Ele se mexeu dormindo e observei-o novamente se aconchegar, admirando o modo como a luz da janela oscilava pelo seu rosto, mostrando as diferentes sombras de loiro e morango na sua barba curta. Esfreguei as pontas dos meus dedos pelos seus lábios, e ele as beijou dormindo. Não querendo acordá-lo, me enrolei no lençol que estava no chão e saí da cama, indo até o banheiro. Eu quase gemi quando minhas pernas protestaram. Quase não conseguia carregar nem meu próprio peso. Estava dolorida e, francamente, tinha todo o direito de estar.

Evitei me olhar no espelho, cuidando dos negócios primeiro, em seguida escovei meus dentes. Esparramei água no meu rosto e finalmente olhei.

Estava horripilante.

Meu cabelo estava um pesadelo e eu tinha rímel espalhado embaixo dos meus olhos, como se fosse um guaxinim. Meus lábios estavam incrivelmente inchados e a parte ao redor da minha boca tinha as cicatrizes da batalha com seu cangote.

"Estou aparentando mil anos a mais" foi a frase que passou pela minha mente.

Abaixando o lençol, me analisei mais embaixo, cada parte trazendo de volta uma memória diferente da noite anterior. Vi mordidas no meu peito, onde ele tinha mordido um pouco forte e a vermelhidão embaixo dos meus mamilos, também devido a sua barba curta suja.

Olhando mais para baixo, havia minha Marca Hamilton, aquela pequena, mas bem ponderada, mordida na parte interior da minha coxa. Ver isto trouxe de volta uma onda de arrepios na boca do meu estômago. Aquilo foi verdadeiramente irreal.

Não houve nenhuma daquela estranheza que, às vezes, costuma acompanhar a primeira farra com alguém novo. Vamos ser sinceros: a vida real não era igual a um livro de romance. Os homens costumam precisar de um pouco de orientação para saber o que foi bom, pelo menos nas primeiras vezes.

Mas não o nosso Senhor Hamilton.

Ele soube exatamente o que eu precisava e quando eu precisava. É como se ele tivesse sido posto na terra com o único propósito de me dar prazer. Quem sou eu para discutir com o projetista inteligente? Ou com o Big Bang. Falando sobre explosão...

Nós não fizemos sexo realmente. E isso era meio que, bem, legal. Adoro o fato de que ainda tenho muito para fazer mais para frente com ele, que temos muito o que aprender sobre nós. E se a noite passada foi uma indicação — ah, caramba.

Minha barriga rugiu. Precisava de comida.

Tentei tirar aquele cabelo de pós-sexo da minha nuca, por fim desisti e juntei tudo em dois rabos de cavalo. Lavei meu rosto novamente, retirando os traços do rímel e pensei se devia tomar banho agora ou depois do café da manhã, quando eu finalmente percebi o chupão.

Um filho da mãe de um chupão! Eu tenho trinta e três anos, pelo amor de Deus!

Trinta e três e de Maria-chiquinhas...

Cala a boca.

Tinha um enorme chupão do lado do meu pescoço. Parecia que eu tinha brigado com um aspirador e ele tinha ganhado. É isso que dá brincar com um garoto de vinte e quatro anos.

Abri a porta rapidamente, preparando-me para confrontar Jack sobre este comportamento, e explicar para ele que uma mulher crescida simplesmente não pode sair por aí com chupões em seu pescoço, quando eu o vi na minha cama. Na minha cama.

Amoleci quando percebi que ele parecia estar dormindo novamente, os lençóis estavam abaixo de seu torso, seus braços estavam atrás da sua cabeça e sua boca estava levemente aberta.

Está havendo uma sessão de fotos para um comercial de cueca no seu quarto hoje?

Ele era tão lindo.

Eu rapidamente coloquei sua camisa da noite passada, que tinha um cheiro divino, e abotoei-a. Peguei um par de lingeries da cômoda e quietamente saí até o corredor. Queria deixá-lo dormir um pouco a mais, e precisava de café.

Ao chegar ao corredor, inclinei-me para colocar minha calcinha, quando ouvi Holly dizer por trás de mim:

– Essa é uma visão que eu nunca mais quero ver.

Eu rapidamente a coloquei e me virei para vê-la com um sorriso tímido.

– Desculpa – disse piscando, fazendo com que ela soubesse que eu não estava nada arrependida.

Ela apontou para as escadas.

– Para a cozinha, em dois minutos. O café está pronto. Quero os detalhes que eu ainda não consegui escutar sozinha.

Você está ferrada.

★ ★ ★ ★

Sentei na cozinha com minha melhor amiga, com o novo "it boy" dormindo no quarto em cima de mim, e tentei explicar os grandes eventos que aconteceram na noite passada na melhor área de Los Angeles.

Holly me escutava enquanto eu repassava alguns dos momentos mais doces, gesticulando com sua mão quando eu entrava muito profundamente nos detalhes. Ela me lembrou de ter ouvido muito de tudo o que tinha acontecido, e eu pedi desculpas repetidamente. Ela disse para eu não me preocupar, ela e o Nick tinham feito pipoca e ficaram sentados no topo das escadas a maior parte da noite, escutando.

Eu me sentei em uma das suas confortáveis cadeiras no cantinho do café, com minhas pernas por baixo de mim, me afogando na camiseta do Jack e no seu perfume. Estava comendo um pedaço de torrada e bebendo uma caneca de café, quando ouvi algo se mexer no andar de cima. Holly também o escutou e, conforme seus pés batiam nos degraus da escada, ela tentou fugir.

– Grace, acho que você está ficando vermelha – ela disse sorrindo. Pegou suas chaves e saiu para ir ao mercado pela porta dos fundos.

Sentei reta, mas me inclinei novamente e depois me arrumei em uma pose que parecia natural. Enquanto eu lutava para conseguir ficar numa posição boa, escutei:

– Sheridan, você precisa fazer xixi?

– Há, o quê? – gaguejei, surpresa em descobrir que ele já estava na cozinha e olhando para mim confuso. Ele estava com seu jeans da noite passada, sem sapatos e sem blusa. Seu jeans estava bem embaixo e ele parecia desarrumado.

– Por que você está se mexendo tanto? – perguntou ele, abrindo os armários, procurando por algo. Ele pegou o pote de café e gesticulou para a minha caneca.

– Ignore – respondi, confusa. Levantei-me para pegar uma caneca para ele e, de repente, percebi que estava nervosa.

Talvez seja isso. Isso foi uma coisa de apenas uma noite. Assim começaria a conversa estranha, as promessas de se juntar, as quais na verdade nunca aconteceriam. Assim começaria a tensão. Droga. Já me importava muito. Ao me levantar para pegar a caneca, senti sua mão por trás de mim.

– Vá logo com esse café, sua escandalosa, e depois você pode fazer um café da manhã adequado para o seu homem – disse ele seriamente, dando um tapinha no meu bumbum e depois apertando seus lábios no meu pescoço.

Sorri para o armário. Estávamos bem.

catorze

Fiz café da manhã para ele e o observei. Ovos: mexidos. Torrada: levemente queimada, do jeito que ele gosta — e com mel, como um Ursinho Pimpão. Tanto suco quanto café.

Enquanto eu cozinhava, ele roubou beijos meus cada vez que eu me aproximava dele. Tentou espiar por baixo da camiseta que eu estava vestindo. Mantive-o longe, apesar de a torrada ter ficado um pouco mais queimada do que ele gostaria, já que ficava tentando afastá-lo quando estava perto da cafeteira.

Também estava morrendo de fome, então tomamos café juntos no balcão, em lados opostos. Achei melhor manter um pouco de granito entre eu e as mãos errantes do inglesinho. Quando ele terminou, gemeu, dando um tapinha em sua barriga cheia e soltando um arroto alto.

— Porco — fiz careta, colocando nossos pratos na pia.

— Acostume-se, Sheridan. Eu sou nojento — disse ele, atravessando o balcão para me encontrar na lava-louças — Porquinho, porquinho, porquinho — riu ele, apontando para si mesmo. Ele estava parecendo desonesto novamente, seus dedos estavam tentando alcançar minhas pernas e migrar para o norte.

— Estou falando sério, Hamilton, não aguento mais. Preciso tomar um banho e eu tenho coisas para fazer. Nem todos nós podemos ficar numa boa o tempo todo — repreendi, me afastando, mas acabei ficando sem saída.

Presa. Droga.

– Você está realmente me falando que não quer nada disso? – provocou ele, metendo sua língua para fora e sacudindo ela como um menino teimoso. Meu estômago saiu de mim e correu para a porta da frente.

– Bela língua. Quantos anos você tem, treze? Você é nojento – ri fora de si – E sim, estou te dizendo isso mesmo – respondi, com uma voz hesitante. Estava tentando fazer uma expressão rigorosa, mas ele sabia que eu não tinha coragem de voltar atrás. Minha coragem, sabe, acabou de deixar a porta da frente.

– Não escutei você reclamar na noite passada ou nesta manhã sobre esta mesma língua – disse ele malvadamente, se aproximando mais. Fui até o balcão atrás de mim, para o único lugar em que conseguia ir.

Ideia ruim.

– O que acha dessas? – perguntou ele, levantando suas mãos mágicas, acenando seus dedos para mim – Claramente você não contestaria essas, não é?

– Umm...Eu, hmmm...o quê? – estava tendo dificuldades em continuar a conversa.

Diga a ele para não te chamar de Clara...

Ele se posicionou entre minhas pernas e as abriu com uma cutucada. Olhei para ele, era uma miragem. Não tenho palavras suficientes para dizer o quão devastadoramente lindo este homem é. Já o vi de terno e gravata, com seu uniforme desbotado de descolado, ou até mesmo como veio ao mundo. Mas, ainda assim, não havia nada no mundo mais atormentador, doloroso, que te faz te beliscar para ter certeza de que não está sonhando e bonito do que a visão de Jack Hamilton de cabelo em pé, sem camisa e sem sapato, de jeans, entre minhas pernas.

Minha respiração pegou na minha garganta quando ele deslizou suas mãos para fora das minhas coxas e pregou seus polegares ao redor da fita da minha calcinha. Eu voltei a ganhar um pouco de controle.

– Não, não, Doidinho. Não posso. Tenho chamadas a... – tentei dizer, mas sua boca me interrompeu com um beijo.

– Ahá – respondeu ele, sua boca se movimentava pelo meu pescoço, suas mãos estavam vagarosamente se arrastando pela minha calcinha e deslizando pelos meus joelhos.

– E tenho uma reunião com meu empreiteiro esta tarde... – tentei novamente, percebendo que minha calcinha estava agora no chão.

— Ahã...empreiteiro. Entendi — sussurrou ele, fixando seus olhos aos meus ao abrir ainda mais minhas pernas. Ele me puxou para o canto do balcão e bem cuidadosamente inclinou uma perna e prendeu-a ao redor da sua cintura, dando a ele um melhor acesso a mim. Seus dedos me tocaram e eu lutei para manter meu foco.

— E eu também tenho que... ah, Deus... tenho um projeto com prazo que preciso... ah, uau... um projeto que eu... porra, isso é bom... *Ah!* — exclamei, esquecendo-me de tudo, quando seus dedos deslizaram extraordinariamente para dentro de mim.

Seu polegar se pressionou contra mim. Foi momentâneo. Segurei-me em seus ombros quando quase imediatamente cheguei ao fim, e depois começou outro. Sempre tive sorte de ser uma daquelas garotas que têm orgasmos múltiplos, mas nunca desse jeito. Ele me manteve mais próxima, observando meu rosto conforme eu gozava de novo e de novo em sucessão rápida. Seus olhos queimavam em mim, aquele sorriso meio sexy dava lugar para uma sobrancelha franzida conforme ele trabalhava fortemente para me manter onde precisava estar.

— Bem aqui, Grace. Mantenha seus olhos em mim — ele disse. Gozei mais uma vez, nossos olhos estavam fixos enquanto eu gritava seu nome.

Desmoronei-me sobre ele, colocando meus braços ao redor do seu pescoço e cedendo totalmente.

— Você é bom demais para mim — sussurrei na sua orelha, beijando seu pescoço.

— Acho que posso dizer o mesmo de você, Doidinha.

Ri do meu apelido.

— Vamos terminar isso no banho, George — sorri, prendendo meus dedos pelo cós de seu jeans, dando-lhe um forte aperto através do tecido e levando-o em direção às escadas. Ele rosnou e me seguiu até a sala de estar. Comecei a subir os degraus antes dele, deixando que ele visse um pouco da minha nudez por baixo da sua camiseta.

— Pega minha calcinha? Não acho que devemos importunar a Holly mais do que já fizemos — arremessei de costas, enquanto ia subir — Te encontro no chuveiro.

Não podia esperar para ter meu inglesinho pelado e molhado.

★ ★ ★ ★

Depois do banho, insisti para que Jack me deixasse sozinha para eu secar meu cabelo. Holly havia chegado do mercado e, depois de bater por diversos minutos na porta inutilmente, ela finalmente empurrou um bilhete por baixo, dizendo que eu tinha uma audição às quatro se eu conseguisse chegar. Ia me encontrar com o empreiteiro na minha nova casa às cinco e meia, então os horários bateriam perfeitamente.

Era um teste para uma série de policiais, na qual eu faria uma leitura para o papel de uma advogada desonesta. Após terminar de arrumar meu cabelo, tinha que espantar Jack para fora do banheiro e para longe da minha chapinha. Ele tinha colocado na cabeça que ia me ajudar a ficar pronta e arrumaria meu cabelo. Depois de eu ter vetado essa ideia, imprimi minhas falas e estava ocupada fazendo anotações sobre a personagem quando percebi que ele estava arrumando a cama. Ele parecia estar tendo problemas com o lençol de baixo, não conseguia deixá-lo bem liso.

— Você nunca arruma sua cama, não é? — perguntei, observando-o tentar fazer isso.

— Não, não há razão para isso. Você volta para ela no final do dia. Por que se preocupar? — respondeu ele, olhando para as pontas, tentando fazer com que elas se igualassem.

— Primeiro, tire todos os travesseiros, depois você conseguirá ver todas as pontas e isso te ajudará a igualá-las — instruí, admirando esta técnica. Isso não era realmente verdade, estava admirando como a bunda dele ficava naquele jeans, mas isso não tinha nada a ver. Ele começou a tirar os travesseiros, e depois percebi que tudo ficou muito mais quieto no quarto.

— Grace, você tem algo para me contar? — perguntou ele.

— Hmm? — questionei, olhando por cima das minhas anotações.

Merda.

Ele segurava uma das revistas com os contos de *Tempo*. Ele havia encontrado meu estoque escondido embaixo da minha cama.

Merda. Merda.

— Não acredito nisso. Sua tietê! — provocou ele, apontando para mim com um olhar vislumbrante.

— Não, não. Não sou. Holly as deu para mim. Ela me fez lê-las! Eu não queria... eu... — gaguejei, tentando sair dessa de um modo que não parecesse uma perseguidora.

— Grace. Não minta para mim — reprovou ele, parecendo sério.

Fui até o canto e parei lá, olhando para a parede, parecendo o cara no final da *Bruxa de Blair*.

– Tudo bem, eu assumo. Comecei a ler porque havia prometido para a Holly – confessei, sentindo minhas bochechas queimarem.

– E depois? – perguntou ele, vindo até mim.

– Ummm. Agora estou lendo por ser interessante? – perguntei mais do que respondi.

– Grace... – advertiu ele.

– Estou lendo porque gosto. Eu mais do que gosto, está bem! Eu, eu *amo*! – lamentei, colocando minha cabeça na parede com vergonha. Esperei que ele me provocasse, me insultasse, mas tudo o que restou foi silêncio.

Ishi, agora ele acha que você só está interessada nele porque ele está interpretando o Joshua.

Virei rapidamente, pronta para mostrá-lo que não havia mais nada além da verdade. Ele estava sentado na ponta da cama, rindo.

– Por que está rindo? – perguntei, andando até onde ele estava sentado.

– Adoro que você se sentiu tão culpada que até ficou parada no canto! – riu ele novamente – Mas isso realmente significa que o encontro amoroso oficial acabou, Grace.

– Bem, tecnicamente, quando te conheci eu ainda não tinha lido nada, então o encontro deveria ainda estar acontecendo.

– Você encontrou uma brecha, né? Então está bem, o encontro está valendo. Mas você tem que jurar nunca me chamar de Joshua quando estivermos na cama – propôs ele.

Juro. Mas você pode fazer algo para mim? – perguntei docemente, me aproximando dele. Na minha mente, eu estava secretamente alegre por ele ter falado sobre nós na cama como se fosse algo que faríamos bastante.

Estava parada na frente dele usando o robe que sempre visto quando estou me arrumando. Suas mãos vieram até a minha cintura e eu me inclinei para mais perto de sua orelha direita.

– Sabe, na próxima vez em que estivermos juntos? – sussurrei, tascando-lhe um beijo no seu pescoço abaixo de sua orelha. Ele tinha gosto de sabão e de calor.

– Ahá ahá? – respondeu ele, suas mãos agarravam meus quadris.

— E as coisas estiverem ficando, sabe, bem quentes? – continuei, mudando para a outra orelha, beijando seu pescoço lá também.

— Ahã? – disse ele, enquanto suas mãos se moviam para o laço que mantinha meu robe fechado, começando a desamarrá-lo. Sua respiração começou a ficar mais grossa a cada segundo. Ele estava bem aonde eu queria.

— Você poderia me chamar, talvez...

— Sim? – perguntou ele, abrindo meu robe e colocando sua boca entre meus seios, começando a me beijar.

— Me chamar de Penélope? Sabe, sua mulher no primeiro conto? Sempre quis trabalhar em uma loja de chapéus... – terminei, ficando perfeitamente parada. Fechei meus olhos e meu corpo ficou tenso...eu ia tomar na cara por causa disso. Ele ficou parado durante exatos quatro segundos e fez um som de peido com a boca.

— Grace, isso é idiotice! Sabia que você era doida igual às outras! Vem aqui!

Grunhi quando ele me pegou e me jogou em seu ombro. Estava morrendo, estava rindo muito. Ele me carregou pelo caminho todo até lá embaixo para dentro da cozinha enquanto eu chutava, gritava e ria. Eu ficava gritando algumas coisas o tempo todo junto com a minha risada.

— Talvez – resfoleguei – você pudesse ser o Cientista Supersexy. Pudesse vestir um avental de laboratório? Ou talvez, – engasguei – você pudesse explicar o contínuo espaço-tempo? Ou talvez...ah, Deus, sou muito engraçada, – comecei antes de chiar – talvez você pudesse me levar na sua máquina do tempo? Hahaha!

Estava rindo tanto que não conseguia pensar direito. Mas tudo bem, pois estava de cabeça para baixo sobre o ombro de um inglês enfurecido. No entanto, o modo com que ele ficou brincando de apertar minha bunda o caminho inteiro pelas escadas me fez pensar que ele não estava tão chateado.

Ele me carregou até a cozinha, ainda rindo bem alto. Nem percebi que a Holly estava sentada na mesa com o Nick. Ele foi direto ao congelador, pegou uma sacola de milho verde congelado, me colocou no balcão, rasgou a sacola com seu dente, abriu minha calcinha repentinamente, como se fosse uma caixa registradora, e jogou o milho dentro.

Eu gritei, sentindo o milho salpicar em todo lugar. Na minha agitação para pegar o milho, caí do balcão direto no chão, ao bater, fiz um som alto. Fiquei me rebatendo por causa de um ataque provocado por milho congelado, tentando me levantar, mas toda vez que colocava meus pés no chão escorregava nos grãos. Jack estava totalmente eufórico ao se debater, e vi Holly e Nick me espiando pelo balcão. Eu continuava no chão com milho por todas as partes.

– *Você* é um *porco!* – gritei, finalmente ficando em pé, com um monte de grão grudado nas minhas coxas e em outras partes delicadas.

– Te disse! E seu senso de humor podia ser milhor! – gritou ele. Vi Holly e Nick mexerem a cabeça para nós.

Nick apontou para minha perereca e disse:

– Essa aí é a sua coisinha broa?

– Ei, Grace, seu programa favorito está passando. É o *Show do Milhão!* – interrompeu Holly.

– Nick, qual é a sua música favorita do Poison? – Jack perguntou.

– Não sei, Jack. Qual é a sua? – Nick respondeu, no estilo de vaudevile.

– *Every Rose has its Corn*! – gritou ele, os dois acenando fazendo as mãos de jazz.

Mãos de jazz, que bosta...

Fitei todos eles enquanto eles riam, e voltei para as escadas, tirando os grãos durante o tempo inteiro.

– Tanto faz, Hamilton. Você era uma criança quando aquela música foi lançada – murmurei.

– O que foi isso, Sheridan? – gritou ele, enquanto eu subia as escadas.

– Ah, não enxe o saco! – gritei em resposta. Podia ouvi-los rindo quando fui tomar meu segundo banho do dia.

Toda Rosa tem seu milho... engraçado.

★ ★ ★ ★

Depois disso, me recusei a ver o Jack. Eu me comuniquei com ele através de uma série de bilhetes passados por debaixo da porta do meu quarto. Concordei em encontrá-lo mais tarde na minha casa nova, e depois sairíamos para jantar. Estava empolgada, já que este seria nosso primeiro "encontro" oficial. Era estranho que ele já tinha colocado sua boca na minha garota antes de nosso primeiro encontro, mas, novamente, nada que se referia a nós era convencional, então por que começar agora?

Depois da minha audição, fui direto para a minha casa nova. Estava empolgada para ver como as coisas estavam indo desde a última vez em que estive lá, na semana passada. Tudo estava quase pronto. Eles estavam terminando de dar um novo acabamento nos pisos de madeira e de colocar azulejos na cozinha. Muitos dos meus novos eletrodomésticos já tinham sido entregues e estavam sendo instalados, e a maioria da equipe já tinha terminado por hoje. Andei com Chad, o empreiteiro, fazendo anotações aqui e ali nas coisas que ainda estavam terminando de ser feitas.

– Oi, Sheridan, cadê você?

Meu coração começou a bater mais forte com o som de sua voz. Apesar de termos nos visto há apenas algumas horas, já estava sentindo falta dele.

Isso está ficando sério.

Não me diga.

– Estou aqui! – gritei e escutei-o andando em nossa direção. Quando ele chegou, sorri ao vê-lo. Deixei meus olhos viajarem por todo ele. O sol tardio vespertino da Califórnia estava fluindo pelas janelas, fazendo ele brilhar. Jaqueta de couro preta, camiseta verde, jeans preto e... o boné. Droga, o boné teria que sumir. Precisava ver aqueles cachos. Eles eram muito bonitos. Ele sorriu, mordendo gentilmente aquele seu lábio inferior e acenei para ele, enquanto ainda conversava com Chad.

– Então, as cores já foram escolhidas para o pintor e eu colei as amostras em cada lugar. Além disso, ainda existem algumas marcas de desgaste no azulejo do banheiro que precisam ser removidas. Podemos cuidar disso neste final de semana? – gesticulei para Jack nos acompanhar enquanto terminávamos nosso passeio, e ele nos seguiu. Ele sorria para mim com aquele riso malicioso e fiquei curiosa para saber no que ele estava pensando.

Ele me observava enquanto eu andava pela casa, fazendo anotações com o empreiteiro sobre as coisas que ainda estavam sendo trabalhadas. Percebi que ele estava olhando para as minhas pernas com bastante interesse. Eu ainda usava o que vesti para meu teste, ou seja, saia lápis preta, gola rolê preta, cinto grosso vermelho e sapatos vermelhos, bem estilo anos 40. Meu cabelo estava preso em um rabo de cavalo macio, e eu ainda usava meus óculos. Dei uma piscada de rabo de olho para ele enquanto conversava com Chad sobre o novo fogão, e ele piscou de volta para mim. Senti seus olhos em mim enquanto andávamos, e eu posso ter rebolado um pouco mais. Sabia que ele estava me observando, sabe como é...

Quando Chad foi embora, o restante da equipe já tinha desaparecido, então só tinha eu e o Jack. A maioria das luzes estava apagada, e ele havia perambulado pela casa novamente enquanto eu via Chad ir embora. Em seguida, andei pelos quartos, procurando por ele.

– Ei, Hamilton, cadê você? – chamei.

– Aqui, Doidinha – respondeu ele. Ele estava no meu quarto.

Entrei e o vi olhando para as paredes, nas quais tinha instruído o pintor para testar diferentes amostras de cores.

– Oi – disse suavemente.

– Oi para você também – respondeu ele.

Encaramos-nos pelo quarto por um momento.

– É loucura dizer que senti falta de você, mesmo durante tão pouco tempo? – perguntei auaciosamente, pondo tudo para fora.

– É loucura dizer que senti falta de você e quase liguei para Holly para descobrir aonde seria seu teste para que eu pudesse te buscar? – questionou ele.

– É loucura eu querer te beijar tanto agora que quase não consigo aguentar? – rebati, atravessando o quarto para ir até ele.

– É loucura te falar que quando te vi naquela roupa loucamente sensual queria acabar com você naquela pilha de sacos de móveis no outro quarto? – terminou ele, cruzando em minha direção e me encontrando no meio do caminho.

– É loucura que ... – não consegui terminar, pois sua boca estava na minha.

É loucura dizer que você está provavelmente apaixonada por este cara depois de apenas algumas semanas?

Sim. Alucinadamente, tolamente e loucamente apaixonada. Merda.

Só não conte para ele...

Não se preocupe.

quinze

Nós nos beijamos como adolescentes, em pé no meu novo quarto, beijando e se acariciando suavemente. Não havia a urgência de antes, apesar de que podia senti-la voltando à superfície a qualquer momento. Agora havia suavidade, tranquilidade para nossa exploração. Tinha me esquecido de como é simplesmente beijar um homem e ele me beijar de volta, os dois no mesmo passo. Isso era doce, estimulante, adorável e amável.

Este era um romance que estava começando.

Beijamos-nos até o sol começar a se por e ele encostou minha cabeça em seu ombro, pegando-me para um abraço apertado. Ele prendeu meu cabelo novamente em um rabo de cavalo e beijou perto da minha orelha.

– É loucura que... – começou ele.

– Não vamos começar de novo. Estamos de acordo, nós dois somos loucos – interrompi, acariciando-o no traseiro.

– Não terminei ainda, sua grossa – disse ele, intimidando-me.

– Opa, desculpa. Por favor, continue – me desculpei.

– Ia dizer, é loucura eu achar que seus peitos estão espetaculares nesta gola rolê? – me afastei para olhá-lo. Ele estava me fitando com uma faísca em seu olho.

– Que mente maliciosa você tem, Johnny Mordidinha.

– Isso é verdade, tenho mesmo – riu ele.

– E a gola rolê pode ter algo a ver com o chupão que você deixou! – repreendi, puxando para que ele pudesse ver o que fez. Ele apenas virou seus olhos e riu.

— Por sinal, vou inventar uma regra aqui e agora — continuei, saindo completamente de seus braços e o encarando com minhas mãos em meus quadris. Quando o vi rindo, sacudi meu peito nele. Ele ficou hipnotizado rapidamente. Agora que sabia que minhas meninas tinham tanto poder sobre ele, iria usá-las mais frequentemente.

— Olhe para cima, Hamilton. Minha regra? — trouxe-o de volta à tona.

— Sim, sua regra. O que é? — perguntou ele, aproximando-se de mim novamente.

— Isso — disse, movendo seu lábio inferior — Você não pode morder seu lábio inferior a não ser que esteja planejando usá-lo em mim durante pelo menos uma hora.

— O que acontece com você e meu lábio? Não entendo o porquê de tudo isso — franziu ele, mordendo seu lábio de maneira agressiva para se mostrar.

— É sexy, tá? Pura e simplesmente sexy, então pare com isso! Prometa-me — ei, me prometa! — estalei meus dedos e apertei seu rosto, juntando suas bochechas para que seus lábios ficassem para fora — Prometa-me que será o meu Johnny Mordidinha e somente meu, ou não haverá mais tapinha e cosquinha.

— Grace, por favor. Se eu quiser um pouco de... como você chamou? Tapinha e cosquinha? Tenho certeza de que, se eu quiser um pouco de alguma coisa, você vai implorar para me dar — desafiou.

Fiz uma expressão de questionamento para ele e me preparei para acabar com ele.

Ele sacou o seu blefe. Você, com certeza, vai dar o que ele quiser, quando ele quiser.

Droga.

— Mas, para manter a paz... e nossa reserva para o jantar, - começou ele — vou concordar em evitar morder o lábio até que eu consiga... o que você disse, usá-lo em você?... o melhor que eu puder, fechado? — ele deu aquele sorriso que sabe que eu não resisto, e eu derreti.

— Sim, por favor. Muito obrigada — sorri de volta. Ele novamente me beijou suavemente, enquanto eu arrumava seu cabelo e andamos pela casa, trancando ao sairmos.

Decidimos pegar meu carro, mas ele dirigiu. Fomos ao Yamashiro's, um restaurante japonês nas colinas com paisagens impressionantes de Los Angeles. Ele tinha marcado o jantar num horário que, quando estivéssemos estacionando o carro, o sol estaria finalmente se posicionando no oeste, deixando um adorável brilho nos jardins. Este restaurante estava situado em uma série de jardins japoneses e era meio que um lugar famoso para jantar em Los Angeles. Também era bem romântico — algo que não havia desaparecido de mim. O menino tinha bom gosto.

Sentamos numa mesa perto das janelas para que pudéssemos ver o pôr do sol e depois de pedir nosso sushi e saquê, pedi licença para ir ao banheiro. Olhei-me no espelho, passando a mão pelo meu cabelo, e percebi que meu rosto estava corado. Antes de sair da mesa, Jack mencionou o que ele estava planejando fazer comigo mais tarde naquela noite, e isso foi o bastante para deixar meu sangue latejando.

Acho que envolvia sua língua.

Ouvi, por acaso, duas garotas conversando para lá e para cá entre os lavabos, e obviamente estavam falando sobre uma celebridade que estava jantando aqui nesta noite.

— Eu o vi perto da janela! Droga, ele está lindo. Ele está todo arrumado. Normalmente, quando o vejo na rua, ele está todo desarrumado.

— Ele é muito gostoso, é isso o que ele é. Quem será que está com ele?

— Ah, alguma mulher. Deve ser algo relacionado a negócios. Talvez seja uma reunião. Deve ser por isso que ele está todo arrumado.

Os pelos da minha nuca começaram a formigar. Sabia muito bem de quem elas estavam falando e quem era "alguma mulher". Meti minha cabeça na minha bolsa para esconder meu rosto, mas depois que elas saíram dos lavabos, dei uma olhada rápida.

Elas eram altas. Eram lindas. Eram jovens. Ficaram paradas nas pias, lavando suas mãos e retocando seus batons. De repente, me senti uma tola, uma velha tola. Uma delas, vou chamá-la de Formidável, me viu pelo espelho e se virou.

— Ah! É você quem está jantando com o Jack Hamilton, certo? — exclamou. A outra, Também Formidável, me notou, seus olhos ficaram me medindo, da cabeça aos pés. Sem ver nenhuma ameaça, ela também se virou, com um sorriso meloso.

Olhei para Formidável e disse:

— Sim, sou eu. Vocês querem que eu passe alguma mensagem para ele? — perguntei, lembrando-me da minha educação e de que Holly não gostaria que eu começasse a discutir sobre seu cliente no banheiro feminino.

– Ah não, nós talvez vamos dar uma passada na mesa depois. Vocês vão ter uma longa reunião? Estávamos esperando que ele pudesse querer tomar um drinque com a gente mais tarde – respondeu Formidável, enquanto a Também Formidável sorriu ao pensar.

Respire, Grace...

O fato delas nem me considerarem como competição me irritou muito, mas mantive minha calma.

– Sabe, eu realmente não sei o quanto tempo vai demorar, mas vocês são bem-vindas para darem uma passada na mesa. Jack adora encontrar suas fãs – dei uma última olhada no espelho e rapidamente fui embora.

Meu coração estava batendo aceleradamente ao voltar para a mesa. Isso era ridículo. O que eu estava fazendo? A ideia de isso durar depois de algumas noites maníacas sexuais — ridícula. Vivíamos em mundos completamente diferentes, apesar da conexão autêntica que tínhamos.

Eu tinha trinta e poucos anos com uma hipoteca enorme e uma carreira de iniciante. Ele estava próximo de se tornar uma famosa estrela de filmes, que deve ficar com garotas como Formidável e Também Formidável. Durante os trinta segundos do meu caminho de volta à nossa mesa, mil pensamentos passaram pela minha cabeça, mas todos, menos um, sumiram assim que o vi.

Ele se levantou quando cheguei até minha cadeira e a puxou para mim. Sua mão encontrou o fundo da minha cintura ao me guiar ao meu assento, e depois ela subiu para minha coluna e pousou na minha nuca, seus dedos estavam afinando-se para deslizar por baixo do tecido, raspando a pele embaixo. Foi um momento doce, com muito mais significado do que uma dúzia de rosas vermelhas ou uma caixa de chocolates ou qualquer outra coisa que ele pudesse ter feito.

Ele te quer. Não sabemos a razão. Mas ele quer. Ele quer sua garota louca, sua Doidinha.

Consegui a atenção da Também Formidável quando a dupla andava em direção ao bar novamente. Não consegui resistir e lhe dei um beijo suave nas pontas de seus dedos, enquanto eles se moviam da minha nuca até a minha bochecha. Sua mão finalmente se posicionou sobre a minha na mesa, apertando meus dedos nos seus, dando uma visão clara para todos no restaurante.

Eu a vi cutucar Formidável e as duas olharam para nossas mãos entrelaçadas. Não consegui parar o pequeno sorriso que saía pelo meu rosto conforme seus olhos se estreitaram para mim. Tudo isso passou batido para Jack, como passa para a maioria dos homens que fica diante de um comportamento feminino sorrateiro.

Dei um gole no meu saquê, chupei minhas vagens de soja e, apesar do pequeno impulso de confiança que o sorriso me deu, tentei ignorar os quietos, porém persistentes, sinos de alarme que começaram a tocar na minha cabeça.

★ ★ ★ ★

Depois do jantar, deixei Jack em seu carro, concordando em encontrá-lo na Holly assim que ele tivesse pegado algumas coisas em seu apartamento. Nada foi falado sobre ele passar a noite. Foi silenciosamente acordado que nenhum de nós dormiria sozinho durante um bom tempo.

Estacionei na entrada para carros da Holly, pensando no que tinha acontecido antes de sairmos do restaurante. Havíamos passado um tempo maravilhoso. Durante duas ocasiões, garotas vieram até a mesa, e elas eram tão jovens que era fofo ver Jack interagir com elas. Graças a Deus, as vacas ficaram longe. Elas não eram tontas.

Estávamos parados no estande do manobrista, esperando pelo carro, e Jack segurou minha mão enquanto eu beijava seu pescoço maliciosamente. Foi quando vi flashes. Tinha um fotógrafo — e ele pegou tudo. Eu imediatamente soltei sua mão, tentando me dispersar no fundo. Ele sorriu para a câmera algumas vezes e depois a pessoa recuou. Olhei com sentimento de culpa para ele quando o manobrista trouxe meu carro, aí Jack deu a volta para abrir o lado do passageiro para mim.

— Não se preocupe com isso. Não fez nada de errado — sussurrou ele, me enfiando antes de dar gorjeta para o manobrista, pegando as chaves e indo embora do restaurante.

— Ah cara, isso não é bom. A Holly vai me matar.

— Grace, se eu não estou preocupado, por que você estaria? Talvez em breve você seja a ruiva nada misteriosa — provocou ele. Sorri, mas sabia que ela não ficaria contente se aquela imagem saísse em algum lugar.

Trinta minutos depois, entrei pela porta dos fundos, escutando-a chamar meu nome na sala de estar. Ela estava enrolada no sofá assistindo ao noticiário.

— E aí, cabeça-de-bagre? Como foi o jantar?

— Foi bom.

— Cadê o Jack? Não vai ter orgia essa noite?

— Ele passou na casa dele para pegar algumas coisas e depois vai vir para cá – sorri, pegando um pedaço do brownie que ela mastigava.

— Então temos alguns minutos para conversar? – perguntou ela.

— Claro, o que foi?

— Bem, você se lembra daquela reunião com os produtores daquele musical que você fez um teste há algumas semanas? Aquele que ainda está sendo trabalhado? Eles querem te ver de novo.

— Sério? Isso é ótimo! Quando?

— Amanhã, então recomendo que você contenha os gritos hoje à noite. Fora que não vou suportar outra noite como a de ontem.

— Está bem. Eu também não – sorri, pensando no quanto tinha me divertido, depois mexi minha cabeça para elucidá-la e comecei a subir as escadas.

— Você pode mandá-lo subir quando ele chegar? – perguntei de costas.

— Sim, senhora.

Conforme eu subia, meus pensamentos mudaram do meu inglesinho para a minha reunião de amanhã. Este musical era muito empolgante, era exatamente o que eu adoraria estar fazendo.

"Meu inglesinho?" Desde quando você o chama de seu *inglesinho?*

Quieta...

★ ★ ★ ★

Coloquei minha camisa polo de botões, bocejante. Ainda estava cansada de ontem. Deslizei pelos lençóis e já estava começando a ler o último conto da série quando escutei Jack subir as escadas. Sorri antes de vê-lo novamente, e quando ele abriu a porta do meu quarto, seu sorriso se refletiu no meu.

— Oi – disse.

— Oi para você – respondeu ele, trazendo uma mochila e uma capa de violão para o quarto com ele.

— O quê, você está se mudando? – perguntei, chocada com o tamanho da sua mochila.

— Não, Doidinha. Só trouxe o que precisava e eu costumo tocar violão à noite, a não ser que esteja comprometido com outra coisa – sorriu maliciosamente para mim – Um pouco de leitura antes de dormir? – brincou ele, acenando para meu material de leitura.

– Ei, já falamos sobre isso. Não vou mais me desculpar por isso. Esta série é maravilhosa e você deveria estar feliz por ter conseguido estar no elenco – contrariei, me aconchegando ainda mais na cama e reabrindo a revista.

Jack ficou à toa por alguns minutos, remexendo na sua mochila, conectando seu iPod, conectando seu telefone, conectando seu notebook. Homens e suas bugigangas. Ele parecia estar bem confortável aqui, e eu amava e odiava igualmente o quanto gostava de ver isso. Ele foi ao banheiro e pude escutar o barulho da água corrente. Ele estava tomando uma ducha antes de dormir. Eu continuei lendo.

Logo quando Joshua estava saindo do banheiro nos anos 20, em Nova Iorque, para seduzir Ruby, a Garota Ziegfield, Jack saiu do meu banheiro. Eu olhei para cima rapidamente e depois tive que olhar novamente para apreciar verdadeiramente o que estava vindo até mim.

O cabelo de Jack estava molhado e ainda estava engenhosamente despenteado…como ele fez isso? Ele estava de barba feita, usava cueca boxer preta e tinha um sorriso. Seus pelos loiros de baixo estavam me chamando.

– Já te disse, por sinal, que amo seus óculos? – perguntou ele, acenando para a armação que eu estava usando para conseguir uma visão dele mais desobstruída.

– Obrigada, hmmm, obrigada…oi – gaguejei, mais uma vez sem palavras e me sentindo idiota com a vista dele seminu.

– Te trouxe algo – disse ele, cavando sobre seus trecos e depois subindo para o seu lado da cama.

Não é muito cedo para começar a determinar lados?
Calada.

– Ah é? O que é? – perguntei.

Ele se jogou por baixo das cobertas com seu notebook e o ligou para mim:

– Feche seus olhos –instruiu. Fiz o que ele me mandou fazer. Quando os abri, ele tinha colocado um novo pacote de salgadinhos em minhas mãos.

– Eba! Podemos comer um pouco agora?

– Você pode comer quando quiser, Gracie – sorriu, tirando meu cabelo do rosto e beijando-me levemente na ponta do meu nariz.

Alguns minutos depois, estávamos acomodados em um silêncio sociável. Havia uma pilha das minhas torradinhas descartadas na cama entre nós, perto de uma pilha de trigo que ele tinha abnegadamente entregado para mim. Ele respondia e-mails enquanto eu lia.

Estava legal. Li por mais um tempinho e quando senti que meus olhos estavam caindo, coloquei meu livro no criado-mudo e me deitei por baixo das cobertas. Observei Jack digitar por um momento e depois liguei a televisão. Encontrei o canal Lifetime logo na hora em que meu tema musical favorito estava tocando, e rapidamente comecei a cantar junto.

– Que porcaria é essa? – perguntou ele, olhando por cima de seu notebook.

– Ah, fala sério, você não conhece *As Supergatas*?

– Eu deveria?

– Ah, elas são as melhores! Durmo assistindo quase toda noite! – respondi felizmente, escondendo-me por baixo das cobertas perto dele. Ele assistia apesar de não querer, sendo levado a isso sem escolhas. Por fim, ele desistiu da luta e desligou seu computador. Ele também desligou o abajur no criado-mudo e se aconchegou junto a mim.

Ficamos deitados assistindo Dorothy, Rose, Blanche e Sophia, rindo de vez em quando. Ele parecia ser fã da Rose. Eu teria chutado que ele seria de Sophia.

Ele estava deitado com sua cabeça em meu seio, seus braços estavam jogados preguiçosamente em volta de mim, enquanto eu brincava com seu cabelo. Quando a série terminou, apertei o controle remoto e o quarto ficou escuro.

– Bom seriado, não é? – perguntei.

– Hmm, também não precisa exagerar — disse ele, seus dedos encontrando o caminho até o botão do topo da minha camisa.

– Ei, senhor, tenho uma audição megaimportante amanhã. Provavelmente terei que cantar. Não posso ficar gritando esta noite – adverti, já ficando quente quando ele começou a chegar ao segundo botão.

– Grace, não é minha culpa que você não consegue controlar seu volume. Pratique um pouco de autocontrole, pelo amor de Deus.

– Certo. Porém, isso não é possível contigo.

Mas apesar disso, relaxei, começando a beijar mais para baixo após cada botão que era retirado.

– Grace?

— Hmmm?

— Você está vestindo algo por baixo dessa camisa?

— O que você acha? — provoquei. Ele tirou o último botão e abriu minha camisa.

Estava sem nada por baixo.

— Fantástico — respirou com o que viu.

Sua boca imediatamente começou a trabalhar com o meu mamilo esquerdo, sua mão começou a vir para cima a fim de massagear meu peito direito. Gemi fora de si.

— Ei, fique quieta, menina barulhenta — repreendeu, com uma mão mergulhando mais para baixo, escancarando minhas pernas.

— Se você fizer isso, não sei se consigo ficar muito quieta — implorei, sentindo que ia começar a ficar mais excitada em um segundo. Tentei distraí-lo colocando seu rosto para cima junto ao meu, mas o garoto já estava no esquema.

— Grace, te prometo uma coisa — disse ele, olhando novamente para cima, seu queixo relaxado na minha barriga.

— Sim? — perguntei, minha voz falhando.

— Se você conseguir falar baixo, prometo que farei você gozar apenas uma vez, e acredita em mim quando digo que uma vez vai bastar — incitou ele, desenhando círculos sobre a minha Marca Hamilton.

— E se eu não conseguir falar baixo? — perguntei maliciosamente. Eu precisava dormir, mas agora ele havia me deixado interessada.

— Então, todas as apostas não estarão valendo, e eu vou te destruir igual à noite passada. A. Noite. Toda.

Inferno.

Grace, amanhã você terá uma das reuniões mais importantes da sua vida. Você não pode perder a sua voz.

Mas ele disse que me destruiria. E após ter sido destruída pelo Senhor Hamilton, estava ansiosa em andar por esta montanha-russa novamente.

Grace, cresça. Deixe o homem te fazer gozar uma vez. Será espetacular, obviamente, e depois você poderá dormir um pouco.

Mas eu não sabia se conseguiria manter minha voz baixa. Costumava perder o controle toda vez que sua boca estava envolvida.

Porra, Grace, cresça. Morda um cinto de couro ou algo do gênero.

Ele estava observando meu monólogo interno com imensa fascinação, rindo de mim.

– E aí, louca? O que será? – questionou ele, enquanto colocava minha perna direita sobre o seu ombro. Ele inclinou sua cabeça até mim, lambendo seus lábios, ficando atento à minha resposta. Estava arrepiada.

Orgasmo 1 ou 2? Para ser justa, o orgasmo 2 seria provavelmente seguido rapidamente pelos orgasmos 3 ao 13 e assim por diante... e eu não teria voz amanhã. Ah, Deus, isso era impossível. Ele estava me assoprando agora, sua respiração me fazia ofegar fortemente.

Grace...

Enchi minha mão de edredom e mordi.

– Boa menina – sussurrou ele, com um sorriso de satisfação, e começou o trabalho.

E foi espetacular.

dezesseis

    Minha barriga se encheu de calor conforme a tensão começou a se formar. Sibilei ao sentir uma vibração, uma excitação teimosa e uma língua molhada quente docemente me envolvendo. Inclinei-me, sentindo a intensidade correr por mim.

    Hmmmm.

    Acordei com um susto, respirando pesadamente e no meio de um gemido. Puxei os lençóis em mim, cobrindo minha nudez. Ainda conseguia sentir meu orgasmo do sonho. Tinha sido tão real. Parecia tão real. Eu ainda estava completamente excitada.

    – Graças a Deus você acordou. Estava com medo de ter perdido meu jeito – escutei meu inglesinho dizer. Olhei pelo quarto, procurando por ele, até que senti uma cutucada na minha perna.

    Olhei para baixo e vi Jack entre minhas pernas.

    Isso seria conhecido agora como o Despertador Hamiltoniano.

    Sua língua estava posicionada sobre mim, preparada para entregar outro tipo de beijo de matar.

    – Ah, Deus. Eu não sonhei isso? – exclamei, mamilos no ponto.

    – Ahã – ele sussurrou, indicando sua língua e colocando-a em mim. Eu me apoiei nos meus cotovelos e o observei. Surpreendente. A vista dele, me esticando com seus dedos mágicos e apertando sua língua em mim, foi o melhor jeito de ser acordada.

    Eu gemi.

    Ele gemeu em mim, a vibração de seus lábios me deixava arrepiada.

    Ele se afundou no meu sexo, fazendo meus dedos do pé se torcerem e minha coluna arquear. Ele pressionou furiosamente sua língua dentro de mim, levando-me no ponto máximo de prazer rapidamente. Prendi minhas coxas em volta dele, empurrando meus calcanhares em seus ombros, me agitando novamente na cama. Antes de terminar, afastei seu rosto.

— Vem aqui – resmunguei e, após beijar minha Marca Hamilton, ele obedeceu. Beijei-o freneticamente, meu gosto estava por ele todo. Ele ainda estava gloriosamente nu desde a noite anterior… e gloriosamente duro. Agarrei-o firmemente, enquanto seus quadris encostavam-se aos meus. Meu nome deslizava por seus lábios, ao mesmo tempo em que eu sussurrava em sua orelha.

— Toque-me de novo – disse, guiando sua mão de volta a mim. Nos acariciamos e eu ainda estava muito sensível, devido ao que aconteceu um pouco antes, então não demorou muito.

— Ah, Deus, Jack! Isso é tão bom! – exclamei, nunca tirando meus olhos dos dele, embora eles quisessem girar.

Ele rugiu ao me ver gozar novamente, com um sorriso malvado em seu rosto. Eu o afastei e me ajoelhei perto dele na cama. Ele manteve uma mão entre minhas pernas e eu dediquei ambas as minhas para ele, observando seu rosto lindo. Ele gemia e meu nome continuava a sair de sua boca. Ele era durão, e imaginei a sensação dele dentro de mim.

Ele estava perto, e eu encostei meu rosto ao dele. Sua cabeça estava jogada para trás nos travesseiros, com aquele olhar que passei a adorar em todo o seu rosto. Era uma beleza enlouquecedora. Seus olhos estavam furiosamente fechados, sua mandíbula estava tensa, sua sobrancelha franzida, a boca estava levemente aberta, e ele gemia meu nome. Por mais que doesse fazer isso, tirei sua mão de mim. Queria que a festa fosse dele.

— Abra seus olhos, Jack – disse quietamente – Quero te ver.

Suas pálpebras se abriram e o olhar de admiração em seus olhos me deixou muda. Senti-o tenso ao se aproximar de mim, e peguei seu rosto com minha mão esquerda, dando-lhe beijos na bochecha ao observá-lo.

Seus olhos nunca deixaram os meus. Senti-o tremer e minha mão foi mais devagar, gentilmente deixando-o.

— Jesus, Grace – gemeu ele, finalmente fechando seus olhos, posicionando minha testa para baixo a fim de encontrar a dele. Sua respiração estava suave, enquanto ele continuava tremendo. Envolvi meus braços e meu corpo ao redor dele. Levei-o até meu seio e o aconcheguei em mim, segurando-o firmemente conforme as últimas ondas corriam pelo seu corpo.

Adorava fazê-lo se sentir assim.

★ ★ ★ ★

— Mas e aí, esta reunião é um retorno? – perguntou ele sobre o barulho da água. Tirei a cabeça do chuveiro, apontando-o mais diretamente para nós dois.

— Mais ou menos, eu fiz um teste para eles na semana passada e mais do que um retorno tradicional, vou direto aos produtores – respondi, tirando meu cabelo do rosto – Por favor, xampu – orientei. Ele se virou no box, deixando eu ver um pouco de seu bumbunzinho bonito. Não aguentei e dei um apertão. Ele o empinou para mim, fazendo com que eu risse.

— Porra, você tem quatro xampus diferentes. Qual você quer? – perguntou ele, confuso – E por que você tem tantos?

— Preciso deles para dias diferentes. Alguns dias você precisa de um xampu purificante, outros você precisa de uma melhorada na cor... hoje vamos usar o de hidratação profunda, por favor – selecionei, apontando para o xampu escolhido.

— Ah, eu costumo pegar todos aqueles que dão de graça nos hotéis e uso o que tiver em mãos.

— Talvez seja por isso que você sinta que precisa usar aquela porcaria de boné toda hora – provoquei.

— Não odeie o boné – instruiu firmemente, jogando xampu em sua mão.

— Espalhe – disse ele, indicando que eu devia virar de costas para ele. Fiz isso e senti que ele começou a lavar o meu cabelo.

Bem, ele não é muito fofo?

— Então, produtores. Isso é ótimo, Sheridan. Que horas você vai encontrar com eles? – perguntou ele, continuando espumando. Ele parecia estar se divertindo bagunçando meu cabelo e brincando com todas as bolhas, e acho que vi algo parecido com um topete refletindo no box de vidro. Ele tinha usado quase duas mãos cheias. Não estava surpresa com toda a espuma.

— Holly disse que é às duas. O que vai fazer hoje?

— Tenho outras sessões fotográficas à noite, provavelmente bem tarde – disse ele – Ok, enxague – instruiu, orientando-me sob o pulverizador.

Senti-o tirando gentilmente toda a espuma do meu cabelo, tomando cuidado para não cair nada nos meus olhos. Ele era muito fofo. Retornei o favor, dando bastante atenção ao seu couro cabeludo, já que ele gostava muito disso. Claro que, por ele ser muito mais alto do que eu, tive que ficar na ponta dos pés para alcançar sua cabeça. Ele garantiu que eu ficasse parada, mantendo meus seios firmemente agarrados na mão.

– O quê? Estou te segurando. Não quero que você escorregue e caia – pegou ele, quando eu levantei uma sobrancelha para ele.

– Ahá... – respondi, esfregando pela última vez sua cabeça – Tudo bem, enxague – disse.

Ele fechou seus olhos e ficou embaixo d'água, enquanto eu pegava meu gel de banho — com aroma de açúcar-mascavo e coco — e continuei lavando meu corpo. No momento em que ele abriu seus olhos novamente, meu corpo estava coberto de bolhas de fragrância e minhas mãos estavam escorregando e deslizando sobre a minha pele, algo que o Senhor Hamilton não perdeu.

– Louca, o que você está tentando fazer comigo? – sibilou ele, apoiando-se nos azulejos.

– Relaxa, George. Estou apenas tomando um banho. Aqui...experimente um pouco disso – joguei a garrafa para ele.

Posso ter inclinado um pouco mais minhas costas quando esfreguei minhas mãos pelos meus seios.

– Grace... – advertiu ele, e pude ver o que eu causava nele. Sorri. Ele ficou analisando o gel de banho – Coco! É coco! – exclamou ele.

– O que é coco? – perguntei, virando minhas costas para ele enxaguar a minha frente.

É o seu cheiro! Você tem cheiro de coco e de roupa limpa – disse ele com orgulho, como se tivesse desvendado algum código. Ele era a coisa mais bonitinha do mundo. Dei uma olhada para ele de costas. Ele estava sorrindo.

– Tenho cheiro de roupa limpa?

– E de coco, não se esqueça do coco – lembrou.

– Não, não devíamos esquecer mesmo do coco – disse, virando para olhá-lo e passando minhas mãos pelo seu torso e mais embaixo. Seus olhos se abriram.

Eu não me esqueci do coco.

★ ★ ★ ★

Naquela tarde eu estava correndo por Sepulveda, em direção à minha reunião. Holly me disse que eu provavelmente cantaria novamente, então mantive o tom alto e fiz os meus exercícios vocais no carro.

Estava empolgada para esta reunião. Quando os detalhes deste novo show foram originalmente ditos a mim, fiquei intrigada. Era um musical novo, que ainda estava nas etapas de preparação. Eles estavam continuamente reescrevendo as músicas e as letras e, como uma atriz, a chance de ser a primeira a viver um papel era intoxicante.

A personagem principal estava na casa dos trinta anos e era uma rainha da beleza envelhecida. O show inteiro se baseava no fato dela aprender a aceitar a sua idade, de não ser mais a novata e de lidar com os efeitos subsequentes de um divórcio conturbado. A peça era sobre uma segunda vida, sobre reconstruir tudo novamente. Era doce e engraçada, e as músicas que eu já tinha ouvido eram espetaculares.

Este show era eu. Eu estava estampada por todo ele. Agora eu tinha apenas que convencer o diretor sobre isso. Eles me conheciam como uma novata neste ramo. Tudo o que eu tinha era Holly e ela teve que se matar para até mesmo conseguir uma audição inicial. Mas ao estar na porta, tudo se voltou para mim. Este era meu primeiro verdadeiro teste, minha primeira verdadeira reentrada para a indústria e eu estava aproveitando tudo.

Estava pronta. Estava empolgada. E se eu conseguisse este emprego, ficaria em êxtase.

★ ★ ★ ★

Ao chegar, encontrei com dois dos produtores de Nova Iorque, com o diretor, e deveria ter me encontrado com o escritor, mas ele tinha dado uma saída. Ao bater um papo com eles, o diretor me perguntou há quanto tempo eu conhecia a Holly.

– Ah caramba, nos conhecemos desde a faculdade! Éramos colegas de quarto e depois nos mudamos para Los Angeles, em apenas alguns meses de diferença. Ela é ótima.

— Sim, já trabalhei com ela em diversas seleções de elencos durante alguns anos. A Holly é fantástica – ele sorriu e eu sorri de volta, orgulhosa por minha amiga ser obviamente tão respeitada na indústria.

— Ah, aqui está nosso escritor! Michael, gostaríamos que você conhecesse...

— Grace? Grace Sheridan?

A voz era familiar. Virei-me, com um sorriso esperançoso no meu rosto. Ele parecia já me conhecer. Depois eu o vi. Claro que ele me conhecia.

Ele tinha partido meu coração treze anos atrás.

Droga, Holly...

★ ★ ★ ★

— Sério, Holls, que porra é essa?! Como você pôde me mandar para lá sem saber de nada? – gritei, costurando no trânsito como uma louca. As pessoas buzinavam para mim, e eu mostrei o dedo do meio para pelo menos três de uma vez só.

— Grace, calma. Eu não sabia que era o mesmo Michael O'Connell. Quais são as chances disso acontecer?

— É verdade, quais são as chances – estrondei, ao cortar mais alguém – Cala a boca! – gritei quando o homem acendeu suas lanternas para mim, berrando algumas obscenidades.

— Uau, relaxa. Desligue o telefone e venha até o escritório. Conte-me aqui, onde você não pode machucar ninguém.

— Não tenha tanta certeza – adverti, arrancando meu Bluetooth e acelerando o carro, quase causando outro acidente.

★ ★ ★ ★

Quando estava na faculdade, tinha uma queda imensa por um dos meus melhores amigos. Ele estudava na escola de teatro comigo e com a Holly. Éramos ótimos amigos, mas Michael O'Connell era o meu favorito.

Ele era incrivelmente talentoso. Seu talento foi o que me fez gostar dele primeiramente. Ele continuava sendo o cara mais engraçado que eu já tinha conhecido: esperto, sarcástico e com um senso de tempo impressionante. Como muitos dos atores comediantes, ele também tinha um traço emocional agradável que, quando selecionado para fazer peças dramáticas, fazia todos chorarem.

Ele sempre *pareceu* estar um pouco interessado em mim. Era especialmente evidente quando eu me apresentava, principalmente quando eu cantava. Ele ia me assistir e eu conseguia ver a expressão de "amizade" sumir, e aí ficava apenas um garoto assistindo a uma garota que ele gostava. Mas ele sempre manteve distância, eternamente "apenas amigos".

Era enfurecedor.

Então, no final do primeiro ano, ele nos surpreendeu com a notícia de que seria transferido para uma faculdade de belas-artes em Boston, começando em setembro.

Durante todo o verão, eu sabia que tinha que lidar com isso ou me calar. Eu tentava ficar sozinha com ele, mas como saíamos em um grande grupo, era muito difícil. Ele sabia, conscientemente ou não, o que eu sentia por ele, então me mantinha afastada.

Sem me gabar, mas não era o tipo que era rejeitada naquela época. Eu saí com o quaterback da faculdade, o presidente do melhor grêmio no campus, e tive um breve relacionamento com o professor de física. E este cara, o nerd de teatro, me evitava. Todo aquele escândalo podia ir para o inferno.

Em uma festa com o elenco em junho, fiquei bêbada e confrontei-o. Holly, Michael e eu estávamos na cozinha, muito ocupados com uma maconha de baixa qualidade e Lynchburg Lemonades quando vi que ele me olhava, realmente me olhava — como eu sempre o pegava fazendo quando eu estava no palco.

Não pensei no que ia fazer, mas sem alertar ou pensar muito, eu o empurrei contra a despensa e lhe dei um beijo longo e forte. Escutei Holly dizer "Já era hora" e sair da cozinha. Seus olhos ficaram surpresos, mas depois ele se empolgou. Ele me beijou, e nós deixamos nossas bebidas caírem. Eu finalmente o puxei e lhe disse que ele iria para casa comigo naquela noite, sem poder dizer não. Ele concordou.

Foi espetacular. Fizemos amor durante a noite toda — e eu odeio o termo "fazer amor", mas foi o que aconteceu. Foram três anos de amor e desejo derramando, e o fato de sermos amigos tornou isso ainda melhor. Ele me contou que estava apaixonado por mim desde seu primeiro ano na faculdade.

Fiquei acordada a noite inteira, planejando. Ele não podia ir embora agora... ele me disse que estava apaixonado por mim. E depois de beijá-lo, percebi que também estava apaixonada por ele. Era muito mais do que uma queda. Ele era quem eu queria. Mal podia esperar pela manhã seguinte.

No fim das contas, eu realmente não esparava o que aconteceu: foi um clima mega constrangedor. Ele não conseguia nem me olhar. Saiu de lá rapidamente, ainda nem tinha colocado suas calças, e quando me viu depois naquele dia nos bastidores, não conseguia nem me olhar nos olhos.

Ficamos hesitantes pelo resto do verão. Eu lentamente fui varrendo "tudo que era Michael O'Connell" para debaixo do tapete e, quando ele se foi, nunca o vi novamente. Escutava sobre ele de vez em quando por nossos amigos em comum. Ele se tornou escritor, fazia diversos trabalhos para a Broadway e, depois, eventualmente, ficou famoso por escrever tanto para a televisão quanto para filmes. Isso era tudo o que queria saber. E agora aquele filho da puta tinha minha carreira em suas mãos.

Mas que puta sorte.

★ ★ ★ ★

Invadi o escritório externo de Holly, apontando para Sara voltar a sua cadeira quando ela tentou se levantar. Estava fervendo de raiva. Não importava que eu tinha ido bem, e eu fui *muito* bem na audição. Toda minha raiva, toda minha angústia, toda a dor que eu nem sabia que ainda estava lá dentro, foi canalizada na minha apresentação, e eu fiquei um pouco satisfeita quando a vi a reação do Michael. Ele ficou impressionado.

Eu estava apenas brava.

Entrei com tudo na sala de Holly, ela estava ao telefone. Seus olhos se alargaram quando ela me viu, e escutei-a dizer:

– Tom? Terei que te ligar depois. Sim, mande lembranças para a Katie. Sim, ok, tchau.

Ela desligou o telefone. Encaramos-nos como um impasse mexicano.

Houve silêncio por um momento.

– Tá de sacanagem comigo? – disse quietamente.

– Beleza, escuta. Eu não sabia que ele...

– Tá de sacanagem comigo? – repeti, minha voz começando a ficar mais alta.

— Olha, Grace. Acalme-se – respondeu ela, seu tom de voz imitava o meu.

— Tá. De. Sacanagem. Comigo? – gritei, descontrolando-me. Joguei-me numa cadeira e soluços histéricos começaram a sair de mim como se fosse um tsunami. Tudo aquilo que estava debaixo do tapete apareceu e ficou por todo o chão do seu escritório.

Ela me deixou chorar, dando-me lenços quando meu nariz começou a escorrer. Ela me conhecia muito bem para apenas me deixar passar por isso com dificuldade. Quando meus soluços começaram a soar mais patéticos do que angustiantes, ela começou a falar.

— Primeiro, Grace, eu não tinha ideia de que era o mesmo cara. É um nome comum. Segundo, eu não tinha ideia que você ainda estava tão chateada por causa dele. Eu pensei que você tivesse superado tudo isso. Terceiro...

Eu a interrompi:

— *Eu* não sabia que ainda estava tão chateada, mas ao vê-lo...

— *Terceiro...* você conseguiu o papel – disse ela calmamente.

Tudo ficou em silêncio conforme eu digeria o que ela havia acabado de dizer.

— O quê? – perguntei, incerta sobre o que tinha realmente acabado de escutar.

— Você me escutou – disse ela.

Cacete.

— O quê? – perguntei novamente, com um sorriso começando a se abrir.

— Você conseguiu o papel – disse ela, começando a falar um pouco mais alto.

— Diga isso novamente – disse, realmente sorrindo agora.

— Você conseguiu o papel, caralho! – ela gritou agora.

— *Puta merda!* – nós duas gritamos juntas.

Sara veio correndo. Estávamos pulando, gritando e eu tinha ranho escorrendo por todo meu rosto. Ela saiu rapidamente. Eu consegui o papel. Eu consegui o papel principal em um musical. Eu consegui o papel principal em um musical que estava sendo preparado para a Broadway.

Broadway.

Em Nova Iorque.

Em Nova Iorque.

Mas e o...
Calada.
Espantei isso e senti a felicidade.

★ ★ ★ ★

Já tínhamos começado a analisar tudo e, ao olharmos em um calendário e compararmos as datas, ficamos surpresas ao perceber que teria que ir para Nova Iorque daqui a dez dias.

Dez dias.

Começamos a planejar. Primeiramente, fui tirada do *showcase*. Ligamos para o meu companheiro de cena e explicamos e, sendo um verdadeiro profissional, ele ficou feliz pelo meu novo emprego e me desejou boa sorte. Holly conhecia outro ator que poderia me substituir e ser seu parceiro. Sem problemas.

Segundo, precisava de um lugar para morar. Holly ligou para um agente que ela conhecia em Nova Iorque, que trabalhava muito com atores, e eles me asseguraram que poderiam encontrar algum lugar temporário perto do teatro. Até lá, teria que ficar em um hotel.

Terceiro, tinha uma casa que eu ainda não tinha nem me mudado. A maioria das minhas coisas estava em um depósito e o restante na casa de Holly. Os empreiteiros estavam quase terminando tudo. Na realidade, Chad tinha me dado uma data para eu me mudar no começo da semana que vem. Eu iria me mudar para depois sair de novo.

A maioria dos móveis novos já tinha sido pedido e estava com prazo de entrega para amanhã. Chad concordou em assinar todas as entregas e eu teria que me preocupar apenas com onde as colocaria depois, contanto que elas fossem deixadas nos ambientes corretos.

Por fim, tinha que contar para o inglesinho.

Não nos conhecíamos há tanto tempo, porém parecia que estávamos progredindo famosamente, mas ainda não havia declarações. Não houve conversas estranhas ou confissões difíceis. Não tínhamos definido nada, simplesmente porque não havia nada a ser definido. Estávamos bem no comecinho do que quer que isso fosse, e não havia mais nada a se dizer.

Claro, Grace, não há palavras. Pare de pensar nele por dez minutos, ou pelo menos cinco minutos. Você não consegue.

Era verdade. Ele se alojou na minha cabeça e não sairia de lá tão facilmente. Comecinho ou não, isso seria uma merda.

★ ★ ★ ★

Mais tarde naquela noite, tinha terminado de jantar. Holly tinha saído com um cliente e eu estava sozinha em casa. Jack estava trabalhando nas sessões dele e eu tinha perdido uma ligação sua. Seu correio de voz era meigo. Acho que o escutei umas três vezes.

"*Ei, louca. Não tenho ideia de quando vou sair daqui, provavelmente bem tarde. Lane, não enxe o saco… não, você não a conhece… ah, não enche o saco, ok? Me desculpe por isso. Você quer que eu passe aí à noite? Consigo ir depois das duas. Depois me fala. Não quero te acordar. Mas você acha loucura eu querer te ver? Ah, Doidinha… verdade. Falo com você mais tarde… sou eu, George, por sinal*". Clique.

Sou eu, George, por sinal… engraçado.

Eu realmente queria vê-lo, não importa que horas fosse. Agora que sabia que tinha dez dias, parecia que eu estava desesperada em vê-lo o máximo possível. Tive que ir até meu notebook. Eu ainda não tinha pesquisado o inglesinho. Era a hora de fazer isso.

Comecei com fotos… legal. Ele era muito gato. Muitas das expressões em suas imagens eram um pouco estranhas. Ele tinha muitas figuras com aquele sorriso marcado, aquele Johnny Mordidinha impossível de conseguir resistir. E por que eu teria mesmo?

Depois fui para os *sites* de fãs. Havia muitos. Em seguida, procurei sua bunda no YouTube. Vi suas entrevistas, vi suas fotos dos paparazzi e vi os vídeos que fãs tinham feito sobre ele. Eu até mesmo assisti as entrevistas de quando ele estava em *Sua Melhor Metade*, o filme independente que ele tinha feito antes de ser escolhido para *Tempo*.

Enquanto assistia, comecei a ficar muito triste. Ele era muito bom. Ele era exatamente igual na vida real e nas entrevistas. Ele era muito adorável com a imprensa. Podia ver que ele estava muito nervoso, porém muito honesto.

Não imaginava que ele tinha tantas fãs. Não tinha ideia de que essas histórias eram tão populares como são. Ele havia tido uma boa carreira respeitável até agora, mas uma vez que foi escolhido para ser o Cientista Supersexy? Ele realmente ia se tornar famoso.

Que merda ele estava fazendo comigo? Ele estava comigo pra valer? Eu queria que ele estivesse comigo?

Claro que você quer.

Ah, e aqui estava Jack, fora, na cidade. Na maioria das vezes, ele foi fotografado com meninos descolados sujos, todos usando os mesmos bonés. Será que eu perdi o memorando sobre bonés de beisebol? Depois, tinham algumas imagens dele com uma morena... calma, tinham mais do que algumas com esta morena e em ocasiões diferentes.

Encontrei uma com uma legenda.

"Novato gostosão de *Tempo*, Jack Hamilton, e a atriz Marcia Williams ainda não querem revelar o relacionamento". Há. Curioso. Bem, é claro que ele teve um passado antes de mim. Eu mentalmente tirei esse boato da minha mente e encerrei minha perseguição virtual.

Estava tarde. Tomei um banho rápido, no caso de Jack aparecer. Coloquei a camiseta que ele havia deixado. Ficou enorme em mim. Deitei-me por baixo das cobertas e assisti *As Supergatas*. Mandei uma mensagem rápida para ele antes de cair no sono.

"Ei, George, por sinal. Sim. Definitivamente, pode vir. Gracie".

★ ★ ★ ★

Devo ter pegado no sono, pois a próxima coisa que sabia é que estava sendo ninada em um peito quente e sendo beijada diversas vezes.

— Hmm? O quê? — perguntei estupidamente, abrindo meus olhos.

— Xiu, volte a dormir, Grace. Sou eu — escutei meu inglesinho dizer. Sorri através do meu sono.

— Oi.

— Oi para você também — sussurrou ele, virando-me de lado e me apertando na sua nuca. Suas mãos escorregaram por debaixo da minha camiseta e ele as passou por cima e por baixo das minhas costas. Ele beijou meu cabelo e começou a me acalmar para voltar a dormir.

— Como foi a sessão? — comecei, mas ele me interrompeu.

— Está tarde. Podemos falar sobre isso amanhã de manhã...volte a dormir — ele me calou novamente. Desta vez eu escutei. Absorvi seu aroma, meu doce pessoal e cai de novo no sono.

A última coisa que o escutei dizer foi meu nome, sussurrado com satisfação.

★ ★ ★ ★

3:17 da manhã.

Acordei ao escutar um telefone vibrando no criado-mudo. O som vinha do lado de Jack. Ele rolou pra mim, se afastando do som incômodo, sem acordar, enquanto o telefone vibrava cada vez mais alto.

– Argh – murmurei, arrastando-me sobre ele para desligar. O som estava me enlouquecendo. Eu estava deitada sobre o seu peito, tentando chegar até o celular. Enquanto dormia, suas mãos vieram até os meus seios e ele cochichou:

– Fantástico!

Sorri com minha própria confusão sonolenta. Ele realmente adorava meus seios. Peguei seu telefone e soquei alguns botões aleatórios para desligá-lo. O quarto ficou felizmente silencioso.

Bocejando, comecei a colocá-lo novamente em seu criado-mudo.

Seu criado-mudo?

Eu estava colocando de volta sobre *o* criado-mudo, quando vi que ele havia recebido uma mensagem. Grace boa e Grace má lutaram por menos de dois segundos... adivinha quem ganhou?

Abri a mensagem, que tinha sido enviada por "M".

"Oi, para onde você foi? Você desapareceu. Não consegui nem me despedir... Marcia".

Droga.

dezessete

Eu, com certeza, dormi naquela noite, mas foi um sono leve. Fiquei me virando de um lado para o outro, sem me importar se iria acordá-lo ou não. Mas ele dormia pacificamente, totalmente acabado.

Fiquei pensando qual era o significado da mensagem e levantei todas as possíveis razões dessa garota — que era a mesma com quem ele tinha sido fotografado e questionado publicamente sobre a natureza do relacionamento deles — lhe enviar uma mensagem tão tarde. Havia muitas razões, e a maioria delas era inocente.

Eu, claro, decidi me focar nas não tão inocentes.

Jack tinha deixado a tal da Marcia em algum bar depois que ela o chupou no banheiro. Jack tinha deixado a tal da Marcia na sua cama depois de tê-la comido insensivelmente, e depois disse para ela que ele iria ao banheiro, mas não retornou nunca mais. Jack tinha deixado a tal da Marcia em uma festa, rodeada por todas as outras mulheres nuas que ele tinha comido naquela noite, recusando-se a se despedir dela pessoalmente.

Mas no final, tinha que me esquecer disso tudo. Ele não me devia nada. Nós nos conhecíamos por apenas algumas semanas, e eu estava indo embora.

É lógico que o pouco que já conhecia sobre ele me dizia que nada havia acontecido. Eu não achava realmente que ele tinha ficado com outra pessoa, não daquele jeito.

Mesmo assim, gostaria de conhecer esta Marcia. Apenas para eu conseguir parar de referi-la na minha mente como "essa tal de Marcia".

Olhei para ele, dormindo quietamente perto de mim, seu corpo esquentando a *minha* cama. Seus braços estavam envolvidos ao redor da *minha* cintura. Tornando-se uma tradição, suas mãos estavam nos *meus* seios. E eu sabia que ele não queria estar em nenhum outro lugar.

Isso era preocupante, pois em breve essa coisa fantástica teria que ter um fim. E como todas as verdadeiras Scarletts fazem, decidi pensar sobre isso amanhã. Aconcheguei-me novamente em seus braços e tentei afastar tudo isso da minha mente.

Como disse, eu dormi, mas foi um sono leve.

★ ★ ★ ★

Acordei antes de Jack e decidi dar uma corrida. Deixei um recado para ele:
George, fui correr um pouco, volto em uma hora. Tem café lá embaixo.
Se você esperar para tomar banho, posso me juntar a você. Aí, você sabe, podemos ficar nus em várias posições.
Gracie.
Quase escrevi "Com amor", mas mudei de ideia no último minuto.
Medrosa.
Não há mais ninguém aqui, apenas os covardes.

Enquanto corria, pensei em como contar para Jack que eu estava indo embora. Sei que ele ficaria feliz por mim e perceberia o quanto isso impulsionaria minha carreira. Caramba, isso *faria* minha carreira. E podíamos também dar um jeitinho, certo? Porque ele era louco por mim... pelo menos é o que parecia. Ele ainda gostaria de me ver quando eu voltasse à cidade. E ele provavelmente também faria eventos em Nova Iorque. Podíamos nos encontrar, certo?

Quem você está tentando convencer?

Então, pensei sobre trabalhar com Michael. Merda, isso seria um pesadelo. Sabia que eu podia cuidar disso. Eu podia agir profissionalmente. Uma profissional que queria arrancar suas bolas e usá-las como brincos.

Nojento.

É claro que teríamos que lavar a roupa suja, ou pelo menos uma briga. Mas ele era o escritor, então ele tinha alguma opinião sobre quem estava no elenco e acho que ele não se importava em trabalhar comigo. Claro que ele não se importava — não foi ele quem foi deixado com um coração completamente destruído.

Corri mais rápido.

★ ★ ★ ★

Quando cheguei em casa, percebi que o carro de Holly estava na garagem. Aquilo era estranho. Ela nunca veio para casa durante um dia de trabalho. Entrei pela porta dos fundos pela cozinha e escutei-a conversando com alguém. Jack deve ter acordado.

Dei a volta, pronta para começar a beijar o inglesinho, quando vi com quem ela conversava.

– Oi, Grace. Bom te ver de novo.

– Michael! Olá! Holly, olha, é o Michael! – disse, surpresa e na defensiva.

– Sim, achei que seria legal se vocês dois conversassem. Sabe, colocassem tudo para fora – disse Holly, oferecendo-me um pouco de café, claro como um gesto de paz.

A roupa suja começaria um pouco antes do planejado.

Parei um instante para realmente olhar Michael. Ontem, tudo o que conseguia ver era vermelho. Ele continuava o mesmo cara com quem tinha frequentado a escola. Se assim posso dizer, a idade tinha feito com que ele ficasse melhor. Cabelo castanho enrolado, rosto meigo, olhos castanhos profundos. Eu me lembrei daqueles olhos. Ele estava me olhando com esperança.

– Grace, não tinha percebido que havia algo a ser colocado para fora até conversar com a Holly.

– Bem, não estou surpresa – comecei, andando até ele com meu dedo apontado diretamente a ele – Você deixou meu apartamento sem nunca dizer uma palavra sobre o que aconteceu e depois no verão inteiro você...

– Uhm, gente? Vamos ser construtivos. Grace, por que você não vai com ele até o terraço e aí vocês podem conversar lá. Você não quer acordar nosso convidado – sugeriu severamente, lembrando-me de que Jack ainda estava dormindo lá em cima.

– Hum. Tanto faz. Vem comigo, O'Connell – bufei, levando meu café e minha raiva para fora da casa. Ele me acompanhou com um brilho nos olhos e piscou para Holly. Eu os vi.

Quando estávamos lá fora, ataquei-o.

– Então, vamos botar tudo para fora agora e depois nunca mais vamos tocar nisso de novo, ok?

— Isso é justo. Por que você não começa me falando a razão de estar tão puta com algo que aconteceu há tantos anos? – perguntou ele, sentando-se numa cadeira de jardim. Eu me sentei perto dele.

— Eu não sei. Para ser honesta, eu não sabia que ainda estava tão puta. Mas quando te vi ontem, toda a rejeição voltou à tona e isso me pegou – respondi, me sentindo bem em finalmente poder desabafar isso para ele.

— Rejeição? Como assim? Isso tudo é sobre isso? Eu te vi sair com um monte de homens, quase todos babacas, durante toda a faculdade. E depois você se jogou em mim em uma festa, eu ridiculamente disse o que sentia por você durante todos aqueles anos e depois quando não te pedi em casamento rapidamente na próxima manhã, você voltou a me tratar como seu amiguinho.

— Meu amiguinho? Você tinha saído antes mesmo de eu ter acordado! E depois você agiu como um idiota comigo pelo resto daquele verão! – gritei, tirando um fio de cabelo nervosamente dos meus olhos.

— Grace, você já pensou que quando acordei naquela manhã, depois de querer ficar daquele jeito por mais uns três anos, que eu entrei em pânico? Fala sério, você é a Grace Sheridan! O fato de você até estar interessada por mim era algo além da imaginação! E depois quando você me convidou de volta ao seu apartamento... ah cara, Grace. Bom, aquela noite foi maravilhosa – suspirou ele, apoiando-se com seus cotovelos em seus joelhos de um jeito tão familiar para mim.

Foi como se dez anos tivessem passado instantaneamente pela minha cabeça e estivéssemos sentados no pátio da faculdade, discutindo sobre Brecht e Stanislavski como os malas pretensiosos que éramos. Ou discutindo sobre se devíamos usar os quinze dólares que tínhamos conosco para comprar o novo álbum do Toad The Wet Sprocket ou nos abastecer de bebidas e asas de frango por duas noites.

— Se você se sentia assim, qual a razão de ter ido embora? E por que as coisas ficaram tão estranhas entre a gente? – perguntei, sentindo uma onda de nostalgia passar sobre mim, uma onda tão forte que eu quase conseguia sentir o cheiro de Drakkar.

— Porque eu tinha vinte e um anos. Porque você tinha vinte e um anos. Quem sabe, quem se lembra? Porque éramos idiotas – ele riu, e eu comecei a relaxar.

Encaramos-nos e eu o vi, eu realmente o vi. Eu vi o garoto pelo qual eu me lembrava, e agora vi o homem que ele tinha se tornado. O rosto era o mesmo, mas de algum modo era diferente. Mais cheio, e a estrutura facial era mais forte. Seu rosto estava um pouco aflito e as marcas de sorriso que estavam lá, até mesmo na faculdade, eram um pouco mais entalhadas profundamente. Seu cabelo continuava enrolado e seus olhos estavam cheios de travessura. Ele ainda era o cara mais engraçado que eu já havia conhecido.

Pensei sobre o que ele disse. Será que eu o tratei como um "amiguinho" depois de termos feito sexo? Talvez, como um instinto de autopreservação. E nossa amizade rapidamente esfriou depois disso.

— Revisionismo histórico... — murmurei.

— O quê? Não entendi isso.

— Revisionimo histórico. Um evento, dois pontos de vista, e cada um se transforma pra ser o que precisamos que seja — disse, olhando para o meu velho amigo.

— E é história, Grace. É passado. — sorriu ele, pegando na minha mão. Fiquei quieta por um momento, absorvendo tudo.

— Sabe, é muito bom te ver novamente — disse tímida, lembrando-me de como todos nós nos divertíamos juntos.

— Você também — sorriu ele novamente — Ah, vem aqui — disse ele e me puxou num enorme abraço de urso.

Escutei a porta francesa se abrir.

— Grace? — era Jack, parado com seu jeans, mais uma vez sem camisa e sem sapatos.

Tirei meus braços do pescoço de Michael.

— Bom-dia, Hamilton.

★ ★ ★ ★

Depois que Michael voltou para dentro para conversar com Holly, puxei Jack para perto de mim e lhe dei um abraço apertado. Ele ainda cheirava a sono, quente e aconchegante. Mas seus olhos estavam indiferentes. Ele devolveu meu abraço, apesar de parecer superficial.

— Você leu meu bilhete? Você deve ter lido, pois ainda não tomou banho — provoquei, fingindo cheirar sua axila. Ele me deu um sorriso compulsório.

— Sim, eu li e não, eu ainda não tomei. Quem é o cara? — perguntou ele. Uau, ele foi bem direto.

– O nome dele é Michael e ele é um velho amigo da faculdade. Não o vejo há anos.

– Um amigo, um amigo da faculdade. Tudo bem – acenou ele, seu rosto relaxando apenas com um toque.

– Ele também é um escritor. Na verdade, foi ele quem escreveu aquele show que eu fui para a reunião ontem, e eu...

– Ah caramba, Grace. Queria te perguntar sobre isso na noite passada, mas você estava com tanto sono. Como foi? – seu rosto estava animado novamente quando ele me perguntou sobre minha audição.

– Bem, foi boa. Na verdade, muito boa. Eu... eu consegui o papel – respondi calmamente, olhando para ele com incerteza. Seu rosto abriu um grande sorriso.

– Grace, isso é excelente! Muito bem! – gritou ele, pegando-me no colo e me rodando em um círculo – Ah, amor, isso é fantástico! Estou tão orgulhoso de você! – exclamou ele, rindo ao me rodar. Em seguida, ele parou e, sem me colocar no chão, espremeu seus lábios nos meus.

Amor? Orgulho?

Sorri com seu beijo, minhas pernas estavam soltas no ar. Ele finalmente me colocou no chão, com suas mãos firmemente posicionadas na minha bunda.

– Agora, vamos lá pegar um pouco de café e você vai me contar tudo – decidiu ele, pegando na minha mão e andando comigo até a cozinha.

Merda.

Uma vez que estávamos na cozinha, Michael olhou para nossas mãos entrelaçadas e lançou um olhar de estranhamento. Depois, foi até Jack e estendeu sua mão a ele.

– Oi, cara. Meu nome é Michael O'Connell.

– Jack, Jack Hamilton, prazer em conhecê-lo – respondeu ele, enquanto os dois sacudiam suas mãos.

Michael olhou de cima para baixo para ele e ficou com uma expressão de estranhamento novamente, devido à falta de roupa que Jack estava usando. Eu amava o fato dele não estar nem um pouco com vergonha de estar consideravelmente menos vestido do que o restante de nós.

– Então, você está ficando aqui com as garotas? – perguntou Michael, acenando para Holly e para mim.

– Bem, fiquei com a Grace na noite passada. E a Holly adora me ter aqui, não é, Holls? – riu ele, bagunçando o cabelo dela.

— Ah claro, aqui é um prostíbulo e eu sou a dona — cacarejou Holly — Na verdade, Jack é um ator e eu o represento. Ele está em um grande filme que está para ser lançado neste outono.

— Ah, então você e ele trabalham juntos — disse Michael — Grace, isso te lembra alguma coisa? — perguntou Michael, piscando para mim.

Jack estava no processo de me puxar para mais perto dele, colocando seu braço ao redor da minha cintura quando ouviu Michael. Ele olhou para ele e senti que ficou um pouco tenso. Ele me aproximou ainda mais.

— O'Connell, cala a boca — provoquei, saindo dos braços de Jack e indo até o lugar em que Holly estava perto da geladeira. Trocamos olhares e nos posicionamos contra o balcão para observar o que aconteceria.

— Então, Michael, é isso? Você é um escritor?

— Sim, escrevo para filmes e para a TV há anos. Este é o meu primeiro musical, mas com Grace como minha atriz principal, o que pode dar errado? — respondeu ele tranquilamente, porém sorrindo para mim cordialmente.

— Bem, a Grace é demais, isso é verdade — Jack respondeu, piscando para mim.

Isso estava estranho.

— O que acham de eu fazer um almoço para nós? Quem está com fome? Eu estou com fome! — disse, virando-me e olhando na geladeira à procura de algo para fazer no almoço.

Fiz comida para nós quatro, apesar de ter sido um pouco difícil com um tal de Hamilton preso ao meu quadril. Honestamente, ele não podia ter sido mais óbvio se mijasse em mim.

Enquanto eu corria para preparar os sanduíches, Michael, Holly e eu conversávamos sobre antigamente. Era muito legal poder falar com ele de novo e ele me lembrava de como nós nos divertíamos juntos. Ele estava contando a história de uma noite em que todos nós ficamos bêbados, invadimos o teatro, subimos pelo simulador de voo e saímos no telhado.

— Grace, quando os policiais chegaram, você estava branca como um lençol! — bramiu ele, rindo.

— Eu estava branca igual a um lençol porque tinha acabado de vomitar do lado do prédio — ri também.

Holly estava com lágrimas caindo pelo seu rosto ao se lembrar:

— Ah, Deus, tinha me esquecido daquilo. Você realmente tinha problemas em conseguir manter a bebida na barriga naquela época – sorriu ela.

— Você também tinha problemas em manter suas roupas. Quando os policiais chegaram lá, você estava só de sutiã. Uau, toda aquela renda – suspirou Michael, fazendo uma careta para mim quando eu o golpeei com um pano de prato que estava segurando.

— Cala a boca. Eu não estava!

— Ah, sim, senhora, você estava. Você tentou convencer os policias de que aquela era sua fantasia, que você tinha acabado de atuar em *Cabaret* e estava com um espartilho muito apertado – riu ele.

— Isso é verdade, Grace. Você estava meio pelada lá – concordou Holly.

Rimos enquanto eu terminava de fazer o almoço e nos sentamos para comer. Jack ficou quieto quase o tempo todo e, enquanto comíamos a refeição, percebi que ele não estava fazendo muito esforço para me tocar como antes. Peguei na sua mão em um momento e ele sorriu, mas os olhos não reagiram.

Ele estava observando eu e o Michael.

Quando Michael e Holly estavam prontos para irem embora, Jack e eu os levamos até a porta da frente.

— Grace, estou muito feliz de termos acertado as coisas. Vai ser muito legal passar um tempo com você novamente. Não vejo a hora de você se mudar para Nova Iorque.

Merda. Merda. Merda.

Escutei Jack dando um respiro e vi os olhos de Holly se voltarem para ele. Michael se inclinou para me dar um abraço de despedida, dando um beijo rápido na minha bochecha. Os dois saíram pela porta da frente.

Fechei logo que eles saíram, esperando um pouco mais do que o necessário antes de me virar para ver o Jack. Ele estava com uma expressão confusa.

— Você vai se mudar para Nova Iorque? – perguntou ele.

— Temporariamente.

— Quando?

— Em nove dias.

Seu rosto se endureceu e ele saiu rapidamente, subindo as escadas.

★ ★ ★ ★

Quando fui até o meu quarto, Jack estava parado perto da cama, arrumando-a furiosamente. Eu o observei enquanto ele esticava os lençóis, tentando mantê-los suaves. Fui até o outro lado e tentei lhe ajudar, mas ele os puxou das minhas mãos.

— Obrigado, já estou dando um jeito — replicou ele, levando seus olhos rapidamente aos meus. Já que eu não podia amaciar os lençóis, tentei amaciar a situação.

— Uau, terceira manhã que você arruma a cama e já está ficando bom nisso. Legal, Hamilton. Impressionante — brinquei, tirando um travesseiro desobediente do chão. Ele não sorriu.

Ele ficou por mais um minuto fissurado naquilo e depois finalmente se virou para mim.

— Explique para mim porque você não se importou em me dizer que este espetáculo era em Nova Iorque? — perguntou ele, parecendo frustrado.

É errado que ainda assim eu percebia o quanto ele era gostoso sem camisa?

— Era apenas uma audição no começo e tinham tantas outras atrizes concorrendo pelo mesmo papel. Eu, honestamente, não achava que tinha uma chance. E depois, quando descobri que tinha sido escolhida, eu não, bem, eu não sabia como te dizer — olhei para o chão, de repente muito triste por ter que deixar este homem, logo quando as coisas estavam começando a ficar sensacionais.

— Grace, sei que não nos conhecemos há tanto tempo, mas caramba! Essa era uma informação bem importante para ser esquecida — suspirou ele. Eu ainda estava pensando sobre aquela mensagem da noite passada, e quase perguntei para ele quando percebi que ele estava puxando o edredom, de ponta cabeça. Sorri, apesar de tudo.

Ele estava tendo um ataque dos nervos, e eu me lembrei da sua idade. Ele era meu pequeno sentimentalista, mas o fato dele estar obviamente chateado com a ideia de me deixar me tocou.

Precisava tocá-lo. Subi na cama do meu lado e rastejei por ela. Sentei nos meus joelhos na frente dele e coloquei meus braços ao redor da sua cintura. Encostei minha cabeça em seu peito e senti seus braços virem ao meu redor. Aquilo era bom.

— Eu sei... me desculpe. É difícil acreditar que eu não queria te dizer? Vou sentir saudades de você. Acho que me acostumei contigo. Quem dirá que meus peitos são fabulosos? — murmurei em seu peito, sentindo seus pelinhos no meu nariz. Podia sentir que o fiz sorrir, mesmo sem olhar para cima.

— Doidinha da porra. Você vai mesmo embora daqui a nove dias? — perguntou ele, suas mãos deslizando entre minha regata e minhas calças de corrida.

— Sim.

— Por quanto tempo?

— Não sei. Depende de como o show se sair, da resposta que ele tiver. Diria que pelo menos de dez a doze semanas — respondi, apertando meu rosto na sua pele. Ele cheirava à minha cama.

Ele suspirou e ficou quieto durante um tempo. Finalmente, ele se curvou e beijou o topo da minha cabeça:

— Está certo então. Não vamos ficar arrumando problemas sobre isso. Essas são boas notícias para você. Estou feliz por você, Grace. Você sabe disso, não é? — perguntou ele seriamente, levantando meu rosto até o dele.

— Sim, eu sei. O momento é que é uma droga.

— Concordo. O momento certo é tudo — nos olhamos por um momento, depois ele quebrou o silêncio — Agora, acho que você tinha me pedido uma hora de banho? Já acabei com a minha manhã e estou pronto para comparecer ao seu banho, quando você estiver com vontade — sorriu ele, deixando-me saber que este pequeno conflito havia passado.

— Sim, por favor. Estou com taaanta vontade — respondi, beijando seu estômago e começando a me mover para o sul pelo seu umbigo. Suas mãos vieram até o meu cabelo e o enrolaram fortemente. Comecei a puxá-lo de volta na cama, com seus braços apoiados sobre mim enquanto eu lutava para desabotoar. Eu tirei o zíper e…

Olá, comando.

— Oi, eu acabei de arrumar esta cama e você vai bagunçá-la — reclamou ele.

Olhei em volta dos travesseiros acidentalmente jogados, os lençóis sendo arrastados para o lado, o edredom do lado invertido, e sorri:

— Amo o fato de você ter tentado, mas você é bom em outra coisa na cama, algo que não tem nada a ver com arrumação. Agora, desça aqui — provoquei.

Escutei-o murmurar:

— É por isso que é idiotice arrumar a cama — ao colocar seu peso todo em mim e minhas pernas se levantarem em volta dele.

Demorou pelo menos uma hora até irmos para o chuveiro.

Depois pelo menos outra hora antes de sairmos dele.

★ ★ ★ ★

Naquela tarde, ele havia me dito que não tinha planos reais para o restante daquela semana e que, se fosse possível, ele gostaria de "passar o quanto fosse humanamente possível comigo". Quem sou eu para discordar?

Então nos isolamos. Ficamos enrolados em uma pequena bolha de desejo e totalmente isolados. Ficamos analisando como *deveriam* ter sido nossos primeiros vinte encontros, todos em um período de quatro dias.

Comemos no FatBurger no almoço quase todos os dias. Ele era louco por isso. Obriguei-o a correr comigo no Parque Griffith, mas apenas duas vezes. Ele teve alguns problemas em conseguir me acompanhar na primeira vez, e na segunda... bem, vamos apenas dizer que fizemos outro exercício debaixo de uma árvore.

Dirigimos por quilômetros pela PCH. Ele dirigiu, enquanto eu fiquei sentada relaxando, observando-o com seus óculos escuros, estava muito sexy, do melhor jeito imaginável. Escutávamos música, trocando iPods para lá e para cá, tocando nossos favoritos um para o outro.

Assistimos nossos DVDs por várias horas. Assistimos *The Office* — tanto a versão inglesa quanto a americana, *Flight of the Conchords*, e passamos uma tarde inteira assistindo a uma maratona com o Corey: *Os Garotos Perdidos, Sem Licença para Dirigir* e *Conta Comigo*.

Passamos uma manhã na minha casa nova, ajudando a colocar todos os meus móveis. Não conseguia acreditar como tinha ficado bonita, e eu nem mesmo teria uma chance de curti-la.

Conversamos durante horas. Eu contei para ele sobre o meu novo espetáculo e o quanto eu estava nervosa. Ele confessou para mim que estava ficando um pouco preocupado com toda a propaganda que *Tempo* estava gerando, e se ele seria retratado do mesmo modo exagerado como os outros atores da mesma idade dele.

Mal dormíamos à noite, mas dávamos um jeito de tirar umas sonecas toda tarde. Aconchegávamos-nos na minha cama, eu costumava usar uma de suas camisas. Era o jeito que ele preferia que eu ficasse, se fosse para eu não ficar nua.

Tudo sempre começava comigo de costas e Jack envolvido no meu peito. Eu arranhava sua cabeça e ele desenhava pequenos círculos no meu braço. Sua respiração ficava mais forte — eu tinha aprendido a reconhecer seus padrões de sono. Antes dele realmente pegar no sono, eu me virava de lado e ele encostava seu corpo ao meu, segurando-me perto de seu peito, seus braços por baixo da minha camisa, segurando meus seios com suas mãos.

Ficamos em casa e eu cozinhei para nós todas as noites. Holly costumava se juntar a nós e depois se refugiava em seu quarto, enquanto Jack limpava tudo. Ele achava que devia lavar a louça, já que eu cozinhava, e eu deixei. Descobri que eu podia assisti-lo fazer quase tudo e ficar feliz.

Costumávamos nadar após o jantar, e ele deixava uma garrafa de vinho do lado da piscina para nós, enquanto nos molhávamos e brincávamos. Às vezes, quando eu tinha sorte, ele fazia questão de nadarmos pelados.

Cantávamos músicas como se estivéssemos em um acampamento. Eu finalmente consegui que ele tocasse violão para mim, e ele era maravilhoso. Observar aqueles dedos por todo o violão com a mesma ternura e atenção que eles me davam era impressionante. E escutá-lo cantar? Ele tinha uma voz doce, mas ríspida ao mesmo tempo. Um pouco sentimental, grossa e maravilhosa. Ele realmente era talentoso, e sua voz era hipnotizante. Ele tocou algumas de suas favoritas e algumas que ele tinha escrito. Tocou músicas que sabia que eu conhecia para que eu pudesse cantar junto. Éramos tão banais. Estava legal. Ele dedilhava distraidamente enquanto observava eu me arrumar de manhã. Quando eu arrumava a cama (assumi de volta esta tarefa), ele escrevia para mim minha pequena própria trilha sonora de ação, seu ato de tocar imitava meus gestos. Quando ele achava que eu devia ir mais rápido, ele tocava mais rápido.

Nós nos beijávamos constantemente. Beijávamos-nos por horas. Podíamos estar na mesa, no chuveiro (que agora era sempre um evento sincronizado), no corredor, no sofá, estávamos nos beijando. Devagar e doce, furioso e frenético, carente e necessário, nos beijávamos.

Nós nos tocávamos. Não conseguíamos tirar nossas mãos um do outro. Quer fossem mãos sendo seguradas na banheira quente ou sua mão na minha coxa enquanto dirigíamos, estávamos em contato, sempre. Ele gentilmente mantinha sua mão perto da minha cintura quando andávamos por aí. Eu enrolava minhas pernas ao seu redor quando estávamos assistindo a um filme e ele ficava cutucando minha mão como um gato, até eu arranhar sua cabeça.

E nós nos *tocávamos*. Praticamente não havia uma parte de seu corpo que não tivesse sido explorada e o mesmo aconteceu comigo. Estávamos em um estado quase constante de excitação. Ele mantinha minha Marca Hamilton fresca a cada dia, dando novas mordidas quando as antigas sumiam. Um olhar dele fazia minha pulsação ficar mais rápida, e nós nos tornamos tão bons em reconhecer as necessidades de cada um que era quase irrelevante que ainda não tínhamos realmente feito... sexo.

Eu precisava disso. E eu sabia que ele precisava disso. Era apenas uma questão de tempo. Mas parecia que nós dois sabíamos que queríamos esperar para que fosse — (Hoje à noite, em um episódio muito especial de *Grace e Jack*) — especial. Queria que fosse especial. Pois, em algum lugar, por todo esse nosso mundo aumentado, super-rápido e louco, estávamos indo além do que quer que isso tivesse começado a ser. E me peguei completamente e totalmente apaixonada por ele. De tão bom que era até quase doía.

Isso era errado em muitos níveis.

★ ★ ★ ★

Mais tarde em uma noite, no quarto dia do aprisionamento de Grace e Jack, estávamos deitados na minha cama, assistindo *Digam o que Quiserem*. Estávamos assistindo a parte em que Lloyd toca a música para ela na janela. Suspirei profundamente, sentindo os dedos de Jack quando eles gentilmente trabalhavam um nó em meu cabelo.

— Ah, droga, você também não – riu ele.

— O quê? Você não o quê? – perguntei, batendo no seu joelho.

— Vocês... todas as garotas. Todas vocês amam aquela cena. Todas vocês querem um garoto com um rádio na janela – provocou ele, dando um beijo na minha cabeça ao finalmente terminar o nó.

— Isso não é verdade. Tipo assim, eu amo aquela cena. É icônica. E eu amo aquela música... meu Deus, eu amo aquela música. Mas não preciso do Grande Gesto.

— O Grande Gesto?

— Sim, você sabe, ele corre pela estação de trem para levar flores a ela antes dela ir embora. Ele fica de joelhos na frente de uma sala cheia de amigos dela para pedi-la em casamento e tentar consegui-la de volta. Ele diz que a ama na frente de um estádio de futebol, pois ele nunca teria coragem de dizer quando estivessem os dois sozinhos. Não quero isso. Não quero todo esse romantismo. São as pequenas coisas, as escolhas diárias. Isso é que é o amor – peguei um fio solto no cobertor. Foi o mais próximo que já fiquei de lhe contar como eu realmente me sinto – Vou te dizer uma coisa, se alguém alguma vez tocasse uma música do Peter Gabriel na minha janela, tenho certeza que eu trancaria aquela janela – terminei, virando-me para olhá-lo.

– Hmmm, você é interessante, Grace Sheridan. Quando eu acho que consegui te desvendar...

– Ah, você nunca me desvendará. É uma bagunça aqui dentro. Mantenha-se longe, Hamilton. Mantenha-se longe – suspirei, ficando de costas para ele novamente.

– Então, sem romantismo, é? – perguntou ele.

– Bem, um pouco de romantismo é bom. Toda garota precisa de um pouco de romantismo. Eu tenho um pequeno osso romântico no meu corpo.

– He he, você disse osso – ficou inexpressivo.

– Ah, cara... – ri, deitando-me novamente nele e voltando ao filme.

Ficamos quietos por um minuto, assistindo, quando ele disse:

– Grace, você se importa se desligarmos isso?

– Claro que não. Estava apenas te esperando! – exclamei, agarrando-o. Ele riu de surpresa na minha boca, mas depois rapidamente começou aquele sexo estilo Hamilton que eu precisava tanto.

Já estávamos prontos para dormir, então ele já estava usando apenas sua boxer tirada diretamente de um anúncio comercial, aquela que ainda me fazia tremer como uma adolescente toda vez que eu o via vindo do outro lado do quarto com ela.

Ele tinha começado a desabotoar minha camisa quando eu o joguei na cama. Eu coloquei uma perna sobre ele vagarosamente e montei nele. Eu quase ainda não tinha o roçado quando suas mãos vieram ásperas nos meus quadris.

– Ah ah ah, amor, mais devagar agora – provoquei, ao começar a desabotoar minha camisa para ele. Fiquei um pouco mais para baixo em seu colo, sentindo sua dureza através de sua fina boxer. Dessa vez era eu quem estava no comando.

Ofeguei ao senti-lo pressionando contra minha pele e apreciei a ideia de como ele se sentiria quando estivesse dentro de mim. Bati meus quadris nele devagar, propositalmente, e observei sua expressão mudar.

Tirando o último botão, abri minha camisa para ele. Fiquei nua e seus olhos me absorveram. Suas mãos deixaram meus quadris para subirem e ficarem em volta dos meus seios. Gemi com seu toque, quando ele gentilmente envolveu meus mamilos entre seus dedos talentosos. Ele me puxou e eu exclamei. Seus olhos ficaram selvagens enquanto me assistia por cima dele e eu montava brutalmente nele, sentindo a fricção indescritível que nossos corpos estavam criando.

— Porra, Grace. Isso está sensacional – gemeu ele, seus olhos ficando mais selvagens, seu rosto quase animalesco.

Empurrei-o do jeito que sabia que apenas eu conseguia fazer. Desci meu corpo para o dele, apertando-me contra ele. Olhei-o no olho e disse:

— Aquela sua língua seria demais. Todinha. Em. Mim — enfatizei cada palavra com um empurrão forte, batendo meus quadris em seu Durão. Senhor. Hamilton.

Seus olhos se estreitaram e ele soltou um baixo rugido de dentro da sua garganta.

Ele me levantou de seu colo com um movimento rápido e me encontrei com meus joelhos em cada lado de seu rosto. Ele pegou meus quadris, empurrando-me fortemente até sua boca. Sua língua estava serpenteando e ele me lambeu. Intensamente. Dei um suspiro brusco, meus quadris estavam resistindo loucamente, enquanto ele lutava para me manter quieta.

— Não – ele avisou, seus olhos estavam firmes enquanto ele me encarava, aqueles olhos verdes e sensuais.

Ele me lambeu novamente. Com mais força.

Balancei meus quadris, desesperada pela fricção, e ele gemeu novamente. Ele me abaixou mais uma vez, brutalmente, e começou a se envolver em mim, rapidamente, violentamente. Sua boca se fechou ao meu redor, chupando-me vorazmente.

Estava toda molhada.

Gozei rápida e fortemente em sua boca, na sua língua. Antes de conseguir me recuperar, seus dentes — ah, meu Deus, seus dentes — me provocaram. Ele me levou a sua boca de novo e com seus lábios pressionados firmemente em mim, seus dentes me beliscando e sua língua movendo-se rapidamente em mim, as sensações eram totalmente diferentes de qualquer coisa que já havia sentido antes.

Em seguida, ele gemeu.

Ele gemeu e as vibrações soaram através de mim. Gritei seu nome repetidamente conforme eu balançava meus quadris de um lado para o outro. Suas mãos se enfiaram nos meus quadris, esmagando minha pele, me mantendo no lugar, não me deixando sair. Meus gritos começaram a ficar sem palavras, conforme as séries de orgasmos se assolavam por mim, fazendo eu me mexer violentamente. Ele gemia por baixo de mim, com um som rouco e uma expressão furiosa enquanto me observava gozar.

Ele ainda não tinha acabado comigo.

Ele me virou, empurrando meus joelhos para os lados quase descuidosamente. Seus olhos queimavam nos meus conforme ele passava as pontas de seus dedos desde a minha boca até o centro do meu corpo, entre meus seios e mais para baixo. Ele me provocou por um instante, observando meu rosto enquanto eu ficava cada vez mais frustrada com seus dedos giratórios.

Logo antes de eu começar a arrancar meus fios de cabelo, ele enfiou dois dedos dentro de mim. Minhas costas se curvaram na cama, e meus quadris ficaram loucos com seu toque. Isso era o que eu precisava. Precisava dele pelo meu interior. Mais uma vez, ele encontrou aquele ponto, o Ponto J, e me golpeou atentamente, enquanto sua outra mão apertava por baixo. Ele trouxe seu rosto ao meu e me beijou, chupando meu lábio inferior na sua boca.

O entra e sai, a maciez e a dureza, o doce e o salgado de tudo eram demais, e eu explodi novamente, gritando seu nome mais uma vez e fazendo-o sorrir.

Abri meus olhos e o vi se ajoelhando sobre mim. Eu subi, sentando-me nos meus joelhos e arranquei sua cueca rapidamente. Minha cabeça ainda estava girando dos orgasmos intensos que este homem havia acabado de me dar, mas não conseguia me focar em outra coisa a não ser naquela vista. Enorme, duro, ereto e perfeito.

Ao colocar uma mão nele e a outra em mim, observei seu rosto conforme chamava a atenção de ambos nós. Queria gozar com ele.

Seus olhos viajavam para minha mão na sua altura e depois para minha outra mão, que trabalhava agitadamente no meu próprio sexo. Troquei de mãos, minha umidade cobrindo-o, fazendo-o gemer enquanto eu trabalhava nele. Conseguia me sentir mais próxima de chegar novamente e diminuí o ritmo, querendo esperar por ele.

– Goze comigo, Jack – ofeguei, quase chorando pela tortura de assistir o seu perfeito rosto enquanto ele ia em direção ao seu próprio orgasmo. Suas duas mãos dispararam até a minha nuca, apertando seus dedos atrás de mim. Ergui minha cabeça para um lado, me apoiando em seu braço, beijando sua pele aonde meus lábios conseguissem alcançá-lo.

Ele fechou seus olhos, suspirou meu nome e gozou...comigo.

Lindo.

Alguns minutos depois, estávamos enrolados o mais perto possível, braços e pernas entrelaçados, pele na pele. Estava passando minhas unhas em seu cabelo, enquanto ele caía no sono. Beijei-o suavemente em cada pálpebra, na ponta de seu nariz e finalmente em sua boca.

Eu o amava.

Simplesmente isso.

★ ★ ★ ★

Quando acordei de manhã, ele não estava lá. No travesseiro onde aquela linda cabeça costuma estar encostada, tinha um pedaço de papel.

"Grace, tenho dublagem hoje. Devo voltar para casa lá pelas 3. Quer sair para jantar? A noite de ontem foi... não tenho palavras. Jack".

Havia uma flechinha no final, indicando que eu deveria virar a folha.

Tinha mais uma linha:

"Estou te deixando com apenas um pequeno romantismo: romantismo".

Ri até chorar.

dezoito

Naquela manhã fiquei à toa. Jack ia dublar, então aproveitei para mexer numas coisas que tinha deixado de lado enquanto estávamos aprisionados.

Atualizei-me no projeto *freelance* que estava terminando. Podia trabalhar em alguns projetos menores de Nova Iorque, mas, com o salário que ganharei, posso basicamente parar de ser *freelancer*.

Eu teria a oportunidade de me sustentar como uma atriz pela primeira vez na vida, e eu quase tinha que me beliscar para acreditar nisso.

Também comecei a fazer as malas, decidindo o que enviaria para Nova Iorque e o que traria para minha casa nova. Merda. Ainda havia tanto coisa que deixei para fazer e quase não tinha mais tempo para isso. Comecei a sentir um pouco de pânico.

Precisava sair da aula de superposição de voz que tinha acabado de me matricular. Precisava mudar minha assinatura da revista da Martha Stewart para Nova Iorque. Merda, eu ainda nem sabia aonde iria morar.

Precisava fazer compras. Não tinha mais desodorante e precisava comprar um pouco de queijo. E tinha prometido ao inglesinho que buscaria um pouco de salgadinhos sortidos.

Eu precisava... precisava...

Calma, Grace...

Precisava lavar a roupa. Peguei o cesto de roupas sujas e me sentei no chão, fiz algumas pilhas em volta de mim enquanto dava uns respiros profundos e purificantes. Enquanto separava as roupas, percebi que Jack tinha jogado algumas camisetas no cesto. Agora eu teria que lavar roupas dele? Sorri para mim mesma, pensando nele silenciosamente, jogando essas camisetas no meu cesto, provavelmente sorrindo do mesmo jeito que ele fez, sabendo que eu o questionaria sobre isso mais tarde. Ele ficava tão lindo quando sorria. Apertei cada uma das camisetas no meu rosto consecutivamente, inalando seu aroma doce.

Olhei pelo meu quarto, aonde ele havia passado tanto tempo durante os últimos dias.

Seu violão. Uma torrada vagabunda. Seu jeans, jogado no encosto da minha cadeira. Um DVD de *Felicity* — ele realmente era gentil em tolerar o meu fetiche por Ben Covington. Seu boné idiota que, para sua boa reputação, ele não havia usado na minha frente.

Peguei o boné. Olhei para ele, pensando em como Jack ficou bonito depois que o tirei de sua cabeça e bagunçei seus cachos grandes, sorrindo o tempo todo.

Por que o boné estava molhado?

Eu estava chorando. Lágrimas grandes, gigantes, de elefante estavam caindo do meu rosto ridiculamente, incansavelmente. Estava muito feliz por estar me mudando para Nova Iorque, mas estava tão triste por ter que deixá-lo que isso estava mexendo com minha cabeça... e muito. Como era possível eu já estar tão envolvida?

O telefone me tirou da minha tristeza. Era Holly.

— Ei, idiota – disse, fungando minhas últimas lágrimas.

— O que foi?

— Nada, por quê?

— Você está com aquela voz de burro, só por isso.

— Voz de burro?

— Sim, quando você chora, você parece o Bisonho.

Ri muito alto. Eu a amava tanto.

— Fala sério, venha tomar um café comigo – disse ela.

— Holly, você não tem que trabalhar?

— Ah, todos os cientologistas estão de férias. Tem sido uma semana parada.

★ ★ ★ ★

Ela me observou parar no estacionamento da Starbucks, acenando para mim enquanto eu procurava por uma vaga. Enquanto eu levantava o teto, vi dois garotos me paquerarem e sorri. Eu ainda não estava acostumada com homens atraentes flertando comigo. Uma vez gorda, sempre gorda na sua cabeça. Apesar de que eu sabia que ultimamente estava reluzente. Devem ter sido os contínuos orgasmos que estive recebendo. Eles sempre faziam maravilhas para a aparência de uma garota.

Andei até a mesa onde Holly estava sentada na parte de fora e sorri quando vi que ela já tinha pedido para mim.

— Ei, idiota, obrigada por ter pedido para mim — disse, dando-lhe um beijo na bochecha e sentando na cadeira a sua frente.

— Sim, acho que você precisa de um pouco de cafeína. Está curtindo a vista? Você tem passado muito tempo na horizontal ultimamente — tenha cuidado agora.

— Quem disse que ficamos apenas na horizontal? — meu rosto se iluminou ao pensar nele, na vertical, na horizontal, em qualquer posição.

— Entendi... tarada — sussurrou ela, rindo para mim enquanto eu tomava minha bebida.

— Holly, tenho que te falar uma coisa, do jeito que as coisas estão indo, é melhor que você arrume um fone de ouvido para quando nós finalmente terminarmos o serviço...

— O quê? Calma... ele ainda não te comeu? — perguntou ela, ou melhor gritou, julgando pelos rostos curiosos de todos que estavam sentados na parte de fora da Starbucks. Meu rosto estava queimando tão claramente quanto meu cabelo, ao olhar para os lados pedindo desculpas.

— Não. Que exagero.

— Como isso é possível? Além disso, como isso é possível? Toda aquela gritaria e todos aqueles gemidos e suspiros e grunhidos e safadezas que você me fez passar, sem falar no buraco na parede atrás da sua cabeceira, e nada de...

— ...pau, eu sei. Ainda nenhum pau de verdade — terminei sua frase, escondendo meu rosto em minhas mãos. Depois olhei para cima com curiosidade — Tem um buraco na parede atrás da minha cabeceira? — sorri ao pensar nisso.

— Sim, percebi que tinha um pedaço de gesso no chão do meu closet, então fui até o seu quarto e vi. Vai ser consertado na semana que vem. Contudo, agora eu tenho um recém-descoberto respeito pelo jovem Senhor Hamilton. Toda aquela gritaria sem ter acontecido uma verdadeira penetração, nenhuma? – exclamou ela, com seus olhos bem abertos – Então, mas quando esta importante ocasião acontecerá? – perguntou ela, continuando admirada por eu ainda ter que passar pelo relâmpago.

– Não sei. Queria esperar…e agora vou embora em menos de uma semana…eu…eu não sei.

– Queria esperar? Senta no pau, mulher. Literalmente. Senta. No. Pau! – gritou ela.

– Droga, Holly, eu sei. Não é que eu não quero. Só queria que fosse especial, beleza? – me joguei novamente na cadeira, parecendo infeliz.

– Quem é você? Blossom? Grace, você tem um homem de vinte e quatro anos na sua cama toda noite, e você não o está deixando entrar no santuário? Na verdade, um homem que as mulheres de todo o país estão fazendo fila para serem comidas?

– Acredite em mim, ele será levado ao santuário! E obrigada por me lembrar de todas aquelas mulheres. Essa será uma ótima visão para eu ter quando estiver andando por Manhattan. Podemos conversar sobre outra coisa? – implorei para ela mudar de assunto.

– Claro. Por que você estava chorando antes? – perguntou ela, mudando de assunto rapidamente. Fiz careta e tomei um longo gole do meu mocha gelado.

– Não sei. Na semana passada aconteceu muita coisa de uma vez só, e tem muitas coisas diferentes passando pela minha cabeça. Estou tão empolgada com este espetáculo e você sabe que sempre quis viver em Nova Iorque, mesmo que por apenas um tempo. E minha casa, estou saindo dela logo quando ia me mudar para ela!

– E? – ela me importunou.

– E eu abandonei o *showcase*. Sinto-me mal por ter feito isso.

– E?

– E vou sentir falta de você, claro…você é tipo minha máquina de *Dirty Martinis* – disse, meus olhos brilhando cordialmente para ela.

– E? – sorriu ela gentilmente.

– Ah, Deus, e eu não quero deixar meu inglesinho…sério, eu realmente não quero isso – suspirei fortemente, levando minhas mãos até meu cabelo e passando-as nele.

– E por qual razão exatamente…? – perguntou ela uma última vez. Fiquei quieta, mastigando. Em seguida, meu rosto abriu um grande sorriso.

— Porque ainda não levei o pau? – respondi brilhantemente. Ela não resistiu e riu, quando consegui escapar das perguntas difíceis.

— Olha, você querendo dizer em voz alta ou não, é óbvio, Grace. E é claro para todo mundo com globos oculares que ele se sente do mesmo modo.

Remexi na minha carteira, este era o meu modo de dizer a ela que esta conversa havia terminado.

— Posso dizer uma última coisa?

— Sim? – perguntei cautelosamente, olhando para ela por cima do aro dos meus óculos.

— Se você não quer contar para mim, pelo menos diga a ele. Sabe, você devia – terminou ela, dando um gole da sua própria bebida.

— Estou analisando todas as opções – respondi. Ficamos quietas por outro momento.

— Então, sério, tudo aquilo apenas com as mãos? – perguntou ela novamente.

Sorri com orgulho.

— E com os dedos. E com a boca. E com o...

— Para, você está me deixando corada.

Caímos na risada para a diversão de todos que tomavam café na Starbucks da La Cienega naquela tarde.

★ ★ ★ ★

Após tomar café com a Holly, voltei para casa. Tinha recebido uma mensagem de Jack sobre o jantar de hoje à noite:

"Gracie,

Vou me encontrar com um amigo depois da dublagem e depois vou passar na minha casa um pouquinho. Vamos jantar hoje à noite? Vista algo sensual, não que isso seja um problema para você.

George".

Sua mensagem me fez sorrir, mas também estava me sentindo um pouco melancólica. Com qual amigo será que ele tomava café, será que era a tal daquela Marcia?

Você falou que ia parar de falar dela desse jeito...

Eu sei, eu sei.

Subi e peguei meu iPod e saí para o terraço. Queria absorver o quanto conseguisse da Califórnia, apesar de que o outono em Nova Iorque era verdadeiramente lindo.

Sentei-me em uma cadeira de jardim e respirei a luz solar. As pessoas dizem que Los Angeles é nebuloso, e é, mas há algumas partes no sul da Califórnia que francamente têm um ar melhor do que aquele de qualquer outro lugar. Podia sentir o cheiro de sol, grama, laranjas e madressilva. Já era tarde e o brilho dourado quente do sol me banhava. Senti-me envolvida nele. Amava Los Angeles. Eu sentiria falta disso.

Tirei uns cochilos e finalmente tirei meus fones de ouvido quando percebi que o sol estava baixo no céu. Era mais tarde do que eu imaginava. Estiquei-me na cadeira como um gato, e escutei o carro de Jack estacionando, com aquele *puptu puptu* inconfundível do seu carrinho tosco. Ele me chamou ao entrar pela cozinha.

— Aqui fora, George! — respondi para ele, pulando no meu assento, esperando para vê-lo pela primeira vez naquele dia, como se fosse uma estudante. Ele deu a volta.

Uau.

Ele estava vestido para a noite. Camisa branca de botões, jaqueta preta, calça preta. Ele tinha feito sua barba, minha barba curta favorita dos últimos dias tinha ido embora. Ele deu aquele sorriso supersexy e diminuiu a distância entre nós.

— Olá — disse ele, colocando suas mãos nos apoios da cadeira de jardim em cada lado. Ele se inclinou, ficando mais próximo.

— Olá para você também — respondi, um pouco embriagada pela dose de Hamilton que havia acabado de tomar.

Ele se inclinou e me beijou devagar. Ele tinha hesitado logo antes de sua boca tocar a minha. Ele estava tão perto que conseguia sentir a energia movendo-se entre nós, mas ele continuou segurando seus lábios ali por mais dois agonizantes segundos. Tudo o que podia ouvir era sua respiração — a minha tinha parado.

Eu nunca ficaria cansada de beijar este homem.

Ele se afastou quando eu o agarrei e eu meti minha língua nele. Ele riu.

— Grace, vá se arrumar para o jantar.

— Mudança de planos. Vamos ficar... — murmurei, abrindo minhas pernas, tentando colocá-lo dentro delas.

– Hahah. Vou te levar para algum lugar – repreendeu ele, tentando ficar longe dos meus braços e pernas enquanto eu fazia o possível para seduzi-lo.

– Por que você não pula o "algum lugar" e apenas me leva? – sussurrei com desejo na sua orelha. Minha conversa com a Holly hoje me fez questionar esta coisa toda "especial".

Podia ver a incerteza em seus olhos quando ele me olhava, ponderando suas opções. Para instigá-lo ainda mais, coloquei minha mão diretamente sobre a saliência visível na sua calça.

Eu apertei.

Ele gemeu.

Eu ganharia essa.

Ele desistiu, me tirou da cadeira, envolvendo seus braços ao redor da minha cintura e me espremendo no seu peito. Jack me levantou do chão, seus lábios ficaram plantados firmemente aos meus, e me levou de volta para dentro da casa até a escada. Meus braços ficaram em volta do seu pescoço. Ele me segurava contra ele como se estivesse dançando e eu estivesse na ponta dos pés — exceto que meus dedos do pé quase nem esfregavam seus joelhos. Adorava o fato de ele ser tão alto. Nossos olhos ficaram fixos como miras laser. Não havia palavras. Nós dois sabíamos no que isso resultaria.

É, vamos correr atrás do prejuizo...

– Oi, imbecil, estou em casa!

Ele ficou congelado nas escadas, meus pés balançando como um homem pendurado. Ele fechou seus olhos por ficar frustrado, e eu suspirei no seu ombro.

– Holly – dissemos ao mesmo tempo. Ele me colocou no degrau, beijando minha testa.

– Jantar? – perguntou ele, exausto.

– Me dê vinte minutos – suspirei, dando-lhe um beijo inocente e pulando pela escada. Ele deu um apertão na minha bunda e eu dei um grito no caminho até o meu quarto.

Vinte e dois minutos depois, andei até a cozinha e fui cumprimentada por assobios de Jack e de Holly. Aparentemente, tinha feito uma boa escolha. Estava usando um vestido longo verde com balanço, com pequenas listras e um cinto. O pescoço tinha um caimento na medida certa, sexy sem ser vulgar. Deixei meu cabelo solto. Felizmente, tinha deixado-o secar com o ar nesta manhã e minhas curvas naturais estavam folgadas e suaves, exatamente do modo como Jack gostava. Terminei com sapatos de salto-gatinho dourados e muito brilho.

E meus peitos definitivamente estavam reluzindo.

Estava me sentindo linda e o jeito com que Jack me olhava, de queixo caído, me mostrou que eu tinha acertado em cheio. O verde do meu vestido combinava precisamente com o verde dos olhos dele, algo que não tinha percebido até vê-lo na minha frente, com seus olhos queimando ao me notar.

– Grace, uau, você está... – gaguejou ele em voz baixa.

– Calma aí, seja bonzinho – provoquei, ansiosa em escutar o que ele tinha para dizer.

– Ilegalmente bonita – terminou ele, colocando meu cabelo para trás para dar um beijo suave no local em que meu pescoço encontra meu queixo. Meus dedos do pé, recém-pintados com *Não sou uma Garçonete de Verdade*, se torceram. Eu literalmente me sacudi nos meus saltos por causa daquele toque de seus lábios.

– Ahem! – escutei Holly dizer, trazendo-me de volta à Terra, apesar de apenas um pouco, já que Jack agora estava me dando beijinhos do meu pescoço até minha clavícula.

Puta Merda, ele está demais hoje...

– Gente, um minuto? – perguntou ela, jogando uma uva no Jack que bateu na boca dele.

– Ei, vaca, não mexa com meu Johnny Mordidinha. Te quebro a cara – falei brava, tirando a uva e jogando-a em minha boca. Jack riu e nós dois nos viramos para ela.

– Não vou mexer com o, espera, Johnny Mordidinha? Esquece, não quero saber. O que eu *gostaria* de saber é como você vai me explicar isso? – perguntou ela, com um tom de voz sério.

Nós dois nos viramos para ela e vimos que ela estava com seu notebook aberto. Por ficar curiosa, fui atrás dela e olhei sobre o seu ombro. Jack ficou onde estava.

O TMZ postou uma foto de nós dois no Yamashiro's, na qual eu o beijava em seu pescoço, igualzinho ao modo como ele tinha acabado de me beijar. Não tinha como interpretar a intimidade desta fotografia incorretamente, principalmente pelo modo como ele segurava minha mão.

O olhar em seu rosto conforme eu o beijava sugeria que, com certeza, havia algo acontecendo entre nós. A legenda dizia:

"Nova estrela, Jack Hamilton, janta em um restaurante local de Los Angeles com uma ruiva misteriosa".

Em seguida, tinha outra foto nossa no FatBurger, naquele dia eu nem mesmo tinha visto as câmeras. "O bonitão de *Tempo* Jack Hamilton e a ruiva misteriosa".

Por fim, novamente, havia outra foto dele e eu segurando nossas mãos, saindo do Whole Foods. Ele estava rindo e eu estava o admirando adoravelmente, com um olhar tímido no meu rosto. Desta vez tinha um parágrafo.

"O galã britânico Jack Hamilton foi fotografado por toda a cidade de Los Angeles com uma garota misteriosa. Será que este garoto inglês foi mordido pelo inseto do amor? Ou uma papa-anjo jogou suas garras neste garoto solteiro?"

Senti lágrimas coçarem meus olhos ao ler a última parte. Papa-anjo.

Em que merda estava pensando quando comecei a sair com este cara muito mais novo que eu?

Em que merda ele estava pensando ao sair com a anciã aqui?

Em que merda todos devem estar pensando ao nos ver juntos?

Papa-anjo. E a merda disso é que eu nem era, tecnicamente, velha o bastante para ser uma papa-anjo.

Percebi que Jack ainda não tinha se aproximado para olhar as fotos. Eu me livrei delas, sorrindo por todas essas tolices.

– Ei, você devia vir aqui ver isso, Hamilton! Você está ótimo, apesar da ruiva ao seu lado estar precisando de um creme para o pescoço... ou pés-de-galinha! – forcei uma risada, olhando para a expressão aflita de Holly.

– Eu já as vi – disse ele suavemente – E Grace, você é doida. Acho que você está linda nessas fotos.

– Bem, a parte de ser doida obviamente é verdade. Papa-anjo, há? Seu menino safado – brinquei, engolindo o nó no fundo da minha garganta que estava começando a crescer.

Ele cruzou por mim e pegou nas minhas mãos.

– Para com isso – disse ele, esfregando seu nariz no meu e agarrando minhas mãos contra o seu peito. Eu segurei as lágrimas furiosamente, jogando minha cabeça para baixo de forma que ele não conseguisse vê-las. Podia escutar Holly digitando algo atrás de mim.

— Então, tem mais alguma coisa que eu devia ver? Ashton e Demi apareceram em algum lugar esta semana? – perguntei, indo para longe dele e voltando para perto de Holly. Escutei Jack resmungar atrás de mim. Estava conseguindo me controlar novamente. Estava escondendo tudo isso.

— Não, só isso – disse ela, fechando seu notebook – Olha, gente, ninguém está mais feliz do que eu com esta coisinha estranha que vocês estão tendo. De verdade, acho isso ótimo. Na verdade, acho que isso é totalmente fantástico.

— Holly, escuta, eu sei disso... – comecei, e ela levantou seu dedo.

— Dito isso, preciso interpretar o papel de gerente manipuladora e dizer que serem fotografados desse modo, por toda a cidade, não é uma boa ideia – disse ela calmamente, seu rosto expressava dor. Ela olhou para mim sentindo culpa. Acenei para ela para mostrá-la que compreendia, o que era verdade.

— Holly, - começou Jack – não vou mudar o que faço na minha vida pessoal porque é melhor para a mídia. Temos que abrir o jogo sobre isso agora – disse ele, vindo para perto de mim de novo e deslizando um braço ao redor da minha cintura. Apoiei-me nele instintivamente, sem perceber que parecíamos estar apresentando uma frente unida desse modo. No entanto, eu concordava com a Holly.

— Sabe de uma coisa? Acho que devíamos sair para jantar e depois nós resolvemos isso tudo – interrompi, tentando suavizar a situação. Jack não estava chateado, mas podia vê-lo um pouco nervoso. Além disso, ia embora daqui apenas alguns dias. Isso seria um problema com o qual não devíamos nem começar a nos preocupar. Em breve, isso seria um não--problema. Holly olhou para nós dois e suspirou fortemente.

Jack, sabe, eu te acho um bom rapaz. E eu obviamente amo minha garota mais do que tudo. Mas confia em mim quando digo que esta é a pior época na sua carreira para ser visto como indisponível. Isso é tudo por esta noite. Espero que vocês se divirtam – sorriu ela, beijando Jack na bochecha e se virando para mim.

— E pelo amor de Deus, Grace, mantenha suas mãos longe dele em público e tudo ficará bem – exclamou ela, beijando-me levemente no rosto.

— Te odeio, sua idiota – zombei.

— Te odeio mais. Agora suma – riu ela, deixando a cozinha e eu sozinha com meu inglesinho.

Houve um silêncio estranho, nosso primeiro.

– Então, vamos? – perguntei, falando primeiro. Não podia mais aguentar o silêncio.

– Sim, vamos – disse ele, sorrindo para mim e pegando na minha mão ao irmos até a porta.

Ele me parou logo antes de sairmos.

– Estamos bem, Gracie? – perguntou ele, seus olhos estavam preocupados. Coloquei seu cabelo para trás, seus olhos relaxavam com meu toque. Passei meus dedos para baixo sobre sua sobrancelha franzida até a sua bochecha, e apertei meus dedos em seus lábios, que ficaram enrugados.

– Estamos bem, George, estamos bem – respondi, sorrindo para ele.

Mentirosa.

Isso partiria meu coração.

dezenove

Ficamos quietos enquanto dirigíamos, nós dois perdidos nos pensamentos. Não queria que a noite fosse referente à conversa de mais cedo, mas tudo o que conseguia ver quando fechava meus olhos eram aquelas fotos e a palavra PAPA-ANJO estampada por dentro das minhas pálpebras. Eu sabia que a coisa da idade voltaria para mim algum dia — eu só esperava que isso não acontecesse tão rápido e na frente de todos os seus fãs. Eu normalmente nunca me senti velha. Trinta e três não é estar velha, pelo amor de Deus. No entanto, se você está saindo com um ator de vinte e quatro anos e que é o sonho de todas as jovenzinhas... ter trinta e três é estar decrépita. Mas Deus, aquelas fotos, aquelas fotos!

Se você se esquecer de todas as implicações das fotos, elas eram fofas. Eles tinham capturado como estávamos: felizes e contentes, engraçados e jovens, Jack e Grace. Eu amava estas fotos, principalmente aquela do nosso abençoado FatBurger. Estávamos na fila, esperando para fazermos nosso pedido. Ele tinha me enfiado ao seu lado e estávamos olhando o cardápio. E sua mão, bem, sua mão estava na minha bunda. Carinhosamente. Como quando temos catorze anos e vamos a um parque de diversões, aí seu namorado estaciona a mão dele na sua bunda, enquanto você anda, procurando por aquele brinquedo de barquinho, no qual você poderia dar uns amassos no escuro na frente da animatrônica, com as mãos desajeitadas e fora de si.

Era encantador.

E a nossa foto saindo do Whole Foods? Caramba, eu a moldaria e a colocaria no meu porta-retratos de tão adorável que ela era. Nossas mãos estavam balançando entre nós enquanto íamos até o meu carro, tínhamos acabado de sermos pegos pelo gerente nos beijando no corredor de comida congelada. Eu sorri, lembrando-me o que tinha provocado aquela festa de toques em particular. Tinham sido as sacolas de milho congelado orgânico. Na imagem, ele segurava nossas sacolas cheias de alimentos que eu cozinhei mais tarde para ele no jantar, e eu estava tirando o cabelo de seu rosto com a mão que não estava segurando a dele.

Estávamos envolvidos.

Aquela era a que tinha a legenda de PAPA-ANJO. Aí é foda. Se bem que, tecnicamente, essa ainda não ocorreu...

Olhei para ele, dirigindo meu carro, algo que agora tinha se tornado um costume. Ele costumava dirigir, eu me sentava, conversávamos e segurávamos nossas mãos ou ele brincava com minha perna fatigante, tentando empurrá-la até mais além da minha coxa. Eu costumava fingir que tentava pará-lo. Para dizer a verdade, eu adorava o fato dele não conseguir manter suas mãos longe de mim. Mas neste carro, neste momento, era diferente. Suas mãos estavam agarrando o volante firmemente enquanto saíamos em direção oeste, para a costa. Sua mandíbula estava tensa, e eu podia ver uma expressão de preocupação. Eu podia consertar isso simplesmente tirando sua mão do volante e segurando-a na minha.

Mas eu não conseguia fazer isso e, então, eu esperei, e observei...

Ele suspirou novamente e eu sabia que ele estava pensando em como acabar com aquela tensão que tinha se formado entre nós. Ela estava crescendo desde que tínhamos entrado no carro. Eu estava quieta, mordendo meu lábio e olhando pela janela. De vez em quando, eu o via me olhando de rabo de olho, movendo-os bruscamente para a rodovia à frente quando eu tentava encontrá-los. Ele parecia estar tão longe. Eu não tinha um carro grande, mas ele parecia estar a quilômetros de mim.

Ele parecia tão triste, tão preocupado. Ele estava tão atormentado com isso quanto eu estava. Eu me sentia horrível por vê-lo tão revoltado.

Dê um jeito nisso. Dê um jeito nisso agora.

Observei-o passar as mãos pelo seu cabelo novamente e antes dele poder colocar sua mão direita de volta ao volante, eu a peguei e a trouxe até os meus lábios. Ele se virou rapidamente para me olhar, com os olhos surpresos e... aliviados?

– Oi – sussurrei.

— Oi para você também — ele sorriu, com seu rosto se iluminando imediatamente, depois jogou nossas mãos na minha coxa, onde imediatamente escovou meu vestido para que pudesse descansá-las na minha pele.

Ao sentir sua pele na minha, senti um pouco de calma, de paz e de tranquilidade em mim.

Senti um estado de encanto.

★ ★ ★ ★

Estacionamos no Geoffrey, um dos meus restaurantes favoritos. Ele fica em Malibu, na água, assentado no topo de um lindo penhasco contemplando o Pacífico. Eu nunca disse para ele que este era um dos meus favoritos, mas ele sabia. Estávamos de mãos dadas quando entramos no restaurante, e a *hostess* nos levou até uma das mesas com o oceano espalhado na nossa frente. Ambos vieram ao meu lado para afastar a cadeira para eu me sentar, e sorri quando Jack conseguiu ganhar.

Depois de me empurrar, ele se sentou na minha frente, e fui lembrada novamente de como esse homem era verdadeiramente surpreendente. Ele era lindo, apenas lindo. Sorrimos por um momento, esperando o garçom terminar de explicar sobre os pratos principais. Também escolhemos uma garrafa de vinho e depois ficamos novamente em silêncio, observando a maré baixa e a vazão abaixo de nós. Este silêncio era bem melhor do que aquele último.

— Então, vamos conversar sobre aquilo? — perguntou ele, colocando um fio do meu cabelo novamente atrás da minha orelha. Ele tinha me observado lutar para mantê-lo desgrudado do meu *gloss* labial.

— Podemos, mas isso não muda nada. Seria legal se pudéssemos ir direto a um bar lotado de Hollywood de mãos dadas na frente de todos os paparazzi, mas nós não podemos.

Ele sorriu ao imaginar isso, colocando sua mão em volta da minha.

— Não, acho que não podemos — suspirou ele, a mesma preocupação começou a reluzir pelos seus olhos novamente. Não queria mais aqueles olhos verdes lindos me olhando daquele jeito.

— Então, vamos enfrentar isso apenas quando for a hora. Além disso, estarei bem longe em Nova Iorque, e aí você poderá pegar todas no estilo de playboy novamente — sorri, puxando meu vestido um pouco para baixo e expondo apenas o bastante de meus seios para atrapalhar sua concentração. Sem dúvida, como um imã, seus olhos foram levados até lá, e quando ele me olhou de novo, o verde estava pegando fogo.

O garçom trouxe nosso vinho e depois de pedirmos, Jack brindou comigo.

– Então, isso vai para a nossa segunda refeição na praia e que essa seja sem merda de gaivota.

– Este provavelmente é o melhor brinde que já ouvi na minha vida inteira – acrescentei, tinindo sua taça alegremente e bebendo o vinho que tínhamos escolhido.

Rimos e depois Jack se inclinou um pouco na mesa, pegando na minha mão novamente.

– Então, tenho algo a te propor.

– Hamilton, tome cuidado. A primeira noite em que nos conhecemos você me disse que iríamos ter um caso amoroso e aconteceu, não foi? – pensei sobre aquela noite mágica, quando os martinis tinham fluído tão livremente quanto as provocações.

– Eu me lembro, Sheridan, e eu meio que gostei de sair com você. Mas desta vez é diferente.

– Ah, nem me fala – provoquei, bebendo meu vinho, deliciando-me ao sentir seus dedos traçando círculos na palma da minha mão. Ele a abriu na mesa, como se fosse ler minha mão.

– Neste final de semana, terei que sair da cidade, vou para Santa Barbara – começou ele, e senti meu rosto cair. Eu tinha apenas alguns dias restantes e ele estava saindo. Isso era uma grande bosta. Seus olhos estavam para baixo, olhando para nossas mãos. Depois, ele olhou para cima, encarando-me através de seus cílios.

– Quero que você vá comigo. Você vai? – perguntou ele, suas palavras saindo precipitadamente. Como se eu fosse dizer não para isso. Como se eu fosse até mesmo dizer não para ele.

Fantástico, sexo de hotel.

Deixei escapar uns risinhos diabólicos antes de poder contê-los.

Ele percebeu isso.

– No que está pensando? – perguntou ele, o canto de sua boca abriu aquele sorriso sexy que fazia meus joelhos enfraquecerem.

– Eu estava pensando: fantástico, sexo de hotel – admiti, ainda não conseguindo conter o sorriso que estava de orelha a orelha.

— Sexo de hotel? — perguntou ele, piscando. O entendimento agora estava manifestado em seus olhos, e eles se queimavam nos meus.

— Hmm, sexo de hotel. O melhor tipo de sexo — sorriu ele modestamente.

— Sexo de hotel, onde a Grace não precisa ficar calada — murmurei.

— Sexo de hotel, onde o Jack também não precisa ficar calado — respondeu ele de volta, fazendo minha barriga se apertar ao pensar no Jack agressivo fazendo outra aparição.

— Sexo de hotel, aonde nós finalmente faremos sexo... estou errada em querer pular o jantar e dirigir para Santa Barbara neste momento? — perguntei, brincando apenas um pouco.

— Não, não está errada. Metade de mim quer te levar lá agora. Transar um pouco te faria bem — respondeu ele, levando a palma da minha mão até sua boca, apertando sua doce boca nela, e depois tirando sua língua para lambê-la levemente. Minha boca ficou aberta enquanto eu contemplava suas palavras.

Ele quer transar comigo.

Ele quer transar comigo.

Por que aquilo soava tão sujo, sensual e totalmente indecente? "Transei em Santa Barbara e tudo o que ganhei foi este orgasmo fantástico". Isso soava bem. Eu ia transar muuuito.

Já era hora.

★ ★ ★ ★

Depois do jantar, dirigimos de volta para a Holly. Desta vez, ficamos nos tocando o tempo todo. Quando paramos no farol entre Santa Monica e Coldwater Canyon, suas mãos estavam incontroláveis, perambulando pelas minhas pernas, pelos meus braços, sobre o meu vestido, por baixo do meu vestido.

Toda vez que parávamos em um farol, ele se inclinava e me beijava como se alguém fosse afastar meus lábios dele, e ele estava determinado a conseguir tudo o que podia, enquanto ele podia. Eu também estava com minhas mãos bem livres. Já tinha desabotoado quase toda sua camisa, sua jaqueta já tinha sido abandonada durante um tempo no banco de trás. Quando percebi que estávamos em um farol um pouco demorado, tive uma ideia brilhante.

Tirei meus olhos dos dele em tempo suficiente para apertar o botão que controlava o conversível. Ele estava entre me beijar e lutar para conseguir passar pelo meu cinto de segurança, para conseguir o acesso que seus dedos precisam para me deixar toda arrepiada e boba. Ele percebeu que o teto estava subindo e parou repentinamente.

– Fui eu que fiz isso? – perguntou ele, parecendo confuso – Eu nem estava perto do botão.

– Não, Doidinho mas você estava chegando perto do botão que realmente importa. Fui eu quem fez isso. Achei que precisávamos de um pouco de privacidade – provoquei, puxando meu vestido para cima o bastante para que ele conseguisse ver a calcinha branca que eu estava vestindo. Ele inspirou, seus olhos ficaram novamente verde-escuros. Pude perceber que os olhos verde-escuros eram um presságio de que boas coisas estavam prestes a acontecer.

– Doidinha, você é perigosa. Ainda estamos a quilômetros de casa – gemeu ele, enquanto eu continuava provocando-o, mostrando-lhe um pouco mais do que apenas minha calcinha.

– Eu preciso de apenas alguns quilômetros para mostrar minha mágica, Hamilton. Apenas dirija o carro – orientei, apontando para o farol que tinha acabado de mudar sem tirar meus olhos dos dele. Ele sorriu, colocou sua mão na minha coxa novamente e continuou dirigindo. Aproveitei para ficar de joelhos e depois estava pronta.

Eu ataquei.

Estava por todo ele. Minha boca chupava fortemente seu pescoço e minha língua encontrou a sua orelha. Eu gemi nela, mordendo seu lóbulo.

– Mmm, Jack... não vejo a hora de você ficar dentro de mim – murmurei de um jeito bruto, sabendo que isto deixaria ele fora de si. Escutei-o exalar forçadamente e vi suas mãos agarrarem o volante firmemente.

– Grace... não brinque comigo – advertiu ele. Conseguia ver a veia de seu pescoço começar a ficar saliente, enquanto ele lutava para manter o controle tanto de si mesmo quanto do meu carro.

Ele era verdadeiramente bonito, em todos os sentidos da palavra. Eu me inclinei e com uma mão enterrada em seu cabelo e minha boca fixa no seu pescoço, minha outra mão deslizou no seu colo e abriu seu zíper rapidamente. Ele se atrapalhou, tentando desesperadamente me manter longe dele, mas ele já havia perdido aquela batalha quando disse "transar" lá no restaurante. Desde aquele momento eu estava fervendo, eu e minha xoxota estávamos apenas esperando o tempo certo para que pudéssemos partir para o ataque.

E quem resiste a uma xoxota atacando? Jack já devia saber neste momento que quando minha xoxota quer algo, ela consegue isso.

Deixando as xoxotas de lado, tinha um Senhor Hamilton Junior que precisava de cuidado. Coloquei minhas mãos em volta dele, me abaixei e o coloquei na minha boca. Ele reagiu freneticamente.

– Porra, Grace... não... sério... não... ahhh... não. Não, Grace... Gracie, não podemos... ah, uau... ahhhh... nós realmente não devíamos...ah, *caralho*...

Ele cedeu.

Escutei pneus cantando por causa de seu pequeno discurso, mas, principalmente, por eu estar concentrada nele. Beijei-o de ponta a ponta, rodando minha língua em volta da cabecinha, e depois levando-o profundamente à loucura. Conseguia senti-lo batendo no fundo da minha garganta e gemi, enviando-lhe vibrações. Foi quando escutei "Caralho", e sabia que ele era meu.

Pulsei-o para dentro e para fora, usando minhas mãos para criar mais fricção enquanto avançávamos pelo cânion. Jack comprovou que ele conseguia ficar na estrada. Uma de suas mãos desceu por um momento para entrelaçar meu cabelo e parei por um tempo para colocá-la seguramente de volta ao volante.

Conseguia ver que seu orgasmo estava próximo — sua respiração estava agitada e sua voz, que sempre cantarolava meu nome alguns segundos antes dele gozar, estava começando a ficar tensa.

Escutei um grito agudo e depois silêncio. Antes de saber o que havia acontecido, fui tirada do meu assento, perdendo um sapato no processo, e colocada sem cerimônia em seu colo.

Ele me parou logo antes de gozar. Garotos de vinte e quatro anos eram agora minhas coisas favoritas. Precisava dizer para a Oprah colocá-los em sua lista.

Mas agora o Jack agressivo chegou na festa, ou melhor, no carro. Um carro que não era grande o bastante para contê-lo. Sentei-me em seu colo, meus joelhos estavam desajeitadamente pressionados no couro por trás dele, enquanto ele me olhava sem palavras. Sua mão se estendeu para apertar o botão que abriria o teto novamente e, ao movimentar-se sobre nossas cabeças, olhei para cima e vi estrelas. Eu me virei e por cima de meu ombro vi toda a cidade de Los Angeles se dividir na nossa frente.

Mulholland.

Tínhamos chegado a Mulholland.

Estávamos parados e, quando o motor desligou, tudo o que podia escutar era minha respiração, a respiração dele e a música. "Fire Woman" do The Cure estava tocando naquela noite.

Comecei a falar algo sobre a vista e sua mão se fechou firmemente sobre a minha boca.

— Não, Grace. Te disse para não brincar comigo — disse ele misteriosamente, seus olhos pareciam um labirinto até agora.

Sua respiração ainda estava um pouco agitada devido às minhas atividades recentes, mas não havia dúvidas de que ele estava no controle agora.

— Grace, te disse como você estava linda neste vestido hoje à noite? — perguntou ele, escorregando um dedo por baixo da tira e deslizando sua mão por baixo do tecido. Sua outra mão me levantou de seu colo o bastante para tirar o vestido de debaixo de mim, elevando-o aos nossos colos.

— Aham — respondi, pensando em como ele era gentil.

— Quero que você se lembre disso — sorriu ele, enchendo sua mão de seda e arrancando-a de meu peito. Suspirei ao vê-lo rasgado sob suas mãos, deixando-me aberta ao vento. Estava apenas de calcinha e mesmo depois que ele continuou arrancando meu vestido do meu corpo, ele nunca tirou seus olhos dos meus.

Depois, ele rosnou. Ele deu um rosnado da porra para mim. Ele me escorregou nos meus joelhos, pegando sua mão e mergulhando-a eventualmente por baixo do laço da minha calcinha.

— E por mais que eu ame este laço? Preciso ver a minha Grace — disse ele, rasgando aquilo também. Eu estava agora completamente exposta, estacionada na ponta de um penhasco, montada no meu inglesinho, o qual, por sinal, ainda estava duro pra caramba, estava para fora e apontado diretamente para mim.

Nós nos encaramos, nossas respirações estavam ficando cada vez mais rápidas, esperávamos para ver quem iria se despedaçar primeiro. Ele estava respirando fortemente e suas narinas estavam quase se abrindo com a paixão que eu podia sentir passando pelo seu corpo e fluindo até o meu. Seu lábio se enrolava em um sorriso que estava além da realidade de tão sexy que era. Ele parecia um animal, um animal bravo e perto de perder o controle.

Podia sentir a brisa bater na minha pele superaquecida e fazer meus pelos ficarem arrepiados por todo o meu corpo. Agarrei-me nele, muito levemente, sentindo seu sexo encostando no meu, e depois nós dois gozamos ao mesmo tempo. Testas batidas, dentes estalados, lábios beijados e provavelmente machucados já que nos arranhávamos. Suas mãos foram até meus seios. Eles os apertou juntos e os lambeu ao mesmo tempo... glorioso.

Enfiei minhas mãos em seu cabelo, apertando-o mais ainda contra mim quando comecei a virar meus quadris... fantástico. Ele avançou contra mim, seus quadris me levavam para cima e para baixo contra o volante. Buzinei com o meu cotovelo agitado... perfeito.

Nós nos beijamos, lambemos, chupamos, mordiscamos, mordemos, gememos, gritamos, ofegamos e pegamos. Minha umidade o cobriu, fazendo com que a gente deslizasse um no outro do jeito mais prazeroso possível. Conseguia sentir essa dureza pressionada contra mim e, conforme eu balançava sobre ele, estava deliciosamente manipulada. Sabia que não demoraria muito... este sexo estava pegando fogo.

Eu me mexi no seu colo ao mesmo tempo em que ele se mexeu e depois...

Eu senti ele.

Ele me sentiu.

Paramos e olhamos, com os olhos bem abertos, um para o outro.

Ele estava tão perto, ele estava ali, ele estava quase... dentro de mim.

Podia senti-lo bem onde ele devia estar. O estado dele, senti-lo quase dentro de mim, fez meu sangue ferver. Ele apertou meus quadris fortemente, mantendo-nos perfeitamente parados. Eu estaria tremendo se ele não estivesse me segurando fortemente.

– Ah, Deus, Jack, ah, meu Deus... por favor? – minha voz tremeu. Não conseguia esperar mais. Eu precisava, eu fisicamente precisava que ele entrasse, entrasse em mim, agora.

Ele estava perfeitamente parado e depois senti que ele se empurrou dentro de mim, apenas um pouco a mais, ainda apenas quase dentro de mim, mas somente uma indicação dele.

Gememos ao mesmo tempo e depois ele fez a coisa mais inacreditável.

Ele se afastou.

Chorei com a perda.

– Não! Não, por favor, Jack. Entra, por favor, entra – lutei para me empurrar nele e olhei em seus olhos esperando uma explicação. Podia ver uma batalha assolando seu rosto. Ele estava empolgado e assustado, tudo ao mesmo tempo.

– Não, Grace, não desse jeito – disse ele agitado, com uma voz obscura e grossa.

O quê?

Seu rosto mudava rapidamente, de desejo para medo, para raiva e depois para frustração carnal pura. Misturado com determinação. Droga.

– Não em um carro, não num lugar público, não desse jeito. Agora não – disse ele novamente, sua voz crepitando enquanto ele se afastava ainda mais, longe do meu fervor que estava desejando envolvê-lo. Ele suspirou fortemente e me tirou de seu colo cuidadosamente, colocando-me de volta no meu banco. Eu ainda estava em choque pelo que tinha acabado de acontecer, eu realmente achava que estávamos perto de transar.

Conforme meu coração e meu corpo começaram a voltar ao normal, meu cérebro compreendeu. Ele realmente me queria. Claro que ele me queria. Mas ele queria que fosse especial.

Nós dois éramos tolos. Tolos loucos.

De repente, fiquei corada com minha nudez. Estava sentada no meu carro pelada, estacionada do lado de uma montanha, com um inglesinho ainda duro ao meu lado, e nós dois ainda estávamos tentando nos controlar de novo.

Eu o olhei e nós dois sorrimos.

– Aquilo foi, uau. Não consigo acreditar como foi difícil me parar – disse ele.

– Com certeza. Estou impressionada. E aparentemente estou parecendo um pouco tarada – ri, meticulosamente cobrindo meus seios expostos com pedaços do meu vestido. Estava rasgado.

Calcinha? Rasgada.

Orgulho? Um pouco rasgado, mas sem danos.

– Está brincando? A tarada que se torna você. Você é minha tarada preferida. E não é porque não entrarei em você esta noite que não entrarei em breve, muito em breve – respondeu ele, sua voz soando sexo conforme ele rodava minha calcinha com seu dedo, ou pelo menos o que havia sobrado dela.

Ele tirou sua camisa, dando-a para mim, e colocou sua jaqueta de novo. Eu a abotoei e me curvei para lhe dar um beijo no seu pescoço.

– O quão rápido você consegue nos levar para casa?

– Aperte o cinto, Doidinha – caçoou ele, com a mão na minha coxa ao sairmos correndo pela noite.

★ ★ ★ ★

Quando voltamos para a Holly, entramos rindo como adolescentes, sendo parados pela Mama Holly com uma caixa de Chunky Monkey. Ela deu uma olhada na gente. Estava vestida com a camisa dele, ridiculamente abotoada. Um sapato. Ele usava sua jaqueta, sem camisa por baixo... bem Miami Vice. Tínhamos marcas de mordida em nossos pescoços. Ela sacudiu sua cabeça ao corrermos pela cozinha, mexendo sua colher para nós.

– Vamos torcer para que não houvesse fotógrafos aonde quer que vocês estivessem, droga! – gritou ela para nós. Corri pelas escadas na frente dele, ainda nua por baixo de sua camisa, e, jurei pelo deus dos salgadinhos sortidos...ele me mordeu na minha bunda.

★ ★ ★ ★

Tivemos uma noite louca, semelhantemente à nossa primeira noite juntos. Era como se soubéssemos que nesta hora amanhã à noite, estaríamos nos mudando para além da nossa própria pequena fronteira sexual e era como uma contagem regressiva dos nossos melhores momentos. Ele me deixou louca na cama, em pé na porta, no chuveiro e novamente... no chão do closet. Seu cabelo estava uma bagunça, minhas mãos se recusavam a soltá-lo toda vez que ele colocava aquela língua maníaca perto dos meus mamilos.

Gostaria de agradecer a quem inventou o manual que todos os homens de vinte e poucos anos agora leem, pois eles certamente gostam de botar a boca ali. Não que isso não acontecesse quando eu tinha vinte e poucos anos. Isso acontecia. Mas céus, garanto que a qualidade foi aprimorada. Eu não sei se precisava agradecer ao Bill Clinton ou ao pornô virtual ou a *Sex and the City*, mas caramba.

E como um garoto de vinte e quatro anos sabia encontrar um Ponto J? Meu primeiro namorado não conseguia encontrar nem com um GPS.

Para dizer a verdade, demorou um pouco para *mim* também. Mas o meu George?

Meu George, esse tinha jeito.

Raios duplos.

E ele ganhou tão bem quanto deu. Ao terminar com ele, ele estava, na verdade, implorando para que eu o deixasse descansar um pouco, pela primeira vez.

Estávamos deitados na cama, pernas e braços entrelaçados agradavelmente e ambos brilhando positivamente no nosso silêncio pós-orgasmo, com exceção do "Som Feliz do Jack". Eu amava escutar aquele pequeno zumbido, principalmente quando ficávamos tão próximos como agora.

Eu me estiquei, soltando um bocejo e depois me deitei ainda mais nas cobertas. Nosso pequeno casulo estava tão quente, e mesmo logicamente sabendo que não era possível, jurava que meus lençóis ficavam mais suaves quando ele se deitava por baixo deles. Como isso era possível?

Ele tinha se espremido tanto por baixo das cobertas que tudo que estava visível era um cabelo bagunçado, cachos retorcidos. Ele estava enrolado em mim como uma cobra, com sua cabeça sobre o meu peito. Podia sentir sua respiração. Ela fazia cócegas na minha pele. Ri e cutuquei-o em suas costelas. Seu cabelo pulou levemente.

— Ei, nós vamos mesmo para Santa Barbara amanhã?

— Pode acreditar — disse ele, com um bocejo.

— Que horas vamos sair? E vamos ficar lá por quanto tempo? — perguntei, percebendo como seu cabelo ficava pulando, quando ele respondeu.

— Podemos sair assim que acordarmos. Sei que você tem muita coisa para fazer aqui para se preparar para Nova Iorque, então ficaremos lá apenas até domingo. Duas noites.

Aí eu teria apenas duas noites depois disso antes de ter que ir embora. Eu afastei aquele pensamento rapidamente.

— O que vai rolar em Santa Barbara? Você tinha dito que precisava ir até lá — perguntei, escondendo minha mão por baixo das cobertas e encontrando seu rosto. Acariciei sua pele e ele mexeu seus lábios para capturar meus dedos com um beijo rápido.

— Tenho uma sessão de fotos com alguns dos outros membros do elenco. Você pode conhecê-los, se quiser — disse ele, quase timidamente.

— Você quer que eu os conheça? — perguntei, sem saber o que dizer. A Holly tinha acabado de nos falar para mantermos as coisas discretamente e, embora Jack tenha dito que não se importava com quem soubesse quem éramos... bem... o que quer que fôssemos... eu sabia que isso não era uma ideia esperta. Quanto menos pessoas soubessem, melhor seria.

– Bem, claro. Na verdade, eu já contei para minha amiga Rebecca sobre você, e Lane — ele é o Isaac no filme — me escutou falando contigo ao telefone outro dia. Então, sim. Você devia conhecê-los – ele ficou quieto por um momento e depois concluiu – Se você quiser.

Pensei por um momento.

– Sim, eu quero – respondi, e senti que ele relaxou mais perto de mim.

– Ok, então. Está combinado. Mas lembre-se de uma coisa, Grace – disse ele.

– Sim?

Ele colocou sua cabeça por cima das cobertas, parecendo maravilhosamente amarrotado e sensual.

– Quando estou trabalhando, estou trabalhando. Você pode vir e conhecê-los. Porque quando não estou trabalhando... – pausou e eu terminei para ele.

– Você estará trabalhando apenas em mim, George – franzi uma sobrancelha para ele. Ele me olhou por um momento e, apenas com aquele olhar em seus olhos, meus mamilos ficaram no ponto.

Ele percebeu.

– Grace, você é uma garota má. Você vai curtir este final de semana... – sua voz foi diminuindo sensualmente. Seus lábios mergulharam até o meu pescoço e começaram a tascar beijos pela minha clavícula e suas mãos subiram até os meus seios.

Virei-me para o canto mais longe da cama.

– Ei, para onde você foi? – perguntou ele, surpreso.

– Vamos dormir, Doidinho, pois aí amanhã tudo acontecerá mais rápido – respondi.

Ele sorriu e rodou para cima de mim, apertando seu corpo sobre o meu do jeito mais confortável possível e, quando suas mãos encontraram meus seios, ele sussurrou:

– Boa noite, doce garota.

Suspirei feliz e fechei meus olhos, tentando pegar no sono.

Amanhã dirigiríamos.

E depois?

Que comece a tão aguardada transa.

vinte

Quando acordei, parecia a manhã de Natal. Isso significa que eu estava tão empolgada para dirigir até Santa Barbara e fazer sexo de hotel que comecei a pular na cama, cantando uma música alegre. Jack, claro, ainda parecia sonolento e resmungou por baixo das cobertas. Continuei pulando e cantando uma melodia que parecia, estranhamente, como "A Tisket A Tasket":

"Uma transa, uma transa, vou conseguir uma transa!"

Jack estava por baixo das cobertas, ainda resmungando. Eu o cutuquei com meu dedo do pé, ficando em pé sobre ele com uma pose triunfante.

– Ei, levanta! Levanta! Achei que você tinha dito que a transa começaria hoje – provoquei, retirando meu dedo e puxando as cobertas lentamente. Notei uma testa enrugada, sobrancelhas unidas, olhos brilhantes e uma boca carrancuda. Enquanto a revelação continuava, no entanto, vi um peito forte, quadris finos, meu traço favorito deste lado da Appalachia e... olá, amante. Uma Baguete Matutina. Seus olhos diziam "não", mas seu pau dizia "sim".

Meus olhos se esbugalharam com a vista e Jack arqueou suas costas ao se esticar, fazendo com que ele aparecesse ainda mais na sua cueca. Mordi meu lábio com um desejo desenfreado. Não podia me desviar do assunto ou nunca chegaríamos a Santa Barbara.

– Oi, George... vamos, vamos! Levanta! – cutuquei, cantando minha própria melodia de transa.

– Grace, para com isso – advertiu ele, tentando tirar as cobertas que estavam debaixo dos meus pés saltitantes.

– George. George. George – cantei após cada pulo. Ele me olhou novamente através daqueles olhos sonolentos.

— Grace, estou te avisando – repreendeu ele.

— E estou avisando *você*, cara. Você disse que ia me comer hoje – repeti, agora pulando mais forte do que nunca. A cama estava fazendo um rangido inapropriado.

— Vou te dar uns tapas hoje se continuar isso – entoou – Agora, sério, pare com toda essa agitação. Não vou te avisar outra vez.

Seus olhos escureceram ao me ver completamente parada com minha camisa polo de botões branca, com o cabelo bagunçado por ter acabado de acordar e olhos cintilantes. Comecei a pular novamente, e ele me deu um último aviso.

— Grace.

Ele falava comigo como se fosse meu chefe... hmmm... meu chefinho... será que ele queria brincar de "Quem é que manda aqui"?

Eu pulei. Ele se mexeu como um gato e me pegou no ar, tirando minhas pernas de debaixo de mim, fazendo com que eu ficasse de costas, e arrastou o vento para longe de mim. Ele me levantou enquanto eu lutava para conseguir respirar entre as risadas.

— Grace, você precisa se acalmar. Nós ainda não podemos ir para Santa Barbara.

— Por que não? – perguntei, tentando combatê-lo. Ele não tiraria nenhum proveito disso.

— Primeiro, você ainda nem fez suas malas – começou ele.

— Estou planejando ficar nua a maior parte do tempo – respondi rapidamente.

— Segundo, o hotel só vai nos deixar entrar ao meio dia.

— Podemos fazer sexo no carro – caçoei, tentando deixar minhas mãos livres para que eu pudesse pegar nele. Eu ficava mais persuasiva quando podia tocá-lo. Ele sabia disso, então manteve minhas duas mãos acima da minha cabeça, presas na cama.

— Terceiro, será que você não percebeu que ainda não são nem seis horas da manhã?

Parei repentinamente. Olhei para a janela e percebi que o sol ainda não tinha nem aparecido. Os pássaros ainda não estavam nem cantando. E eu estava igual a uma louca pulando na cama, cantarolando sobre uma futura transa. Olhei da janela para o seu rosto, ele estava agora completamente acordado e com um olhar reprovador, mas com um leve sinal de humor.

Ops.

— Desculpa, não tinha visto que era tão cedo. Acho que estou um pouco ansiosa — sorri, sentindo meu rosto ficar corado ao pensar no quanto isso era bobo.

— Louca — disse ele, mexendo sua cabeça para mim. Ele me levantou e me apertou nele. Deixei minhas mãos subirem até seus ombros e o segurei fortemente. Ficamos abraçados durante um tempo, suas mãos passavam para cima e para baixo das minhas costas. Senti o seu perfume, que estava mais forte devido ao seu calor de quando dormia. Cachimbo, chocolate e Hamilton.

— É loucura eu mal conseguir esperar por hoje à noite? — sussurrei na sua orelha, sentindo meu coração bater muito forte pelo meu peito.

—Também estou assim — sussurrou também. Ele se afastou ligeiramente, apertando seus lábios nas minhas bochechas e depois nos meus lábios.

— Agora, Grace, pelo amor de Deus, podemos dormir por mais algumas horas? — suspirou ele, colocando-me deitada junto a ele.

— Você pode dormir, mas preciso arrumar minhas malas. E você também precisa. Que horas te acordo?

— Já arrumei. Minha mala está no carro — bocejou ele, puxando o meu cabelo, tentando fazer com que eu me deitasse ao seu lado.

— Já arrumou? Você quer dizer que poderíamos ter ido ontem à noite? — gritei. Ele cobriu suas orelhas.

— Grace, vamos sair daqui umas horas — ele me acalmou — Se acalma, mulher, e traz esses peitões pra cá. Você sabe que não consigo dormir sem uma mão cheia — cacarejou, conseguindo me puxar perto o bastante para que ele pudesse me segurar. Eu ri, e deixei-o deslizar suas mãos por baixo da minha camisa, aconchegando-me perto dele novamente.

Seus dedos perambularam por algum tempo, como de costume, tocando meus mamilos até que eles ficassem suficientemente duros. Ele sempre fazia isso até que eu suspirava e me arqueava nele um pouco antes dele se ajeitar. Ele colocava um braço por baixo do travesseiro e de mim, e o outro ele passava sobre meu quadril e até por baixo do meu braço, abraçando-me e me empurrando fortemente contra o seu peito até que eu ficasse em um sanduíche de Hamilton. Sua boca sempre voltava à minha para um último beijo e depois eu costumava ganhar outro atrás da minha orelha, conforme sua cabeça se aninhava no travesseiro atrás do meu.

Houve outro do meu Som Feliz do Jack favorito, aquele suave contente zumbido e, em seguida, dentre um minuto ou dois, sabia que ele tinha voltado a dormir. Fiquei deitada quieta, envolvida no homem que eu não conhecia há um mês atrás.

Não podia esperar por esta noite...

★ ★ ★ ★

Finalmente consegui colocá-lo no carro por volta das dez e meia. Fiquei deitada na cama com ele até perceber que ele tinha pegado no sono novamente, e depois arrumei minha mala, fazendo o mínimo de barulho. Entrei no quarto de Holly quando soube que ela estava acordada e trocamos umas ideias rapidamente sobre qual lingerie eu devia levar... uma de safada ou uma meiga? Levei um pouco de cada.

Eu o acordei exatamente às nove horas, na verdade puxei as cobertas e o deixei enrolado numa bola. Ele acordou um pouco irritado nesta manhã, mas quando o deixei ver um peitinho, ele se levantou. Em seguida, ele quis "se levantar", mas parei aquilo rapidamente. Falei para ele conservar aquela energia, já que precisaria dela para depois naquela noite.

Não havia esperado tanto por um evento desde o show de reencontro do New Kids, e aquilo foi algo fora do comum.

Tomamos um rápido café da manhã na casa: cereais gelados e frutas. Não aceitei perder tempo cozinhando quando podíamos estar na estrada. Ele comeu com uma lentidão agonizante, caçando seus cereais com sua colher. Quando ele começou a ter uma conversa com o que sobrou dos cereais, tirei sua tigela e a joguei na pia. Ele riu da minha impaciência e, por fim, cedeu.

— Sabe, se eu não te conhecesse, eu diria que você está enrolando — provoquei, mexendo um dedo para ele enquanto lentamente bebia seu suco.

— Não estou enrolando, mas o café da manhã é a refeição mais importante do dia, Grace — respondeu ele, escolhendo sua banana com um zelo incomum.

— Eu acho que você *está* enrolando. Está preocupado com hoje à noite? Está tendo um ataquezinho de ansiedade, garotão? — perguntei, pegando a banana e fazendo gestos obscenos com a fruta.

— Não creio. Estou apenas curtindo vê-la se aborrecendo. Se eu não te conhecesse, eu diria que você está sedenta – brincou, deixando seus braços abraçarem minha cintura.

— Sedenta? Claro que não, já passamos desa fase. Preciso ser comida, e você é o cara que fará isso – disse severamente, empurrando-o em direção às escadas, segurando a banana como um sabre de luz – Tenho um buraco que precisa ser preenchido, um campo que precisa ser arado e um estoque que está pedindo para ser abarrotado.

Seus olhos se ampliaram com minhas palavras e ele arqueou sua sobrancelha.

— Isso é rude, amor – caçoou ele, seus olhos estavam travessos.

— Agora suba aquelas escadas, entre no chuveiro, lave suas partes, e depois leve a sedenta aqui até Santa Barbara para que você possa me mandar para o paraíso – terminei, minha voz começou a se elevar em um tom exaltado enquanto eu o forçava com a banana a subir as escadas. Ele riu o tempo todo e finalmente foi para o quarto, ainda mexendo sua cabeça.

Aquele pequeno filho da puta estava brincando comigo. Acho que eu teria que dirigir.

★ ★ ★ ★

Estávamos dirigindo pela costa, com o teto abaixado, óculos de sol e música alta. Era um daqueles dias perfeitos do Sul da Califórnia: a temperatura era de uns 25 graus, não havia nuvens e o sol estava brilhante. O oceano estava à esquerda, enquanto dirigíamos pelo norte da PCH em direção a Santa Barbara.

Havia uma sacola aberta de salgadinhos sortidos entre nós. Passávamos as torradinhas e os salgadinhos de um lado para o outro, curtindo nosso tempo juntos. De vez em quando, pensar sobre ir embora para Nova Iorque passava pela minha mente, mas eu seguramente deixei isso de lado. Tínhamos pouco tempo antes de eu me mudar, mas passaria cada segundo dele no presente, aqui e agora, amando esse homem.

Eu tinha um talento natural para deixar as coisas de lado.

Sua mão direita acampou no meu joelho esquerdo. Vesti shorts gastos justamente por isso. Qualquer oportunidade da sua pele tocar a minha era aceita com muito prazer. Eu o observava enquanto ele dirigia, cabelos ao vento e óculos escuros. Naquela manhã, ele não tinha feito a barba...

Eu não tinha lhe dado tempo suficiente para fazer isso. Fiquei fora do chuveiro enquanto ele estava lá dentro, ameaçando apertar a descarga se ele não saísse. Ele tentou me puxar para o banho com ele, como agora era um costume, mas eu recusei decidida, pois sabia que não conseguiríamos tomar banho juntos sem um pouco de sacanagem.

Como sempre, seu contorno era impressionante, ele tinha um queixo forte, maçãs do rosto bem delineadas, lábios doces. Ele se virou para mim e viu que eu estava o observando, e seu lábio superior se curvou naquele sorriso sexy que eu gostava tanto.

— O que foi, louca? — perguntou ele, trazendo minha mão até seus lábios para dar um beijo.

— Estou apenas te observando. Estou gravando isso no meu cérebro. Nós, juntos — respondi, tirando o cabelo de seu rosto — Deus do céu, estou toda romântica hoje! — exclamei, encostando-me no banco, colocando minhas pernas por baixo de mim, rindo da minha própria banalidade.

— Eu não acho. Eu também estive gravando algumas coisas no meu cérebro. O que farei sem minha Doidinha? — perguntou ele, parecendo mais sério do que queria parecer. Estávamos pensando sobre isso, mesmo depois de eu ter prometido a mim mesma que não faria isso.

— É! Quem fará você assistir *As Supergatas*? — provoquei.

— Quem vai garantir que todo o xampu saiu do seu cabelo? — provocou também.

— Quem vai te manter suprido no FatBurger?

— Quem vai jogar milho nas suas calcinhas? — ele disse, inalterável.

— Que seios você vai segurar enquanto estiver dormindo?

— Quem vai escutá-la roncar? — deu um leve riso.

— Ei, eu não ronco! — gritei, virando para ele e lhe dando um leve tapa no rosto.

— Tudo bem, Grace, você não ronca — disse ele sarcasticamente, mexendo sua cabeça. Ficamos quietos por um minuto.

— Mas falando sério, alguém vai te escutar roncar? Lá em Nova Iorque? Você acha que irá... não sei... roncar para outra pessoa? — perguntou ele, fazendo com que a brincadeira se tornasse algo sério. Ele parecia nervoso, mas estava disfarçando bem.

— Bem, você vai segurar os seios de alguém enquanto eu não estiver aqui? — perguntei calmamente, minha mente imediatamente se lembrou da tal da Marcia.

— Te perguntei primeiro – disse ele.

— Bem, quero apenas deixar bem claro que oficialmente eu não ronco, então a resposta é não. Não planejo roncar com ninguém enquanto estiver fora – disse, agora nervosa. Esta foi a primeira vez que tínhamos conversado, *realmente* conversado, sobre aonde isto iria.

Ele ficou quieto, e pude ver sua mandíbula relaxar. Ele estava um pouco tenso.

— E? – perguntei.

— E o quê? – perguntou também.

— E você? E segurar os seios? Você vai... segurar... os seios de alguém? – quase não conseguia respirar. Este era um garoto de vinte e quatro anos que podia ter praticamente quem ele quisesse. Eu estava realmente lhe questionando se ele planejava virar um padre enquanto eu estivesse longe?

Sim, você está perguntando para ele, e ele te deve uma resposta.

Eu esperei.

— Grace, acho que posso te dizer honestamente, sem precisar pensar muito, que não há outro par de seios no planeta que eu preferiria ter em minhas mãos aos seus. Quando eu estiver dormindo ou não – declarou ele, lançando seus olhos no meu peito.

Entendi.

— Ah, meu bem, você diz as coisas mais fofas – clamei com uma voz doce enjoativa, me jogando no banco por ele, estalando sua bochecha com um beijo molhado.

— Melosa, não me chame de meu bem. Você já tem muitos apelidos para mim – provocou ele, e a crise foi evitada.

— Ah, aguenta, Doidinho – caçooei.

— Mas, olha, se a Jessica Simpson acabar caindo em cima de mim e eu tiver que ajudá-la segurando em algum lugar... – sua voz diminuiu.

Eu lhe cutuquei no ouvido.

Rimos, aumentamos o rádio e continuamos dirigindo pela costa. Torci para que pudéssemos cumprir as promessas que acabamos de fazer.

★ ★ ★ ★

Chegamos a Santa Barbara logo depois do meio dia e, conforme as pequenas ruas sumiam pelas arvóres, eu enfim percebi onde ficaríamos hospedados. O Four Seasons Biltmore era um resort famoso e eu já tinha ficado lá uma vez quando eu e a Holly nos mudamos para a Califórnia na primeira vez. Ele tinha uma arquitetura espanhola, com uma sensação de liberdade clássica californiana.

Estacionamos na frente, o manobrista pegou nossa bagagem e depois de Jack ter feito nosso *check in*, me alegrei em saber que ficaríamos em uma das casas logo no oceano. Fiquei surpresa quando pensei sobre a privacidade extra que teríamos e ele piscou para mim.

— Queria que você tivesse a possibilidade de gritar o quanto alto quisesse, louca — sussurrou ele, seus olhos verdes estavam em chamas. Conseguia sentir meu corpo ficando quente apenas por ouvi-lo me provocar.

— Alguém vai me fazer gritar? — perguntei no meu próprio sussurro, apertando meus lábios no seu pescoço, enquanto a recepcionista tossia discretamente.

— Pode contar com isso, querida — respondeu ele, sua mão se moveu reservadamente até o meu traseiro e o apertou. Ri logo antes, enquanto a recepcionista nos entregava nossas chaves. Começamos a ir em direção às casas, nos beijando profundamente, quando escutei a voz de uma mulher dizer:

— Bem, bem, o que temos aqui?

Virei-me e vi uma loira bonita, parada com um homem alto de cabelo castanho, que obviamente malhava muito. Eles estavam sorrindo para nós, tocando-se no saguão. A mão de Jack deu mais um apertão no meu traseiro e depois soltou. Ele sorriu para os dois, apertando a mão do rapaz e dando um abraço na mulher. Percebi que foi um abraço como aquele que alguém dá na sua irmãzinha.

— Lane, Rebecca, esta é a Grace — disse ele, puxando-me para mais próximo dele enquanto eu apertava as mãos deles. Eles estavam me medindo de cima a baixo de um modo divertido, mas que não era desagradável. Imediatamente, notei que estavam aprovando, o que era bom, pra variar.

— Gracie, você deve conhecê-los como Isaac e Penélope — sorriu ele, me apresentando para os outros dois personagens principais do filme. Já sabia que eu gostava de Lane. Ele estava com um sorriso enorme. Rebecca me analisava um pouco mais atentamente, de mulher para mulher. Ela interpreta seu interesse romântico no filme e estou curiosa para ver a química deles fora do estúdio.

— É um prazer te conhecer. Você também vai ficar aqui? — perguntei, percebendo que Lane estava olhando para o meu peito com apreciação e parabenizando o Jack. Rebecca ria bondosamente para os dois e respondeu:

— Sim. Temos a sessão de fotos amanhã, então, alguns de nós decidimos chegar um dia antes — sorriu para mim, um pouco mais feliz desta vez, e senti que eu realmente ia gostar dela.

— Tenho que te contar, Grace. Não sei por que Hamilton estava te escondendo. Você é gostosa! — Lane soltou, no mesmo momento em que Jack virou seus olhos para ele.

— Obrigada, Lane. Eu realmente tenho uma bela comissão de frente — ri, no mesmo momento em que Jack ficou corado e mexeu sua cabeça para mim, com seus olhos fechados. Podia ver que ele estava feliz por eu estar me dando bem com seus colegas de elenco tão rapidamente.

— Então, quais são seus planos para esta tarde? Estávamos indo almoçar. Vocês podem ir com a gente — ofereceu Rebecca.

— Bem, na verdade, íamos nos arrumar no nosso quarto e depois talvez apenas pedir algo — disse Jack, pegando e apertando minha mão.

— Adoraríamos ir! — interrompi, sorrindo para os dois. Vi a expressão de Jack de rabo de olho. Era minha vez de enrolar. Apenas como diversão.

Combinamos de nos encontrar no restaurante que fica na frente do oceano daqui quinze minutos. Nós nos despedimos e seguimos até a nossa casa. Enquanto íamos pelo caminho pavimentado, ele me olhou sem acreditar.

— O que aconteceu em não querer esperar para transar? Pensei que fôssemos ficar um pouco do lado de dentro hoje — perguntou ele, colocando minha bolsa no seu outro ombro para que ele pudesse me encolher do seu lado enquanto andávamos.

— Bem, quero passar um tempo com seus amigos enquanto posso. Além disso, depois do tanto que você me encheu esta manhã sobre a minha, como você chamou, sede? Agora, vou fazer você implorar por isso — declarei ao subirmos para a porta da frente.

Ele me olhou atentamente por um instante e depois abriu a porta com a chave. Ele me deixou entrar antes dele e, quando eu o fiz, fiquei comovida com aquela casa, era adorável e romântica. Lareira, quintal particular, vista para o oceano, e eu podia ver uma excelente cama *king-size* nos chamando do quarto. Percebi tudo isso durante os sete segundos que levou para ele fechar a porta, me rodar, me tirar do chão e me apertar contra a porta.

Seus olhos se queimaram nos meus conforme ele devastava meu pescoço com sua língua. A brusquidão de seu ataque me deixou sem ar. Ele inclinou sua cabeça até a minha orelha e a mordeu.

— Você quer que eu implore por isso, Grace? — sussurrou ele.

– Ahá – consegui sair, começando a perder o foco. Ele fez força para minhas pernas se abrirem e ficarem em volta da sua cintura e eu conseguia senti-lo se esfregando fortemente. Um gemido suave escapou.

– Estou te implorando, Grace. Estou implorando para você me deixar beijar seus seios doces.

Sua língua se arrastou pelo topo do meu decote até a base do meu pescoço.

– Estou implorando para que você deixe eu te mordiscar.

Ele pressionou fortemente no meu centro, arrancando um gemido alto meu.

– Estou implorando para você deixar eu te provar.

Ele me segurou em pé contra a porta apenas com a força do seu corpo, uma mão passando por baixo do meu shorts e me encontrando imediatamente, apertando bem forte. Falei seu nome.

– E estou implorando para que você me deixe penetrar, sentir você envolvida ao redor do meu pau ao gozar diversas vezes – terminou ele, levando-me ao orgasmo mais rápido que já tive. Gritei seu nome, ainda pressionada contra a porta. A combinação de sua mão e das palavras que ele acabou de dizer, com aquele maldito sotaque, era muito, e eu gozei de novo, mais leve, porém, mais profundamente do que da primeira vez.

Eu adorava ter uma conversa safada hamiltoniana...

Ele recuou, seus olhos estavam quase pretos e ele lambia seus dedos.

– Agora, vamos ver quem vai implorar mais tarde – sorriu ele, observando minha expressão confusa se tornar algo mais decidido – Vamos naquele almoço que *você* insistiu em ter, querida – disse ele, colocando seus óculos escuros e sorrindo para mim convencido.

– Grr – conduzi, olhos cruzados e com as pernas dando uma mexida. Esse seria o dia mais longo da minha vida.

★ ★ ★ ★

Almoçamos com Rebecca e Lane e escutei várias histórias sobre filmagens. Era interessante ver Jack com seus amigos. Tínhamos passado tanto tempo envolvidos em nosso pequeno paraíso que foi legal interagir com outras pessoas.

Jack lhes contou, com orgulho, sobre o meu espetáculo em Nova Iorque e, apesar de sua voz ter traços de tristeza que somente eu notaria, ele inquestionavelmente era meu maior fã. Quando Lane descaradamente perguntou como faríamos para que este romance a distância funcionasse, Jack simplesmente sorriu, beijou minha mão e respondeu:

– Vamos descobrir com o tempo.

Rebecca obviamente adorava Jack e vice-versa. Senti-me bem em deixá-lo com uma amiga tão boa. Lane tinha atuado em um filme razoavelmente famoso há um tempo no verão, e já havia um grupo de mulheres numa mesa próxima que o reconheceu. Não demorou muito para que Rebecca e Jack também fossem reconhecidos, e elas finalmente se aproximaram da mesa depois de muita risada. Quando elas estavam lá, Lane despejou abraços nelas. Ele tinha um talento natural. Como sempre, Jack era um pouco mais reservado. Ele realmente não se sentia muito confortável com esta recente fama, mas estava enfrentando tudo sem dificuldades.

Eles conversaram sobre a sessão de fotos que estava marcada para amanhã. Parecia que seria boa, mas eu não tinha certeza se Jack esperava que eu fosse junto. Acho que a Rebecca e o Lane levariam tudo numa boa, mas eu não queria atrapalhar.

Jack ficou com sua mão na minha perna, no meu braço, ou trançada na minha própria mão o tempo todo. Era como se ele não tivesse ouvido o que Holly falou sobre manter as aparências, e eu o odiava e o amava por isso. Se houvesse mais fotos minhas, eu seria a pessoa que seria torturada. Ele não tinha ideia do impacto que ele causava.

Quando as mulheres saíram rindo para a porta da frente, eu pedi licença para ir ao toalete. Lane estava indo até o saguão para atender a uma ligação, e então foi comigo até a frente.

– Estou muito feliz por ter te conhecido. Você é uma garota legal – sorriu ele, pegando na minha mão e beijando-a de um jeito bem cortês.

– Sim, sim, você deve falar isso para todas as garotas do Jack – provoquei.

–Não, você é legal de verdade – piscou e me deixou ruborizada no meu caminho para o banheiro.

Algum tempo depois, quando eu voltava à mesa, vi que Jack e Rebecca estavam tendo uma conversa séria. Fiquei deliberadamente atrás de uma samambaia, e o escutei. Não tinha vergonha...

– Vinte e seis? Vinte e sete? Ela tem mais do que vinte e sete?

Ele encolheu os ombros, seus olhos estavam cintilantes.

– Quantos anos ela tem, Jack?

– Eu não sei, na verdade. Ela não me disse e eu não perguntei. Mas tenho uma ideia. Acho que uns trinta, trinta e um, talvez. Eu identifiquei isso por todas as referências aos Coreys. Aí ficou na cara... – diminuiu. Era como se estivesse falando sozinho.

– Uau, não parece que ela está na casa dos trinta – escutei Rebecca exclamar. Ela era a minha nova pessoa favorita.

Ele riu bem alto.

– Pode apostar que ela não parece – riu ele.

– Cara, você devia ver seu rosto. Você está todo brilhante! Você parece uma menininha! – gritou ela e ele riu.

– Eu sempre fui uma menininha, você sabe disso.

Eles brincaram por mais um minuto e, em seguida, ele contou nossa história novamente. Aonde nos conhecemos, como nos conhecemos, tudo isso. Enquanto escutava, eu o observava e o modo como seu rosto mudava quando ele recontava algo que eu disse ou algo que ele tinha feito. Eu não devia espionar, mas fico feliz que o tenha feito. Isso me deu uma perspectiva interessante dele e descobri como ele se sentia em relação a mim. Estava ficando cada vez mais apaixonada.

– E agora ela foi selecionada para este espetáculo, o que é brilhante para ela. Mas é em Nova Iorque e ela está indo embora daqui alguns dias. Que merda de hora pra acontecer – suspirou ele, encostando-se em sua cadeira novamente. Sua mandíbula estava esticada, enquanto eu podia vê-lo rangendo seus dentes.

– Bem, olha, ela não vai ficar por lá para sempre, certo? E, querido, com toda essa divulgação que você terá que fazer, você estará em Nova Iorque o tempo todo. Pare de ser tão mariquinha, Hamilton – exclamou ela, quando ele sorriu. Eles pareciam ser bons amigos.

– Eu sei que você está certa. É que, não consigo saber o que ela quer de tudo isso. Tipo, não sei, ela apenas me pega e eu acho, não, eu *sei* que ela também gosta de mim. Mas ela está se preparando para fazer essa coisa enorme, é tão importante para ela e para sua carreira.

– E você não está? Jesus, este filme vai fazer com que seu nome se torne conhecido! Talvez essa não seja a melhor época para você ter uma namorada – declarou ela, dando voz às preocupações que eu estava tendo durante esse tempo todo. Ele ficou quieto depois disso.

Saindo de trás da planta, eu reentrei no restaurante, fazendo bastante barulho com meus chinelos para alertá-los sobre a minha presença. Jack imediatamente pegou na minha mão e eu trouxe seus dedos até os meus lábios, beijando-os gentilmente. Eu simplesmente o adorava.

No momento em que Lane se juntou novamente a nós e terminamos nosso almoço, já passava das duas e meia e Jack dispensou a proposta deles de passar uma tarde navegando pela costa, ele disse que já tinha feito outros planos para nós. Olhei confusa, pois não sabia que ele já tinha planejado algo.

Ao sairmos do restaurante, Rebbeca me puxou para um abraço. Surpresa, porém satisfeita, eu a abracei também:

– Estou muito feliz por ter te conhecido, Grace. Você não tem ideia – sorriu ela.

– Eu também. Até a próxima? – perguntei.

– Com certeza – respondeu ela.

Lane me deu um abraço de urso e, enquanto eu ria, suas mãos começaram a descer até o meu umbigo.

– Ei, cara, tire suas mãos da minha garota – riu Jack, puxando-me para longe de um modo cortês.

– Jack, sério, não deu para aguentar. É uma bela de uma mulher – provocou Lane, dando um tapinha na minha bunda. Pulei de surpresa e Jack riu.

– Na próxima vez em que você fizer isso, devolvo o tapa – adverti, beliscando Lane nas bochechas... as do rosto. Despedimos-nos e fomos até o saguão em direção ao spa.

– O que vamos fazer agora? – perguntei curiosa.

– Eu agendei uma massagem para nós. Legal, não acha? – perguntou ele, acenando para a recepcionista ao passarmos pelas portas.

– Legal, claro. Você deu o seu melhor este final de semana, Senhor Romance. Mas eu te disse, não preciso disso tudo. Tudo o que preciso é de você dentro de mim, bem no fundo – provoquei com um sussurro para seu grande choque, enquanto a coordenadora do spa nos acompanhava até a suíte de casal. Ela nos deu instruções sobre o que tirar e com o que ficar, se quiséssemos, e depois nos deixou sozinhos para nos despirmos. A suíte ficava de frente para o oceano e podíamos ver e escutar as ondas. Eu estava inalando o ar salgado quando Jack começou a se despir.

– Eu te mostro o meu se você me mostrar o seu, Hamilton – brinquei, tirando minha bata e puxando-a sobre a minha cabeça. Eu estava vestindo um sutiã novo — um que ele ainda não tinha visto. Branco, de renda, com muito decote.

Meiga e safada.

Seus olhos escureceram, como sempre, ao me ver quase nua, e eu o provoquei com o pequeno striptease que estava fazendo agora. Eu tirei meus shorts devagar, virando para jogá-lo na cadeira para mostrar minha calcinha branca, de renda, igual àquela que ele tinha rasgado na noite anterior. Ele tirava sua camisa, mas congelou no meio do caminho ao ver minhas mãos irem para trás e desafivelarem meu sutiã.

— Calma lá, vamos receber algumas massagens... sem travessura – repreendi, deixando o sutiã escorregar e jogando-o nele.

O sutiã bateu na sua cabeça e caiu sobre seu rosto, que nem em *Mulher Nota 1000*.

— Mas a questão é: deixo esta aqui ou vou em frente e tiro? Será que eu vou querer que ela me massegeie em qualquer lugar? – deixei minha voz diminuir, escorregando meus polegares por baixo das fitas de cada lado, puxando-a quase, mas não totalmente. Eu ainda estava coberta, enquanto debatia:

— Hmmm, eu simplesmente não sei. O que você acha, Jack? – perguntei, puxando-a um pouco mais para baixo, girando para que ele pudesse ver um pouquinho.

Ele rapidamente se virou, puxou suas próprias roupas para baixo até as suas partes safadas e se enfiou no lençol de sua mesa de massagem. Ele apertou seu rosto no travesseiro e podia ouvi-lo gemendo. Eu ri, terminei de tirar minhas roupas e deslizei por baixo do lençol na minha mesa. Rimos por alguns instantes, esperando pelas massagistas entrarem, segurando nossas mãos no espaço entre nós.

Durante os próximos noventa minutos, nós relaxamos, curtindo totalmente aquele tratamento. Ao terminarmos, nos vestimos e voltamos para a casa. Não sabia quais eram os nossos planos para a noite. Perdi todo o controle e estava feliz por Jack estar no comando.

Fiquei nervosa ao nos aproximarmos da casa. Será que faríamos sexo agora?

Você não quer fazer sexo?

Sim, sim, claro. Mas será que eu teria tempo de colocar a minha nova lingerie docemente safada?

Jack leu minha mente ao entrarmos:

— Bom, vou te deixar um pouco sozinha para você se refrescar e depois eu volto. Fiz reservas para jantarmos hoje à noite. O que acha?

– Espero que seja aqui no hotel – murmurei, puxando-o para lhe dar um abraço.

– Sim, aqui no hotel. Achei que assim era mais seguro, no caso de você ficar um pouco ousada na janta. Estaremos perto daqui – provocou ele, sua respiração estava quente no meu cabelo enquanto ele me segurava fortemente. Sentirei saudade disso, dos abraços, das brincadeiras, daquela coisa que ia e voltava que era Jack e Grace.

Eu me afastei um pouco para olhá-lo nos olhos.

– Muito obrigada – disse.

– Pelo o quê? – perguntou ele confuso.

– Por este final de semana. Está perfeito – respondi, beijando-o suavemente na boca.

Ele me beijou também, lentamente, preguiçosamente, abastecendo o fogo que estava sempre queimando entre nós.

– Vá tomar um banho. Volto para você daqui um tempinho – sussurrou ele, indo para longe de mim. Suspirei ao vê-lo partir, e depois comecei a me preparar. Eu faria sexo de hotel com Jack Hamilton antes que essa noite terminasse.

Graças a Deus…

★ ★ ★ ★

Entre o tempo que demorou para eu me arrumar e Jack voltar do que quer que seja que ele estava fazendo, fiquei totalmente agitada. Estava empolgava, nervosa, fora de si, confusa, apaixonada…

Algo mais?

Com tesão, com muito tesão.

Isso mesmo.

Estava usando o meu vestidinho preto favorito, que tinha um corte baixo no corpete para mostrar o meu decote, aumentado por brilho. Jack agora se recusava a me deixar vestir algo com corte baixo sem um pouco de luz. Eu tinha feito um coque bem alto na minha cabeça, deixando alguns fios caírem aqui e ali em um penteado cuidadosamente construído, que dizia: "É para parecer que eu acabei de prender, quando, na realidade, levou uma hora para fazer".

Enquanto eu cautelosamente esfregava perfume nos locais corretos, me dei conta de que não fiquei tão nervosa assim nem mesmo quando perdi minha virgindade. Tommy Jenson, no décimo primeiro ano. No porão dos seus pais, em um cobertor que cheirava a acampamento. Tocava Young MC no rádio. Foi rápida e dolorosa.

Eca.

Eu era virgem de Hamilton, e eu não via a hora de ser deflorada.

Jack veio até a porta do banheiro e bateu. Ele graciosamente me deu este banheiro, usando o outro banheiro na suíte para se arrumar.

— Grace, você está apresentável?

— Pff... como se isso já tivesse te impedido antes – provoquei, alisando meu vestido uma última vez ao me admirar no espelho.

Cabelo? Bom. Maquiagem? Sem defeitos. Pele? Brilhante. Seios? Empinados. Confiança? Alta.

Repito, a confiança está alta.

Abri a porta e o vi. Mais uma vez, ele não me decepcionou, estava vestindo uma camisa cinza de botões, jaqueta de couro preta, calças pretas e meu Doc Martens favorito. E ele estava mordendo aquele seu lábio inferior... tentando me enlouquecer? Claro que sim. Eu suspirei e ele suspirou para mim, nossos olhos estavam viajando por nós.

— Grace, já te disse como você está sexy hoje?

— Não, fala para mim.

— Você está tão sexy. É tudo que posso dizer para não acabar contigo neste momento. Porque eu te quero, Doidinha. Eu quero você do jeito mais desesperado possível – sussurrou ele na minha orelha ao me puxar para ele.

— Parece que sim, né? – me arrepiei quando ele beijou meu pescoço.

— Vamos comer o jantar o mais rápido possível.

— Vamos bater um novo recorde, George. Escreva o que eu digo – declarei firmemente, empurrando-o em direção à porta.

★ ★ ★ ★

Quando estávamos fora da casa, comecei a ir em direção ao restaurante que tínhamos almoçado hoje, mas Jack me puxou em direção à orla.

— Eu consegui algo um pouco mais particular para nós. Espero que não se importe – sorriu ele, ao entrelaçar suas mãos na minha.

Andamos pelos jardins, a noite tinha um aroma abundante de jasmim com rosa. Chegamos até uma pequena pérgula que tinha sido arrumada com uma mesa, duas cadeiras e uma dúzia de velas que brilhavam no escuro. Eu podia ouvir uma música suave tocando, e estava feliz por ver que, com exceção de um garçom, não havia mais ninguém por perto. Parecia como nosso próprio pequeno refúgio...

Quem disse que romantismo tinha acabado? Eu sorri para ele, deixando ele me guiar pelo restante do caminho, e foi aí que descobri que eu seguiria este homem para qualquer lugar.

Ao sentarmos, ele abriu uma garrafa de champanhe e nos serviu. Ele levantou sua taça e disse, com um sorriso sensual:

– Deixe a sedução da Senhorita Grace começar.

Ri e respondi:

– Amor, você conseguiria me seduzir até mesmo com um refrigerante neste instante. Não vou dar uma de difícil esta noite.

Ele riu, sorrindo para mim do jeito que só ele conseguia.

– Grace, eu adoro como você é engraçada.

– George, eu adoro como você é lindo de se admirar – respondi, tomando um gole do meu champanhe e cruzando meus olhos nele.

– Adoro como você me chama de George – elogiou, olhando para mim como se eu fosse a criatura mais bonita do planeta.

– Adoro que você me deixa... – diminui, de repente fiquei emocional ao olhá-lo.

– Adoro que você tenha se tornado tão importante para mim – acrescentou ele, olhando para mim com olhos estreitos.

– Adoro que você esteja tão envolvido em minha vida agora – respondi, meu coração estava batendo selvagemente... o que estávamos dizendo? Nós dois paramos, e ele parecia estar tomando uma decisão... mas eu queria falá-la primeiro. Eu sabia como me sentia.

Ele inalou um rápido respiro e depois disse:

– Grace, eu...

O garçom, voltando para nossa mesa com nossos cardápios, o interrompeu. Quando ele começou a dar uma olhada nos pratos especiais, fitei Jack e pisquei para ele. Ele sorriu para mim com aquele sorriso perfeito que agora pertencia a mim. Ele tinha o meu coração. Acho justo eu ficar com aquele sorriso sexy.

Garçom idiota...

Comemos, rimos, provocamos e conversamos sobre qualquer coisa e sobre tudo. Apesar de termos dito que íamos comer rapidamente, estávamos gostando tanto disso que, antes de eu saber, as velas já estavam derretidas, o champanhe (ambas as garrafas) já tinha acabado há muito tempo, e estávamos relaxados e completamente felizes.

Estávamos sozinhos, Jack tinha mandado o garçom embora há séculos. As estrelas por cima de nós estavam brilhantes. As ondas pareciam batidas pontuando a noite.

– Isso foi perfeito, Jack. Apenas perfeito. Obrigada pela noite maravilhosa – disse, colocando sua mão na minha.

– Mas espera, louca. Essa noite está apenas começando – disse ele, ficando em pé e me puxando para ele – Eu estou pronto para voltar a nossa casa... pode ser? Fale que sim, Gracie – ralhou, sua mão estava no meu rosto, acenando minha cabeça para mim.

– Sim. Sim. Sim – entoei, cada palavra foi seguida por um beijo no seu pescoço, na sua orelha, no seu queixo.

– Hmm, isso parece familiar – provocou ele, piscando para mim. Andamos novamente pelos jardins, pela noite, de volta a nossa casa. Podia vê-la brilhando lá de longe e senti minha pele começar a ficar quente ao pensar em todas as coisas deliciosas que Jack faria comigo lá dentro, e em todas as coisas que eu também faria com ele.

Quando ele virou a chave e destrancou a porta, eu ofeguei. Havia velas por todo o lado, em todas as superfícies. Todas elas estavam acesas e o efeito era espetacular. Virei-me para observá-lo, enquanto ele tirava sua jaqueta.

– Quanta malícia. Como você fez isso tudo?

– Sou uma celebridade. Fazemos as coisas de um jeito espetacular, docinho – provocou ele, subindo e descendo as mãos nas minhas costas. A pele queimava instantaneamente com a eletricidade que sempre fluía tão livremente entre nós.

– E fogo numa lareira? Uau, isso é impressionante – continuei, andando de costas no quarto.

– Sim, eu vi num livro sobre como cortejar mulheres... aparentemente, todas vocês gostam de serem atacadas na frente de um fogo crepitante – riu ele. Fiquei supresa com o modo com que ele usou a palavra "atacadas".

A risada escapuliu ao realmente nos olharmos. Beijei-o naturalmente e sussurrei:

– Já volto. Não vá a lugar algum.

Ele sorriu e respondeu:

– Louca, nada me levaria para fora daqui hoje à noite.

Mexi minha cabeça para elucidar isso e fui até ao quarto. Ao entrar, eu rapidamente peguei minha mala e fui para o banheiro. Soltei meu cabelo. Ele estava delicadamente enrolado em volta do meu rosto, e depois eu olhei para os dois conjuntos de lingerie que tinha trazido. Eu nunca tinha me arrumado para transar. Não havia sentido. Primeiramente, Jack preferia que eu usasse uma de suas camisas e eu concordava. Segundo, eu raramente ficava vestida por muito tempo quando estava na cama, então era quase besteira.

Esta noite era diferente, e eu queria vestir algo para ele. Tinha ficado indecisa entre me vestir meiga ou como uma safada.

Opção um: uma camisola *baby-doll* preta, que cobria apenas o necessário. Renda e transparência, era sensual. Eu ficava linda nela, e eu sabia que deixaria Jack louco.

Opção dois: um robe de seda branco. Tinha alcinhas e ia até embaixo do meu joelho. Ele se estendia para baixo nas costas, enquanto na frente caía baixo o bastante para que ele pudesse olhar no seu atributo favorito. Eu sabia que esse também deixaria Jack louco.

Escolhi e coloquei minha mão na porta, depois respirei profundamente e saí para o quarto.

Jack estava me esperando.

vinte e um

Ao voltar até a sala de estar, senti como se outra pessoa estivesse me movimentando. Meus pés não estavam se mexendo sozinhos. Eu andei levemente até onde ele estava de costas para mim, em frente à lareira. Ele tinha desligado a última luz, deixando o quarto completamente iluminado por luz de velas, e o brilho suave do fogo crepitou tranquilamente. O rádio tocava baixinho ao fundo. Este palco estava pronto. Senti meu nervosismo voltar.

Por que está nervosa? Este é o seu Jack...

É exatamente por isso que estava nervosa. Este *era* o meu Jack e apesar dele ter explorado cada parte do meu corpo com uma selvagem moderação, isso era algo novo, algo diferente. E que alteraria o jeito com que nos olhamos daqui para frente. Isso não seria apenas sexo, apesar de eu ser contrária a chamar isso de fazer amor... sempre odiei esse termo. Mas algo aconteceria nesta noite.

Olhei para ele estudando silenciosamente, observando suas mãos fortes passarem por seu cabelo ao observar as chamas.

Eu o acolhi — suas costas fortes, seus braços fortes, sua mandíbula forte...sua força.

Um suspiro de contemplação escapou da minha boca e ele se virou para mim, seu rosto estava radiante devido ao brilho da luz dançante. Seus olhos me acolheram agora, deslizando pelo meu corpo e voltando-se ao meu rosto. Um sorriso atravessou seus traços, o que eu respondi com outro meu também.

– Oi – sussurrei.

– Oi para você também – respondeu ele, admirando a lingerie que eu tinha escolhido.

Meu cabelo caía pelos meus ombros à luz do fogo. Sabia que ele conseguia ver a forma do meu corpo por baixo do robe marfim que pregou em mim como uma bainha. Eu me *sentia* linda, mas nervosa? Sim, estava nervosa, e comecei a balançar meu corpo, rodando suavemente nos meus tornozelos de um modo que ele passou a reconhecer e chamar de Grace Nervosa.

Ele estava nervoso também? Como ele podia estar nervoso?

Mas lá estava ele, mordendo seu lábio do jeito que me intoxicava. Seus olhos estavam com desejo, mas também havia agitação. O fato dele parecer nervoso fazia com que eu me apaixonasse por ele novamente.

E eu *estava* apaixonada por ele. Não havia mais bajulação. Este menino, este homem, tinha pegado meu coração, enrolado nos seus braços e o levado com ele. Eu queria desesperadamente contar para ele, para que ele soubesse como eu me sentia quanto a ele.

Ele, por fim, falou, quebrando o nervoso silêncio que havia entre nós.

– Eu preciso... eu preciso tocar a minha Grace – simplesmente declarou, e veio até mim.

Ao diminuir a distância entre nós, apesar de ter sido somente alguns passos, fiquei mais nervosa. Apesar de toda a minha postura e minhas brincadeiras, eu estava nervosa. Ele parou na minha frente, esticando uma mão para gentilmente tirar meu cabelo do meu rosto.

– Grace...você é linda – sussurrou para mim e eu me senti relaxada ao me inclinar na sua mão, apertando minha bochecha nela. Sua outra mão acariciou minha outra bochecha e ele trouxe seu rosto até o meu. Gentilmente, beijou minha testa, minhas pálpebras, meu nariz, minhas bochechas coradas e, por fim, trouxe seus lábios até os meus.

– Seus lábios pertencem a mim – sussurrou ele.

Ele me beijou lentamente e carinhosamente, seus lábios estavam quase se esfregando nos meus. Seu beijo foi como o nosso primeiro beijo na praia, hesitante, porém, ponderado. Respirei seu doce aroma, lembrando-me da primeira vez que o tinha notado. Sol, chocolate, baunilha, cachimbo, fumaça de chaminé e aquele Hamilton puro que salientava tudo isso.

Senti meu corpo responder a ele, e meu nervosismo sumiu. Minhas mãos subiram até o seu rosto, imitando as suas. Abri meus olhos e o encontrei me encarando com admiração. Eu me afastei um pouco para poder observá-lo e depois disse:

— Beije-me de novo, por favor.

Ele sorriu e obedeceu. Minhas mãos se soltaram e foram colocadas ao redor de sua cintura, puxando-o mais forte para mim. Seu beijo se aprofundava e sua língua se pressionava contra o meu lábio inferior. Abri minha boca e senti-o entrar em mim. Gemi um pouco ao sentir sua língua na minha e suas mãos se fixaram no meu rosto, em seguida começaram a se perderem no meu cabelo.

Minhas mãos se moveram lentamente em volta dele e começaram a trabalhar na sua camisa, desabotoando-a lentamente. Suas mãos escorregaram enquanto continuávamos nos beijando, minha seda enroscou nas pontas de seus dedos ásperos, que estavam cheias de calos por causa do violão. Consegui abrir seus botões e puxei sua camisa. Ele relutava em tirar suas mãos de mim, então sua camisa ficou pendurada nas suas costas, enquanto minhas mãos passavam na altura do seu tronco.

O punhado de cabelo loiro fazia cócegas no meu nariz enquanto eu me apertava mais próxima dele, aconchegando-me no seu peito. Eu me satisfiz em sentir minha pele na dele, quente e confortante. Suas mãos perambulavam eternamente pelos meus braços, meu pescoço, minhas costas, minhas laterais, finalmente se posicionando nos meus ombros quando ele cuidadosamente começou a colocar as alcinhas do meu robe de lado. O robe caiu levemente, ficando para baixo. Ele sorriu novamente enquanto seus olhos acompanhavam a curva da minha pele, e depois voltaram aos meus, os verdes começando a se aprofundar.

Seus olhos pertenciam a mim.

Conforme meu robe caía, um seio ficou exposto. Ele admirou, de um jeito respeitável, a pequena sarda que ficava logo acima — ele a chamava de "sarda-patrimônio". Ele sorriu e suas mãos se moveram por mim. Senti minha pele se arrepiar por baixo das pontas de seus dedos, e escutei sua baixa respiração ao me tocar. Conseguia senti-lo responder a minha própria excitação, e ele aumentou a pressão nos meus seios. Gemi aprovando e ele abaixou sua cabeça para mim, parando para beijar minha clavícula e o buraquinho no fundo do meu pescoço. Ele tascou beijos por todo o meu peito, traçando um caminho até meu seio exposto. Dei um risinho por causa da sensação, mas minhas mãos subiram até o seu cabelo, passando minhas unhas para cima e para baixo, encorajando-o.

Ele prendeu meu mamilo na sua boca e eu podia senti-lo subir com seu toque, enquanto sua mão fazia massagens no meu outro seio. Gemi intensamente, trocando um pouco minhas pernas com a minha própria agitação. Ele então mordeu levemente e sentir isso começou a me tirar o controle. Meu suspiro de prazer apenas fazia crescer a exaltação que estava se formando, mas ele começou a diminuir o ritmo das coisas.

Para minha tristeza, ele se afastou de mim. Seu rosto estava um pouco brincalhão.

– Aonde você pensa que vai, George? – perguntei, minha voz soava rouca e baixa.

– Ah, adoro quando você me chama de George – murmurou ele, voltando à minha pele, sua voz estava grossa e sedutora.

Sua voz pertencia a mim.

Ele deslizou um braço em volta da minha cintura e me levantou, o outro braço estava preso sob meus joelhos, juntando-me a ele. Ele nos levou até o quarto, e eu beijei seu pescoço enquanto nos movimentávamos pelo quarto. Seus olhos queimavam nos meus ao irmos até a cama.

– Isso parece um romance da Danielle Steel – provoquei, e ele virou seus olhos para mim.

– Você pode me deixar fazer isso do meu jeito, por favor? – respondeu ele, dando um chupão no meu pescoço.

Sorri timidamente para ele ao ver que ele já tinha virado as cobertas para nós, e percebi que havia chocolates nos travesseiros.

– Doce! – exclamei, antes de me servir.

Ele riu.

– Você quer comer doce agora, querida? – perguntou ele, aninhando-se na minha orelha.

– Não, não agora... mas é bom saber que tem aqui... para depois – sorri, feliz por ele ainda estar me segurando tão fortemente.

– Sim, para depois – respondeu ele, colocando-me gentilmente na cama. Ele se curvou em mim, beijando-me novamente, desta vez mais profundamente. Como uma correnteza, nossa paixão estava se manifestando ainda mais. Tinha uma necessidade, um desejo que tomava conta de nós rapidamente.

Levantei sua camisa e, finalmente, ela caiu de seu corpo, enquanto começava a cuidar de seu zíper. Ele gemeu quando eu inadvertidamente me esfreguei nele, e senti uma excitação sob as minhas mãos. Olhei novamente para ele e fiquei surpresa com o desejo em seus olhos, o verde ficando mais escuro a cada segundo. Puxei suas calças para baixo e elas caíram no chão.

Ele estava sem nada por baixo.

Ri de surpresa e depois lambi meus lábios instintivamente.

– Legal – elogiei.

Ele sorriu de volta.

– Acho que você se esqueceu de algo também, louca – respondeu ele maliciosamente, colocando uma mão entre as minhas pernas e me tocando através do tecido do meu robe. Sibilei enquanto ele procurava pela minha calcinha ausente.

– Foi isso o que pensei... – riu ele, apertando mais forte no meu sexo inchado.

Eu me deitei, escorada nos meus cotovelos, admirando a visão do meu Jack, nu entre as minhas pernas. Era uma visão que eu nunca ficaria cansada de ver — os traços definidos de seu tronco, os antebraços musculosos, os dedos afilados, o adorável cabelo loiro, tudo isso me levava até o paraíso, ou seja, ele.

Com uma precisão lenta de doer, ele deslizou as alcinhas pelos meus braços e tirou o robe de seda de mim. Eu me deitei na frente dele, nua e carente.

Ele respirou fortemente, quase ofegante, e disse:

– Linda.

Sua língua lambeu seu lábio antecipadamente.

Sua língua pertencia a mim.

Podia ficar o encarando um dia após o outro e nunca me cansaria da visão que estava na minha frente. Ele se inclinou para trás, me envolvendo e me admirando.

– Adoro as curvas macias dos seus seios, os ângulos definidos dos seus braços, o rubor da sua pele, o vigor dos seus quadris. Meu Deus, Grace – resfolegou.

Fiquei relaxada sob o seu olhar. Tudo sobre ele me falava que ele adorava meu corpo, do jeito que ele era.

Tudo o que ele fazia, tudo o que ele estava dizendo me deixava pronta para ele, e eu desesperadamente queria que ele me fizesse... como foi que chamei isso nesta manhã? Hmm, *ir para o Paraíso*.

Ele se inclinou sobre mim, apertando seus lábios contra o meu seio, levando meu mamilo até a sua boca novamente, enrolando sua língua e me escutando gemer.

— Isso é tão... irreal — murmurei, jogando meus braços atrás da minha cabeça e arqueando minhas costas para que eu fosse empurrada para cima como uma oferenda. Minhas pernas subiram justas ao redor da cintura dele enquanto ele me dava beijos da esquerda para a direita, preparando-me lentamente. Continuei gemendo, quase angustiada enquanto ele passava sua língua pelo meu estômago e rodeava meu umbigo.

— Ah, Deus — exclamei, enquanto ele tremulava sua língua na altura da minha barriga, experimentando o sal da minha pele, cheirando o aroma da minha pele que ele próprio identificou como uma mistura de roupa limpa e cocos abençoados.

Ele voltou aos meus seios, levando cada mamilo para dentro de sua boca, mordiscando firmemente enquanto eu me retorcia embaixo dele. Ele chupou o lado direito antes de soltá-lo com um estouro que me fez jogar o corpo todo para trás e esconder minhas mãos no seu cabelo. Meus olhos reluziram bem abertos e eu sabia que ele tinha visto meu desejo crescendo loucamente.

Minha mão esquerda foi para baixo e lutou para encontrá-lo, mas ele se manteve fora de alcance.

— Não, Grace, ainda não. Você... — prometeu, acariciando meus seios novamente, admirando como eles se encaixavam perfeitamente em suas mãos.

— Tão maravilhosos. Seus seios? Eles pertencem a mim... — gemeu ele.

Como esperado, ele se assegurava de tomar conta de mim antes de si mesmo. Eu tinha passado a curtir esse aspecto de sua ternura, claro, mas nunca parei de me impressionar com o fato de como ele adorava me dar prazer, colocando minhas necessidades antes das dele.

O que ele estava fazendo comigo me deixava louca. Meu sangue estava fervendo e por dentro eu ia explodir. Estava gemendo em quase todos os momentos, e sentir sua boca nos meus seios era indescritível. Ao senti-lo esfregar seus lábios mais para baixo no meu corpo, gritei ao me preparar, sabendo aonde ele chegaria.

Sentia suas mãos quentes nas minhas coxas, abrindo-as gentilmente, carinhosamente. Ele olhou para baixo, seus olhos estavam fixos com uma adoração sem remorso. O que eu fiz para merecer este homem? Ao se posicionar entre as minhas pernas, ele olhou para cima mais uma vez, seus olhos encontraram os meus. Desci minha mão esquerda para agarrar a sua, segurando-o fortemente em mim. Ele sorriu, enquanto seus lábios beijavam a parte interna da minha coxa direita.

– Jack... – respirei, mantendo meus olhos nele enquanto ele continuava me dando beijos gentis por toda a pele macia, indo para a minha outra perna. Ele estava a poucos passos de mim, mas mesmo assim ele concentrava sua boca pela minha pele delicada em ambos os lados, com seus olhos fixos sempre em mim. Ele me observou começar a respirar mais forte, cada investida o levava para mais perto de onde eu precisava que ele estivesse.

Podia ver a necessidade nos olhos dele, o desejo e a luxúria.

– Por favor, Jack, por favor – implorei para ele.

Seus olhos, ainda fixos firmemente aos meus, falaram comigo, respondendo meus apelos. Sua boca pairou sobre mim, provocando-me durante o que pareciam horas, mas que, na verdade, eram apenas alguns segundos. Por fim, ele me beijou do jeito que só ele sabia fazer.

Sua boca pertencia a mim.

Não havia dúvidas de que ele podia me sentir tensa sob sua boca. Ele conhecia meu corpo tão bem agora, ele sabia que eu já estava próxima. Ele mergulhou sua língua em mim, lentamente, sabendo da reação que conseguiria.

Eu me levantei da cama violentamente e lhe dei um grande suspiro. Fiquei, então, quieta, como sempre fico quando estou verdadeiramente perdida. Usando seus dedos, ele gentilmente me separou, esfregando sua língua para cima e para baixo, de trás para frente, e comecei a gemer de novo.

Ele se envolveu em mim, com mais força agora, sacudindo e agitando sua língua. Ele enfiou seus dedos em mim, procurando por aquele ponto, aquele que eu chamava de meu "Ponto J". Na primeira vez que contei a ele que tinha colocado esse nome por sua causa, ele riu, mas, depois de pensar melhor, ele achou isso fascinante... e lisonjeador.

Enfiando seus dedos mais embaixo, ele fixou sua boca bem firme no meu outro ponto suave.

Minha respiração se acelerou e comecei a gritar:

– Ah, Deus, Jack...por favor...não pare...não pare...isso é muito bom...ah, Deus.

Comecei a bater meus quadris no ritmo de sua língua, sua boca e seus dedos, enquanto ele me tocava por dentro. Meus gemidos se tornaram os dele, enquanto ele lutava para me manter reta na cama.

Ele parou por um momento, olhando para mim e dando aquele sorriso malicioso.

– Seu gosto pertence a mim – sorriu ele.

Sua boca, sua língua, seus dedos, suas mãos, tudo, estavam em perfeita sincronia e, em um suspiro, eu gozei.

Gozei forte e firmemente, e uma tensão leve correu pelo meu corpo e saiu das pontas dos meus dedos e dos meus dedos e dos fios dos meus cabelos. Entoei seu nome diversas vezes como um canto, conforme onda após onda bateu sobre o meu esqueleto. Eu vi luz e amor e senti outro orgasmo me pegar de novo.

Eu me arrepiei e me balancei, e ele ficou comigo o tempo todo... nunca parou, mantendo o ritmo comigo e ficando adiante de de qualquer necessidade que eu tivesse, uma a uma. Ele sabia o que eu queria, mesmo antes de eu ter tido.

Quando eu finalmente desmoronei, meus olhos estavam com um desejo louco, senti seus dentes morderem a parte interna da minha coxa, renovando minha Marca Hamilton. Sorri através da minha névoa de orgasmo, pensando nos seus métodos maliciosos.

Sua malícia pertencia a mim.

Enquanto ele mordiscava minha coxa, marcando-me como dele de novo, eu sorri, olhando para ele. Subi apoiando-me nos meus cotovelos e com um dedo, eu o chamei para mim. Ele beijou minha coxa uma última vez, rastejando até mim.

Meus lábios colidiram nele, meu gosto ainda cobria sua boca e ele gemeu. Ele gemeu pelo o que tinha acabado de me dar e pelo o que eu estava quase lhe dando. Ele se levantou, empurrando-nos um pouco mais para cima na cama. Eu me movimentei com ele, ainda beijando-o furiosamente.

– Seu corpo pertence a mim – suspirou ele, escorregando seu corpo contra o meu.

Ele estava entre as minhas pernas e, com um impulso, parou de me beijar ao se sentir posicionado, exatamente onde eu estava morrendo de vontade que ele estivesse. Seus olhos encontraram os meus e, com uma comunicação sem palavras, ele pediu minha permissão. Seus olhos perguntaram e os meus responderam.

Sim. Sim. Sim.

Em seguida, de um jeito carinhoso que eu nunca tinha sentido, ele entrou em mim. Nós dois paramos de respirar com ele deslizando divinamente em mim, me preenchendo, complementando *e me amando*. Nossos olhos nunca deixaram um ao outro e, ao senti-lo me enchendo completamente, lágrimas caíram de meus olhos com a pureza do que isso tinha se tornado. Observei seu rosto mudar de expressão de desejo para pura alegria quando ele sentiu que eu lhe dava boas-vindas. Isso era perfeição.

Sua respiração pertencia a mim.

Eu o envolvi. Observei seu rosto enquanto ele entrava em mim, seus olhos me ancoravam conforme eu parava de respirar. Senti as lágrimas nos meus olhos conforme ele me saciava. Ele parecia estar dando pulos de alegria. Eu estava congelada. Não conseguia me mexer. Estava dominada pela sensação dele finalmente dentro de mim, e o sentimento era além da compreensão. Ficamos parados por um momento, perdidos.

Então, comecei a me mexer por baixo dele.

Glorioso.

Bati meus quadris lentamente, propositalmente, levando-o mais para o meu fundo. Ele soltou uma respiração e, ao senti-lo penetrando ainda mais profundamente em mim, fiquei justa em volta dele, fazendo com que ele se arrepiasse:

– Tão quente, você é tão quente. Tão...quente – entoou ele, penetrando.

Ele se mexeu comigo, fazendo, por sua vez, com que eu tremesse conforme nosso ritmo aumentava. Arqueei minha coluna e ele apertou seus lábios nos meus seios. Ele se ergueu com os braços, apoiando-se para que pudesse me olhar por baixo e eu pudesse olhar seu doce rosto por cima, ele estava dominado por emoção quando eu me mexia, igualando cada golpe com uma força que estava me deixando enlouquecida.

Ele tirou quase completamente e depois deslizou para dentro novamente, levantando-me mais para cima na cama. Meus quadris se reposicionaram e ele dirigiu por dentro de mim mais profundamente, saciando-me de um modo novo, criando uma sensação diferente para nós dois. Coloquei minhas pernas ao redor de sua cintura e passei minhas unhas por suas costas, ele suspirava.

– Grace, preciso te ver – gemeu ele, saindo de mim e depois me virando rapidamente para que ele ficasse de costas para a cama. Eu balancei uma perna e depois montei sobre ele. Ele agarrou firmemente minhas mãos enquanto eu mergulhava lentamente, levando-o para dentro o máximo possível.

– Ah, Deus, Grace, isso é brilhante – gemeu ele, quando comecei a bater contra ele. Suas mãos soltaram as minhas e ele acariciou meus seios, rolando meus mamilos entre as pontas de seus dedos, fazendo com que eu me apertasse fortemente a sua volta de novo, obtendo outro gemido dele. Minhas mãos subiram até o meu cabelo, perdendo-as nele ao senti-lo, tão rígido, dentro de mim.

Ele começou a dizer meu nome, lentamente no começo e depois, conforme meus quadris aceleravam, suas mãos me agarraram fortemente e ele se sentou. Envolvi minhas pernas atrás dele, esta nova posição fazia com que ele penetrasse em mim mais profundamente e eu comecei a me arrepiar. Essa sensação era demais, e as lágrimas que estavam nos meus olhos, desde o momento em que ele entrou em mim, agora estavam sendo derramadas.

Suas palavras pertenciam a mim.

Comecei a me apertar ao seu redor e sabia que nós dois estávamos próximos.

Minha boca estava bem ao lado de sua orelha e eu repetia seu nome conforme ele se enfiava em mim. Ele estava maravilhoso. Ele trouxe sua cabeça para perto do meu ombro, me impulsionando a encontrar seu olhar. Estava dominada pela emoção e pela perfeição deste momento.

– Abra seus olhos, Grace. Olhe para mim – controlou ele, conforme eu fincava minhas mãos em seu cabelo. Mas, fiz o que ele pediu, e quando ele viu as lágrimas caindo pelo meu rosto, seu próprio rosto abriu o sorriso mais bonito que já vi.

– Ah, Grace. Gracie...eu amo... – ele começou a dizer, mas nunca terminou. Coloquei minha mão sobre a sua agradável boca e sussurrei, através das minhas lágrimas, "eu sei".

Senti-lo dentro de mim enquanto eu começava a gozar, meu tesão e sua sacudida me deixaram fora do normal e, depois que um gemido ressonante saiu de nós dois, gozamos juntos.

Tive a honra de assistir aquele rosto angelical gozando dentro de mim... com a sobrancelha franzida, o lábio inferior enrugado, a mandíbula apertada, o rosto inteiro com uma expressão de excelente tortura. Parecia o certo. Em nenhum momento desviamos nossos olhares.

Ele ia me dizer que me amava. Na próxima vez, eu o deixaria fazer isso.

Fazendo o gemido mais sensual que eu já tinha ouvido, ele caiu em cima de mim, suspirando suavemente, e colocou seus braços fortemente em volta de mim, tentando ficar o mais próximo possível. Caímos em nossos lençóis frescos, nos desenrolando para depois ficarmos novamente enrolados, quando senti sua falta imediatamente.

– Não vá... não – incitei, querendo mantê-lo dentro de mim por mais tempo. Coloquei sua cabeça no meu seio, passando meus dedos pelo seu cabelo enquanto ele suspirava contente, sua respiração ficando devagar. Suas mãos viajaram pelo meu corpo, visitando novamente seus locais favoritos, por fim relaxando nos meus seios.

Ao escutar o seu Som Feliz, senti um estado de exaustão e paz adorável se acomodar sobre mim. Não importava mais o que aconteceria amanhã ou no próximo dia ou no dia depois.

Com o meu Jack aconchegado em mim do jeito mais delicioso e suas mãos justas ao redor dos meus seios, dei meu próprio suspiro feliz e fechei meus olhos. Agora sabia, com segurança, que eu pertencia a ele.

★ ★ ★ ★

Depois de uns vinte minutos, ainda aninhados juntos, ele tossiu e tirou sua cabeça do meu peito, onde ele esteve contentemente desenhando círculos nos meus seios.

– Bom, agora, não sei o que você acha, mas acho que esta foi uma transa bem boa, não? – perguntou ele, com um brilho no olho.

– Sim, foi *muito* boa... mas tenho um pedido – respondi, esticando meus braços atrás de mim.

Ele olhou para mim, preocupado.

– O quê, querida? – perguntou ele, sentando-se para me olhar completamente.

– Posso comer aquele doce agora? – perguntei.

Escutei-o resmungar as palavras "Doce... humpf" e depois um travesseiro bateu completamente na minha cabeça. Desta vez, minhas lágrimas foram por causa de uma risada completamente louca enquanto eu tentava me defender de um arremessador de travesseiros, castigador e pelado inglesinho.

Não tem como se defender disso.

vinte e dois

2:17 da manhã.

Acordei com um susto e senti Jack me agarrar dormindo. Eu estava tendo pesadelos, não sonhos bons.

Sonhos tristes.

No último, Jack e eu estávamos parados um na frente do outro, em lados opostos de uma rua barulhenta em uma cidade populosa. Estávamos tentando atravessar a rua para nos encontrar, mas sempre éramos jogados de volta à calçada. Toda vez que um de nós tentava atravessar, outra fila de carros nervosos passava correndo por nós, fazendo com que fosse impossível que a gente se alcançasse. Por fim, ele cansou de esperar e virou as costas para mim, indo embora. Foi quando eu acordei. Não precisava ser um gênio para entender isso...

Saí de seu abraço apertado e depois de pegar sua camisa do chão, andei até o *lounge*. O fogo ainda estava queimando, mas agora tinha apenas brasas, cintilando como rubi na escuridão. Abotoei a camisa, passando uma mão pelo meu cabelo, e percebi a lua sobre o oceano.

Estava cheia e redonda e parecia estar bem próxima à terra. Abri a porta para o quintal e, ao sentir a brisa gelada, peguei a coberta que estava no sofá. Coberta por caxemira macia, saí na noite e fiquei parada no silêncio. O único som vinha do oceano. Respirei o ar salgado, deixando a tensão que veio com os sonhos ir embora.

Fiquei quieta, observando a lua e o mar, escutando a maré ir e vir, e pensei sobre o que tinha acontecido antes naquela noite — o sentimento absolutamente indescritível dele dentro de mim. Apenas ao pensar nisso, minha pele ardeu.

Você fez sexo... e foi bom.
"Bom" é pouco.

Escutei alguns passos por trás de mim e sorri ao sentir suas mãos se moverem em volta da minha cintura.

— O que você está fazendo? – perguntou ele, sussurrando em segredo. Me arrepiei quando ele beijou minha orelha.

— Apenas olhando. Eu te acordei?

— Sim. Acordei porque minhas mãos estavam vazias... você tirou meus travesseiros favoritos – resmungou ele, colocando meu cabelo para trás a fim de se aconchegar na minha nunca.

— Fizemos sexo – deixei escapar repentinamente e podia literalmente senti-lo sorrir.

— Sem dúvida– sorriu ele.

Sorri, mas quando ele beijou meu pescoço, eu parei. Minhas mãos subiram atrás de mim e envolveram seu cabelo, guiando seus lábios de volta ao meu pescoço. Empurrei atrás dele levemente e senti-o se apertar em mim, com uma evidente excitação.

Suspirei ao sentir suas mãos passarem por baixo da coberta, por baixo da sua camisa e para cima até os meus seios. Quando ele os encontrou, gemi, meus mamilos imediatamente se endureceram por baixo de suas mãos talentosas.

Ele me virou para vê-lo e vi que ele ainda estava nu.

— Não está com frio, louco? – perguntei, colocando meus braços ao seu redor e dividindo meu cobertor.

— Não, na verdade, você me deixou bem quente aqui – declarou ele, pegando minha mão e me guiando até mais embaixo, me encorajando a pegar um pouco de Hamilton.

Ah, vá, você merece outra...
Eu realmente merecia.

Envolvi minha mão em volta dele, gostando do jeito que ele gemia instantaneamente ao meu toque. Eu o incitei a voltar para dentro, levando-o de volta ao sofá. Ao chegarmos lá, joguei-o e tirei a coberta, levantando uma perna no sofá, ficando na frente dele. Em seguida, desabotoei minha camisa e me inclinei mais perto dele.

— O que acha de um pouco mais de tapinha e cosquinha? – perguntei, com uma voz rouca. Ele apenas deu aquele seu sorriso sensual para mim. Eu fico louca quando ele faz isso.

Ao terminar com aquela camisa, deixei-a cair no chão. Peguei suas mãos e as coloquei nos meus quadris, minha perna ainda estava levantada, e eu me abri para ele. Deixei uma de minhas mãos mergulharem abaixo, arrastando-se pelo meu próprio sexo, gemendo enquanto fazia isso. Seus olhos verdes profundos estavam totalmente cobertos ao me observarem me tocar.

Ele lambeu seus lábios. Ele estava morrendo de vontade de prová-los. Deixei minha mão subir e estendi um dedo para ele, passando-o pelos seus lábios, deixando-o levá-lo a sua boca, chupando com vontade. Ele gemeu e se apertou nos meus quadris. Eu me inclinei para mais perto, colocando minha boca perto de sua orelha.

– Agora que você fez amor comigo, o que foi inacreditável, quero que você me coma – sussurrei, sentindo-o ficar tenso embaixo de mim – Fortemente.

Sua língua apareceu e lambeu meu pescoço... intensamente. Ele pegou meus quadris, deixando marcas de sua mão por toda a minha pele... fortemente. Sua mão direita subiu e puxou meu cabelo, dobrando meu pescoço para que ele pudesse me morder... fortemente. Ele pegou minha mão direita e a colocou no seu pau de novo... fortemente.

– Sente isso? Isso tudo é você, louca – disse ele, ao me olhar com fogo nos olhos.

Ele até me olhou mais fortemente. Isso seria o oposto polar do que aconteceu anteriormente. Seria uma metida real e à moda antiga.

Coloquei um joelho em cada lado e senti seus braços subirem para envolver minha cintura. Ao posicionar minhas mãos em seus ombros, senti-o pressionando em mim. Desta vez, ao invés de pegá-lo mais lentamente, eu o peguei bem forte.

Nós dois gritamos pela rapidez disso tudo, e novamente eu admirei como ficávamos bem juntos. Eu me levantei novamente, deixando-o sair quase inteiro, e depois desci meus quadris.

– Ah, porra, isso é bom – gemi, e ele ficou louco. Ele agarrou meus quadris fortemente, me batendo furiosamente para cima e para baixo nele, rangendo em mim conforme sua boca chupava meus mamilos.

Arqueei minhas costas e empurrei meus seios ainda mais contra ele, dominando-o, do jeito que eu quis durante tanto tempo.

Palavras sem sentido estavam emanando da minha boca. Eu não tinha mais o poder de pensar coerentemente. No entanto, ele conseguia dizer as coisas mais deliciosamente safadas.

– Nossa, Grace, você está maravilhosa... Caralho, Grace, adoro te ver montar em mim... Meu Deus, seus peitos são brilhantes.

Essas coisas eram ditas na minha orelha enquanto ele se metia em mim, gemendo e suspirando e falando com aquele sotaque divino. Quanto mais ele se enfiava em mim, mais aquele sotaque ficava grosso. Quanto mais próximos ficávamos, mais rápido e mais forte ele me comia. Ele estava, finalmente, abençoadamente, me comendo como se fosse pago pra isso.

Eu gozava vigorosamente, e quando eu conseguia, gritava seu nome tão alto que eu achava que ele, com certeza, tentaria cobrir minha boca, mas ele não fazia isso.

Ele amava isso.

Ele gemia para mim enquanto eu gozava, me acabando por cima dele, sentindo seu pau duro dentro de mim, batendo no meu Ponto J diversas vezes.

Ele sentiu meus orgasmos múltiplos tão profundamente quanto eu, gemendo toda vez que eu começava outra onda, pulsando em mim firmemente e se segurando nos meus quadris, me ancorando e me movendo do jeito que ele sabia que eu precisava.

Voltei o bastante para poder dizer, direto na sua orelha, com uma voz cheia de sexo:

– Jack, você me come tão gostoso.

E depois ele gozou. Ele gozou com um gemido tão alto que me estremeceu e me fez gozar de novo.

Estávamos cobertos por um doce suor, quando ele me puxou contra o sofá, suspirando, gemendo, pulsando, tocando, esfregando e acariciando. Nós nos afundamos nos travesseiros, com ele ainda dentro de mim.

– Meu... – comecei.

– ...Deus – ele terminou e nós rimos.

Ficamos quietos por um instante, quando eu disse:

– Bem, eu fiz você me prometer que me levaria ao Paraíso neste final de semana – ri, tirando o cabelo da sua testa e beijando-a levemente.

– E eu consegui? – ele teve a audácia de perguntar.

— Sim, e todos os outros planos também, George. Todos — respondi, sorrindo.

★ ★ ★ ★

Na outra manhã, eu acordei cedo. Fiquei surpresa por Jack já estar acordado. Normalmente, tenho que arrancar sua bunda, usando todos os tipos de tentações possíveis. Coloquei sua camisa novamente e corri para a sala de estar. Quando ele me viu, levantou um dedo. Ele estava no celular.

— Então tá. Dezesseis quilômetros daqui? Excelente. Certo, te vejo depois — terminou ele, desligando o telefone.

— Quem era? — perguntei, andando até ele e me aconchegando nos seus braços para um abraço.

— Apenas fazendo alguns planos para a sessão de hoje. Está com fome? — perguntou ele, me abraçando com força. Ele já tinha tomado banho e cheirava a sabonete de qualidade.

— Estou morta de fome. Alguém me fez exercitar muito ontem à noite — murmurei, me apertando um pouco mais no seu abraço.

— Bom, então, vamos tomar café da manhã — respondeu ele, puxando meus braços da sua cintura e dando um beijo na minha testa.

Ele me empurrou até o banheiro quando eu o interrompi.

— Espera, estava pensando que talvez a gente pudesse pedir no quarto. Sabe, um servicinho de quarto — pisquei para ele e ele sorriu.

— Grace, você não acha que seria melhor sair um pouco para tomar café da manhã? — repreendeu, ainda me empurrando para o banheiro.

— Bom, na verdade, não. Pensei que pudéssemos ter um cafezinho da manhã na cama, se você me entende — provoquei, alcançando-o para puxá-lo para mais perto de mim.

Ele riu, mas continuou me segurando nos braços.

— Eu sempre entendo o que você diz, Grace. Sutileza não é um de seus dons. Mas eu preciso arrumar umas coisas para a sessão de hoje, e assim a gente pelo menos passa metade da manhã juntos.

Ele deu um tapinha na minha cabeça como uma criança.

— Agora, seja uma boa menina e corra. Vá — respondeu ele, finalmente conseguindo me empurrar para o banheiro e fechar a porta.

– Boa menina o caramba. Você quis uma menina má na noite passada – resmunguei, pensando sobre este estranho comportamento matutino. Talvez Jack ficasse estranho depois de uma boa noite de Grace e de sua mágica xoxota.

– O que você disse, Doidinha? – perguntou ele do outro lado da porta.

– Eu disse: *boa menina o caramba! Você quis uma menina má na noite passada* – gritei.

Sua reação foi silêncio... ele realmente estava fora do normal nesta manhã. Liguei o chuveiro, ansiosa em voltar para debaixo daquela ducha de luxo que curti tanto ontem. Percebi que este era a terceira ducha seguida em que estava sem minha escova de cabelo, e eu sentia falta dela. Ah bom, é melhor eu me acostumar com isso.

Enquanto eu me secava, escutei um ruído. O merdinha tinha passado um bilhete por baixo da porta. Temos agora doze anos?

Não, vinte e quatro.

Eu o peguei e li:

"Grace, você é minha menina favorita, boa ou má. Mas tenho que admitir, estou muito mais inclinado a má. Johnny Mordidinha".

Ri, molhei a ponta do meu dedo, depois tracei a forma da minha mão, com meu dedo do meio convenientemente apontado para cima, e passei o bilhete molhado por baixo da porta. Até mesmo embaixo d'água, conseguia escutar sua reação.

Era tão fácil fazê-lo rir.

★ ★ ★ ★

Após cinquenta minutos e duas tentativas impedidas de pegação, Jack me sentou no restaurante e pediu o café da manhã para nós. Ele estava com uma aparência boa, com aquela barba curta de uns dois dias de pegação. Estávamos com uma roupa casual. Ele estava usando jeans e uma camiseta preta, enquanto eu tinha ido com minha calça de ioga padrão e uma bata. Como eu não sabia se iria para a sessão de fotos hoje, eu já tinha um plano reserva de correr na praia.

Conversamos sobre coisas bobas, coisas doidas. Sobre o excelente hotel, se sairíamos ou não para jantar esta noite, se teríamos tempo para fazer um *tour* amanhã antes de voltarmos para Los Angeles.

Meu voo para Nova Iorque era na terça-feira ao meio-dia e, ao mesmo tempo em que eu estava empolgada, eu ainda não conseguia não ficar com um nó na garganta ao pensar nisso. A semana dele estava programada para ser bem ocupada. Ele tinha três entrevistas na segunda-feira e já tinha outra programada para a terça-feira.

Comemos nossas panquecas e bebemos nossos sucos, e ele passou manteiga na minha torrada. Notei que uma mesa tinha descoberto quem era ele, mas ele continuava mostrando afeto por mim do mesmo jeito de quando estávamos sozinhos. Achava isso tanto meigo quanto um pouco enfurecedor. Parecia que ele queria provar para Holly que ela estava errada sobre seus fãs. Já eu, por outro lado, não estava com vontade de ser dano colateral.

Quando terminei, estiquei meus braços até a minha cabeça e percebi que ele também tinha acabado.

– Já está pronto para voltarmos à casa? Temos um pouquinho de tempo antes de você ter que sair... podíamos fazer sexo durante um tempo – provoquei, passando meus dedos em seu braço, de um modo sedutor.

– Ah Gracie, você está me matando – disse ele, me pegando – Sabia que a noite passada foi muito boa? – respondeu ele, trazendo minha mão até a sua boca, beijando as pontas dos meus dedos.

Senti um suspiro vindo atrás de mim, e sabia que as garotas que o haviam reconhecido ou estavam desmaiando ou estavam conspirando minha morte. Eu entendia isso, senti a mesma coisa quando descobri que a Alyssa Milano estava saindo com o Corey Haim.

Eu ainda guardava rancor dela.

Tentei tirar minha mão discretamente, mas ele a manteve fortemente no seu controle.

– Ei, fala sério. Você lembra o que a Holly disse. Não estamos sendo muito espertos – sorri para ele, tentando fazer com que ele entendesse.

– É besteira. Nós fazemos o que quisermos e como quisermos – disse ele firmemente, com a sobrancelha franzida.

– Sim, também acho besteira, só que quando essas fotos forem publicadas, sou eu que vou aguentar as consequências. E eu ainda não sei como me sinto em relação a isso – respondi.

– Grace, como você se sente em relação a mim? – perguntou ele rapidamente, me encarando.

– O quê? Como assim? – respondi nervosamente, virando meus olhos.

– É uma simples pergunta. Como você se sente em relação a mim? – perguntou ele novamente, chegando mais perto e puxando minha cadeira para mais perto dele. Arrastar a cadeira pelos pisos fez com que outra mesa olhasse, instigando outra onda de suspiros.

Céus, será que neste restaurante só comem mulheres que perseguem estrelas de filmes?

– Jack, eu...

– Com licença, mas você é o Jack Hamilton? – escutei uma voz tímida perguntar. Girei minha cabeça, grata pela interrupção, e vi uma mulher, que devia ter uns vinte e poucos anos. Eu sorri para ela, mas ela só tinha olhos para Joshua. Eu compreendia.

Quando Jack começou a conversar com ela, uma fila começou a se formar e, ao me encostar e observar Jack falar com suas fãs, pude ver seu nervosismo crescer cada vez mais. Ele era gentil e doce e, para quem não o conhecia, ele parecia totalmente confortável. Mas eu via coisas, pequenas coisas. Ele dobrava suas pernas para mais perto dele, passava suas mãos em seu cabelo. Ele fazia expressões super engraçadas com seu rosto. Parecia que ele era uma grande sobrancelha. Ele sorria para mim ocasionalmente e, enquanto todas as meninas mantinham seus olhos nele o tempo todo (e, fala sério, por que elas não iriam?), podia sentir seus olhos em mim, me medindo, tentando nos entender.

Ah bom, eu estive tentando fazer isso também desde que ele começou a me enviar mensagens durante aquelas semanas atrás.

No fim, restamos apenas nós dois novamente, e começamos a voltar para a casa. Estávamos de mãos dadas quando percebemos algumas daquelas mesmas garotas pairando uns 50 passos atrás de nós, e foi quando eu vi as câmeras dos celulares aparecerem novamente. Elas tinham tirado bastante foto dele lá no restaurante, mas agora estavam fotografando ele comigo, segurando a minha mão, e eu sabia que isso seria notícia ruim.

Soltei sua mão como uma batata quente e ele fez uma careta, mas não tentou pegá-la novamente. Sorri para ele compreensivamente e ele disse:

– Por você, Grace, porque sei que você ficará com a parte mais difícil disso. Se fosse por mim, eu te colocaria contra árvore ali – disse ele sério, apontando para um carvalho espanhol grande.

– Eu sei que sim, George, eu sei – ri, piscando para ele.

★ ★ ★ ★

Nós nos arrumamos rapidamente, infelizmente não tivemos tempo de fazer uma safadeza, e fomos para a sessão de fotos. Ele me prometeu que teríamos tempo para uma safadeza mais tarde.

Fomos de mãos dadas na ida até lá, e conversamos sobre o jantar daquela noite. Devido à palhaçada da manhã, eu firmemente bati meus pés quando ele me perguntou se gostaria de sair para jantar.

— Claro que não. Vamos jantar na cama, pelados, parando apenas para transar — respondi, pulando no banco prevendo aquela noite. Ele riu ao estacionar no local aonde a sessão de fotos ocorreria.

— Bem, após a sessão, tenho certeza que o elenco sairá para tomar umas bebidas. Posso pelo menos te deixar bêbada antes? — perguntou ele. Decidimos que eu pularia a sessão de fotos hoje e daria uns amassos nele mais tarde à noite.

— Hmm, acho que você pode fazer isso. Não que isso facilitará que você aproveite de mim. Como você disse... a tarada se torna eu — brinquei, me curvando para beijar seu pescoço — E agora que experimentei um toquinho da máquina de sexo hamiltoniana, acho que não consigo viver sem — sussurrei na sua orelha enquanto estacionávamos na garagem.

Ele parou o carro onde todo mundo tinha estacionado e me beijou apaixonadamente, segurando meu rosto em suas mãos. Ele se afastou e disse:

— Gracie, sério, meu ego não aguenta pensar em você dizendo "toquinho" e "máquina de sexo" na mesma frase em que meu nome aparece — disse ele, sério. Eu ri e saí do carro quando ele me bateu na bunda.

— Droga, George, você precisa parar com isso. Já estou toda machucada da perfuração que você me deu ontem à noite! — provoquei, indo para longe do carro, observando-o rir. Bati direto numa parede.

Uma que estava um pouco quente e rindo.

Eu me virei e vi Lane, sorrindo para mim, piscando para Jack, que ainda estava no carro. *Boa, Grace, ótimo jeito de ser discreta.* Fiquei muito vermelha e baixei a minha cabeça quando ele rugiu.

— Perfuração? Você foi perfurada na noite passada? — riu ele — Hamilton, você tem uma garota bem safada aqui.

— Ah, cara — resmunguei ao sentir Jack chegar do meu lado.

— Ela é safada, mas do melhor jeito. Agora não enche, idiota — riu ele.

— É isso mesmo. Não enche, idiota! — exclamei, empurrando o peito musculoso de Lane. Ele sorriu para mim e fingiu ter levado um soco.

Ele era legal. Acho que ele tem uma reunião com a Holly na semana que vem... interessante.

– Te vejo hoje à noite? – perguntei, encostando-me no Jack enquanto ele mandava Lane embora.

– Claro. Vou dar uma volta com a galera quando terminarmos. Te ligo mais tarde? – perguntou ele, beijando minha testa.

– Me liga depois, claro – sorri, puxando seu rosto para mais baixo para que eu pudesse beijá-lo um pouco mais naturalmente. Conseguia escutar Lane assobiando atrás de nós, e nós dois viramos nossos olhos.

– Quebra a cara dele por mim, ok? – ri.

– Grace, você já viu o tamanho daquele cara? – disparou ele, dando um tapinha na minha bunda quando me virei para voltar ao carro. Ele me observou sair e depois foi para os trailers com Lane, rindo como uma criancinha.

Quando voltei para o hotel, me organizei com meu notebook. Tinha um e-mail de um amigo da Holly de Nova Iorque, aquele que estava arrumando onde eu moraria nas próximas semanas ou meses. Ao final das contas, eu iria ficar no W na Times Square, enquanto eles davam um jeito em um apartamento para alugar. Times Square... um pouco turístico, mas eu adorava as propriedades W e ficaria próxima ao teatro.

Também tinha um e-mail de Michael, dando-me alguns detalhes sobre os horários dos ensaios, que começariam até sexta-feira. Eu teria alguns dias para decorar minhas falas antes de começarmos a primeira leitura na sexta-feira de manhã. Ele tinha enviado também algumas anotações sobre os personagens, além de um monte de coisas reescritas. Ele queria se encontrar na quarta-feira à noite para repassar algumas das marcações do personagem para que eu me sentisse segura para a primeira leitura.

Eu fui de oito a oitenta com o Michael. Ele mudou de alguém que eu nunca pensei sobre para alguém que queria estrangular para alguém que estava feliz em conhecer novamente. Seria legal ter um amigo em Nova Iorque e, apesar de não termos passado um tempo juntos desde a faculdade, eu sabia que ele se tornaria um grande amigo novamente.

Ocupei minha manhã agradavelmente com outra massagem e com um tratamento facial no spa do hotel. Tive um ótimo almoço no bar ao lado da piscina e passei quase uma hora envolvida em uma suave maratona de mensagens pornográficas com a Holly, que ainda estava lá em Los Angeles, mas quem eu estava enganando? Estava esperando Jack me ligar.

Ao ver seu nome na tela do telefone, imediatamente me lembrei de como foi senti-lo dentro de mim na noite anterior e respondi o telefone com um rugido suave, que pode ter saído como uma tosse.

— Você está sufocando? – perguntou ele.

— Não, foi minha tentativa de ser sexy para você – desviei, meu rosto ficando vermelho enquanto eu ofegava. Ele esperou e riu conforme eu voltava ao controle.

— Como está indo a sessão?

— Está boa — vai demorar provavelmente quase o dia inteiro, mas devo voltar ao hotel no horário da janta. O que esteve aprontando?

— Ah, um pouco disso, um pouco daquilo. Estou com saudades.

— Também estou, Doidinha. Espera um minuto, calma... estou numa ligação! Já vou aí... com minha namorada, se te interessa – escutei-o conversando com alguém cuja voz eu podia entender... uma que eu não reconhecia. Meu coração pulou quando ele usou o termo *namorada*. Uau, eu era a namorada de alguém?

— Ah, fala para a Marcia que eu disse oi! – escutei a voz de uma mulher dizer, e depois um sussurro enquanto, claramente, Jack cobria o telefone. Meu coração, que estava batendo por alegria, agora havia parado no meu peito. Fiquei quieta, esperando Jack voltar.

— Grace?

— Estou aqui – disse tranquilamente.

— Perdão sobre isso. Tem alguns membros do elenco aqui que eu não via há um tempo – replicou ele, se matando para manter sua voz equilibrada.

— Bem, vou te deixar voltar para sua sessão. Te vejo à noite?

— Claro, te vejo em breve – respondeu ele.

Desliguei o telefone e me sentei por um momento, sem me mexer.

O que você realmente escutou, hã?

Alguém que ainda acha que a Marcia é a namorada dele, foi isso o que escutei.

Mais uma vez, deixei isso de lado e saí para correr. Em algum momento, eu realmente teria que lidar com todas as coisas que estive reprimindo ultimamente. Mas ao começar a correr, tudo ficou em silêncio e eu me concentrei na vista do oceano e no cheiro de ar salgado. Aqui era realmente muito bonito.

Passei a tarde um pouco — ah, quem estou enganando —, muito obcecada pela tal da Marcia e em como trazer à tona esse assunto com o inglesinho. Tenho que assumir, eu estava errada em ter aberto aquela mensagem dele e além das fotos que tinha visto na internet, eu não tinha informações suficientes para saber algo além do que ouvi alguma mulher dizer hoje. E o fato dela ter dito isso provava que eles eram um casal Mas a questão era, desde quando eles *pararam* de ser um casal?

O quê, você acha que ele não teve nenhum relacionamento antes de você?
Não.
Você acha que ele saiu de alguma caixa do nada, somente para você?
Não.
Você tem um grande passado. Você quer ser julgada por isso?
NÃO.
Então, tome coragem e pergunte para ele! Ou então não fale mais nisso. Você está indo embora daqui três dias. Você quer passá-los falando sobre alguma ex-ficante dele?

Uau, meus monólogos internos estavam começando a ficar decididamente mais maldosos.

Depois da minha corrida, fui nadar, trabalhei em um projeto que estava quase terminando para um cliente e assisti um pouco de TV. Eu me mantive ocupada.

Por volta das cinco e meia, recebi uma mensagem de Jack.

"Ei, topa um drinque? Algumas pessoas do elenco e da equipe da sessão vão se encontrar para um drinque no bar do hotel. Sim? Diga sim, Grace".

Eu respondi para ele.

"Sim, Grace".

Ele respondeu rapidamente.

"Te vejo daqui uma hora. Em seguida, serviço de quarto… eu… e todas as metidas que você aguentar. Diga sim, Grace".

Eu respondi.

"Sim, sim, sim, por favor".

Eu não tinha muito orgulho.

★ ★ ★ ★

Quando ele voltou, me enviou uma mensagem, e eu o encontrei lá embaixo. Vi Lane e Rebecca e algumas outras pessoas da sessão, inclusive o fotógrafo.

Fui até Jack, que estava no bar, virado de costas para mim:

— Você é o Joshua? — perguntei, com uma voz tímida. Ele se virou com um olhar conformado, até que me viu.

— Não foi engraçado, amor — olhou feio, mas depois me puxou para dar um beijo tão apaixonado que me deixou literalmente com os pés fora do chão. Ele me pegou de verdade. Legal. Escutei Lane zoar atrás de mim.

Beijei-o agitadamente, me apertando contra ele, deixando-o sentir meus seios sob a minha fina camisa de algodão. Tive uma reação instantânea. Adorava sentir o gosto de cerveja e uísque em sua boca quente.

— Você pode conseguir uma dose para mim? — perguntei, me afastando e acenando para o bar.

— Você quer uma dose? — perguntou ele. Ele sabia que eu raramente pedia doses.

— Claro — respondi, limpando meu gloss de seus lábios.

Lane falou a palavra "perfuração" em silêncio para mim por trás de Jack. Virei meus olhos para ele e lhe fiz um gesto obsceno que envolvia minha língua e bochecha. Ele riu bem alto.

— Tudo bem, lá vou eu — consentiu ele, dando-me uma dose e pegando a sua própria. Pisquei para ele e a tomei. Ela queimou e eu fiz a expressão mais horrível possível, o que quase o fez cuspir.

Encontramos lugares com o restante do grupo e ele me apresentou para alguns dos outros membros do elenco, inclusive para a mulher que eu escutei no telefone antes.

— Mil desculpas por aquela hora. Jack, com certeza, ficou irritado comigo por causa daquele deslize — disse ela, me cumprimentando e se apresentando como Bailey. Ela interpretava a irmã de Joshua no filme.

— Sem problemas — sorri igualmente.

— Não, sério, eu me senti como uma idiota. Apesar de que posso te dizer algo, nunca vi Jack tão empolgado com uma garota do jeito que ele está com você — ela deu um sorriso sincero, e senti meu estômago se embrulhar um pouco. Jack piscou para mim do outro lado da cabine e eu, sem vergonha alguma, lhe mandei um beijo.

Ficamos no bar por quase duas horas, rindo e conversando. Eu gostei muito de passar um tempo com pessoas da outra parte da vida do Jack.

Eu realmente gostava da Rebecca. Ela me parabenizou pelo espetáculo em Nova Iorque e me prometeu que daria o seu melhor para manter as garotas longe dele o máximo possível. Aquela garota era muito engraçada e ela não deixava Jack lhe enrolar, o que eu amava. Ele estava à vontade com seu grupo, contando histórias e entretendo todos com sua perspicácia inglesa.

E Lane? Bem, Lane era um querido. Ele era engraçado e gentil e tão bonito. Ele era ótimo — um ótimo rapaz.

Uma dose se tornou duas, e depois duas virou três, e depois que você acrescenta o Martini forte que eu havia tomado, não sentia mais dor. O fotógrafo ainda estava lá e, enquanto eu ficava cada vez mais embriagada, também ficava mais amigável. Comecei a noite sentada ao lado de Jack, e quando percebei que já tinha passado das oito horas, eu estava toda sentada em seu colo, seus braços estavam me abraçando fortemente e eu estava tentando fazer com que ele chupasse a pimenta na azeitona do meu drinque. Eu, na verdade, estava segurando a azeitona entre os meus dentes. O fotógrafo viu isso como uma oportunidade perfeita para pegar uns cliques e foi tirando fotos.

Jack viu que eu já tinha bebido o bastante, então obedeceu meu pedido da pimenta-doce porque sabia que eu não desistiria fácil. Depois que completou esta tarefa e eu e Rebecca tínhamos parado de rir, o fotógrafo insistiu em tirar uma foto de nós dois apenas sorrindo um para o outro. Percebi que não tinha fotos nossas que não estivessem no TMZ, e de repente tudo o que queria era aquela foto, uma ótima foto para levar comigo para Nova Iorque.

Posamos um pouco, deixando a foto um pouco mais divertida, e o último clique de sua câmera nos pegou olhando diretamente nas lentes, espremidos, e eu ainda estava sentada no seu colo.

Depois de tirada, eu, de repente, bocejei e Jack notou. Ele se inclinou e sussurrou para mim:

— Ei, Doidinha, vamos embora daqui. Preciso de um tempo silencioso contigo. Senti falta da minha garota hoje.

Ele beijou meu pescoço e eu me arrepiei.

Coloquei minha boca perto da sua orelha e sussurrei:

— Eu tomei um drinque. Na verdade, foram vários. Agora vamos voltar ao quarto para que você possa me comer de diversas maneiras.

É claro que eu não tinha sussurrado tão silenciosamente quanto pensei, e todos na mesa acabaram escutando. Risadas altas se espalharam ao redor.

Ele me encarou com uma escuridão verde mais maliciosa possível, e depois rapidamente jogou um pouco de dinheiro na mesa.

– Boa noite para todos.

Ele sorriu e agilmente me ajudou a levantar.

– Até mais! – disse, dando um toque de mão desajeitado na Rebecca, conforme Jack me tirava rapidamente do bar, deixando todos nos encarando com olhares divertidos em seus rostos.

– Adorei ela – escutei Rebecca dizer enquanto saíamos.

★ ★ ★ ★

Passamos pelos jardins em direção à nossa casa, tochas de bambu iluminavam nosso caminho e, em algum momento, decidi que seria uma boa ideia pular nas suas costas e fazer ele me carregar, de cavalinho. Beijei seu pescoço enquanto andávamos e o apertei nas minhas pernas — o que não foi uma boa ideia, pois ele tinha acabado de passar suas mãos nas minhas pernas e quase sob o meu shorts quando um grupo de mulheres, com mais ou menos a minha idade ou um pouco mais velhas, passou por nós em direção ao restaurante. Elas me encararam, nas costas desse rapaz jovem e muito gostoso me envolvendo com suas mãos, e pareciam impressionadas.

Elas sorriram para mim e uma delas até mesmo me deu um "Parabéns!" e um toque ao passarem por mim e eu ri bem alto.

– Doidinha, hoje você está recebendo muitos parabéns – provocou sob seus ombros, enquanto eu mexia no seu cabelo.

Suspirei e acomodei meu queixo no seu ombro conforme ele tirava a chave para entrarmos.

– Bom, o que posso dizer? Elas me adoram aqui em Santa Barbara! – cantei, no estilo de Ethel Merman.

– Uau. Isso foi muito alto e bem na minha orelha.

– Cala a boca, Hamilton, ou você conseguirá ouvir a trilha completa de *Oklahoma* esta noite, e não pense que eu não sei todas as palavras de todas as canções – ri, me abaixando ao entrarmos.

Ele me manteve nas suas costas enquanto colocava sua mochila no chão e conectava seu celular.

– Você vai descer daí em algum momento? – perguntou ele, andando até as portas do quintal e as abrindo.

– Não, gosto de ficar aqui em cima – respondi prontamente e comecei uma música de *Oklahoma* – "Don't throw bouquets at me..."

– Grace...

Continuei mais alto, e acrescentei uma língua em sua orelha.

– Gracie...

A música continuou, agora até meso com um sotaque de Oklahoma.

– Algumas doses e eu ganho um musical?

– "People will say we're in love... – continuei cantando, ainda de brincadeira.

– Ah cara, você realmente sabe a letra toda... – riu ele, me virando para sua frente e me colocando na grade do quintal.

Continuei cantando, pensando na letra da música, perdendo o sotaque e acrescentando o meu coração.

Ele estava quieto agora, se movimentando para ficar entre as minhas pernas, com sua cabeça erguida para um lado como o cachorro daquela propaganda de rádio, sorrindo para mim.

Terminei a música, coloquei minhas pernas ao redor dele e puxei-o para mais perto de mim. Ele inclinou sua testa na minha direção, relaxando-se em mim. Ficamos quietos por um minuto e eu ri:

– É por isso que não tomo doses. Elas me fazem entrar em modo Broadway.

– Gosto de você no seu modo Broadway, docinho.

Ficamos quietos por outro minuto, e depois eu me afastei.

– Vamos pedir um pouco de comida para que possamos ter nossos momentos sensuais um pouco antes – disse, batendo palmas e quebrando o feitiço que Rodgers e Hammerstein sempre jogam.

Passei por ele para pegar o cardápio do serviço de quarto e ele pegou na minha mão. Fiquei parada, metade dentro e metade fora da porta, com ele apertando minha mão.

– Ei, Gracie. Para onde você está fugindo? – perguntou ele, puxando-me para mais perto dele.

— Não estou fugindo para lugar algum — respondi enquanto ele envolvia seus braços ao redor da minha cintura. Sentindo-me encorajada, eu continuei:

— Quer saber um segredo?

— Qual, querida? — perguntou ele, tascando uma série de beijos gentis pela minha mandíbula.

— Não é muito segredo, mas quero que você saiba... — comecei, mas ele me interrompeu.

— Ei, se você for dizer o que acho que você vai dizer... espera, você vai falar aquilo? — perguntou ele, sorrindo para mim.

— Sim, sim, acho que sim — sorri timidamente para ele.

— Bem, então acho que devíamos dizer ao mesmo tempo, certo? — sugeriu.

— Vamos contar até três? — perguntou ele. Ele acenou.

— Um... — comecei.

— Dois... — disse ele, seus olhos brilhavam.

— Três — dissemos juntos.

Ambos pausamos, com enormes sorrisos, e depois dei um suspiro forte.

— Jack, eu te amo.

— Eu sei — disse ele ao mesmo tempo.

Besta...

— Besta! — disse, dando-lhe uma palmada no braço.

— Isso foi ótimo! — riu.

Eu virei e comecei a sair pelo quintal com um suspiro falso, sentindo seus braços me agarrarem e não me soltarem. Eu sorri, já que estava de costas para ele e ele não podia me ver.

— Gracie, Gracie, Gracie. Você sabe como eu me sinto — sorriu, virando-me para vê-lo.

— Diga, George. Quero ouvir você dizer — provoquei, arranhando seu couro cabeludo do jeito que eu sei que ele gosta.

— Bem, ultimamente tenho estado um pouco apaixonado por você, Sheridan — disse ele, traçando minha boca com as pontas de seus dedos.

Eu os beijei e depois disse:

— Mmm, eu te amo também, Hamilton. Eu te amo muito, muito.

Então, ele me beijou lentamente e docemente, e depois se afastou um pouco para me olhar.

– Você não disse isso apenas porque eu te deixei bêbada, né? – perguntou ele, sorrindo sensualmente.

– Não querido, eu fiquei bêbada por minha conta. Agora podemos pedir a janta?

– Vamos lá pegar o cardápio, Doidinha – riu ele, pegando na minha mão e me levando até a casa.

– Não preciso olhar no cardápio, apenas peça para mim um queijo quente e um *milk-shake* de chocolate. E peça para eles trazerem mais doce, por favor – instruí, indo para a cama para colocar algo mais confortável.

– Queijo quente, *milk-shake*, beleza – respondeu ele, pegando o telefone.

– E veja se eles têm energéticos, algo com ginseng – gritei para ele do outro ambiente.

– Você quer um energético *e* um *milk-shake*? – perguntou ele.

– Não, bobinho. O ginseng é para você continuar forte – ri, colocando um dos roupões do hotel. Escutei-o resmungar sobre não precisar de ajuda com sua força. Ele estava certo sobre isso.

– Ah, e George? – perguntei, vasculhando logo na hora em que ele estava desligando o telefone novamente, virando seus olhos levemente para mim ao me ver.

– Sim, mandona? – perguntou ele, sorrindo através de seus dentes cerrados.

– Eu te amo – disse, atirando-lhe um beijo.

– Eu também te amo – respondeu ele, pegando meu beijo e colocando-o em sua bochecha.

Sim, nós realmente éramos ótimos.

vinte e três

Conforme prometido, comemos o que pedimos na cama, vestidos apenas com nossos roupões do hotel. Insisti para que ele ficasse sem nada por baixo, deixando mais fácil para mim e para a minha leal xoxota o agarrarem depois da janta. Rimos e conversamos, e eu ainda o deixei pegar um pouco do meu queijo quente. O *milk-shake* não dividi com ninguém. Grace não compartilha sorvete. No entanto, ela fala sobre si mesma na terceira pessoa.

No momento em que terminamos de comer e ele havia colocado o carrinho longe, eu estava completamente farta e feliz. Eu ri e aplaudi quando ele começou a fazer um striptease improvisado no seu caminho de volta ao quarto, e eu até mesmo cantarolei um som burlesco enquanto ele dançava. Eu gritava e chamava, joguei até uma flor, que tinha sido deixada pelo serviço de quarto, como forma de apreciação pelo show.

Ele realmente era um dos caras mais engraçados que já tinha conhecido. Eu esperava que, conforme sua fama aumentasse, suas fãs pudessem ver este lado dele. Ele não era apenas um rosto bonito. Ele era muito esperto e pegava as coisas rapidamente, como nunca tinha visto. Eu amava o fato dele nunca ficar envergonhado. Ele apenas se esquecia do quão bobo ele às vezes parecia. Isso era absolutamente adorável. Quem acharia que o cara que está fazendo mulheres desmaiarem por todo o país poderia se envolver na remoção de roupão mais boba que eu já vi? Com certeza eu não.

Ele finalmente jogou o roupão enquanto eu gritava de rir, rastejando sob as cobertas no pé da cama, agora cantarolando sua própria melodia. Eu observava suas nádegas verdadeiramente mordíveis desaparecerem sob o edredom, e eu clamei quando senti seus dentes beliscarem meus tornozelos. Seu corpo inteiro rastejou por baixo das cobertas e eu rastreei seu progresso me baseando nas mordidas que estava recebendo na minha panturrilha, no lado do meu joelho, na parte de cima da minha coxa, dentro da minha coxa e, por fim, na minha Marca Hamilton. Isso foi possível apenas depois que ele abriu minhas pernas, cutucando-as com seu nariz, suas mãos estavam em volta dos meus quadris e empurravam-me fortemente para baixo na cama. Ele continuou zumbindo sua pequena melodia feliz e, em algum momento, escutei-a mudar para algo que soava como "God Save the Queen". Comecei a cantarolar junto com ele, e senti que ele sorriu na minha pele.

Quando ele bateu na Terra Prometida, no entanto, parou de cantarolar e eu comecei a gemer conforme ele me beijava, traçando meu sexo inteiro com sua língua e lábios, sendo agonizantemente gentil. Eu suspirei, arqueei minhas costas como um gato e estiquei meus braços sobre a minha cabeça. Às vezes, ele trabalhava em mim devagar e por um longo tempo, e eu podia ver que esta seria uma daquelas vezes.

Aquelas noites eram completamente inacreditáveis.

Ele escancarou minhas pernas, prendendo-as sobre os seus ombros e continuou com suas carícias gentis. Sua língua fez círculos delicados em volta de mim, movendo-se para cima e para baixo e me fazendo gemer profundamente. Seus dedos me abriram ainda mais, deixando-me completamente vulnerável para qualquer coisa que ele quisesse fazer.

Ele era tão bom nisso, mas ao invés de me deixar ter uma libertação rápida, ele me levava bem aonde minhas pernas começavam a tremer e depois se afastava, soprando uma respiração fresca em mim, fazendo com que eu ficasse arrepiada e exclamasse.

No momento em que ele quase me fez gozar pela quarta vez, eu estava implorando. Logo antes dele me trazer ao local aonde eu finalmente veria estrelas, ele se moveu rapidamente para cima pelo meu corpo, tirando sua cabeça de debaixo das cobertas e deslizando fantasticamente dentro de mim.

Ele entrou em mim lentamente, profundamente, e eu podia ver seu rosto enquanto ele se empurrava por dentro. Ambos gritamos quando ele mergulhou, centímetro por centímetro, demorando o que parecia uma hora, até que finalmente estava em mim. Suspiramos juntos e eu envolvi minhas pernas ao redor da sua cintura mais justamente, desesperada para que ele ficasse o mais dentro de mim possível. Olhei para ele, seu rosto parecia sério, enquanto ele deslizava para dentro e para fora, seus cachos loiros estavam baixos todos loucos e sensuais e seus braços estavam fortes, enquanto ele se segurava sobre mim. Ele chupou seu lábio inferior e o mordeu com seus dentes enquanto eu me preparava para encontrá-lo.

Lindo.

– Ah, Deus, Jack, isso é... ah, Deus – lutei para encontrar as palavras para explicar adequadamente como era bom tê-lo dentro de mim, e eu não consegui. Ele continuou seus movimentos lentos e metódicos, feitos para me arrepiar e tremer por baixo dele ao escutá-lo com seus gemidos ressonantes. Ele prendeu minha perna direita por cima do seu ombro, e com este novo ângulo, eu o senti ir ainda mais profundamente, tocando no meu Ponto J, o que me fez gritar instantaneamente.

– Goza para mim, Gracie, por favor... preciso sentir você gozando – implorou ele, seus quadris avançavam conforme ele sentia minhas paredes começarem a apertá-lo mais justamente. Suas sobrancelhas se juntaram quando ele continuou a se enfiar dentro de mim firmemente, constantemente e sem parar enquanto eu corria em direção ao meu orgasmo.

Desta vez, eu enlouqueci silenciosamente. Tendo sido levada à beira de uma insanidade prazerosa, eu estava bem quieta. Eu me mexia sem palavras, totalmente concentrada no meu corpo e no seu corpo e no efeito que ele tinha em mim. Só gozei uma vez, e foi como uma explosão de estrelas. Escutei-o berrar meu nome ao se esvaziar dentro de mim, soltando um grande gemido ao se segurar sobre mim.

Ele se dobrou, abaixando-se para enterrar sua cabeça no meu pescoço, e eu o segurei já que era sua vez de estremecer. Eu o segurei fortemente em mim, com minhas pernas e meus braços se recusando a deixá-lo sair do meu corpo. Eu o segurei o mais justamente possível, tirando todo seu peso e seus suspiros e suas sacudidas enquanto ele relaxava completamente dentro de mim.

Passei minhas unhas por cima e por baixo de suas costas e, por fim, no seu cabelo, enquanto ele suspirava o Som Feliz do Jack na minha pele, aquecendo-a como fazia com sua suave respiração.

Ficamos daquele jeito por diversos minutos até que ele finalmente levantou sua cabeça do meu seio. Eu tirei seu cabelo de sua testa e o beijei suavemente.

– Posso te dizer algo? – perguntei.

– Claro – sorriu ele.

– Eu te amo – respondi, beijando-o novamente.

– Eu também te amo, Gracie – suspirou ele nos meus beijos.

Ficamos nos acariciando durante uma hora, aconchegados juntinhos e comendo chocolate de hotel.

Deus salve o Hamilton.

★ ★ ★ ★

Mais tarde naquela noite, devíamos ter um pouco de chocolate em lugares onde não deveriam estar, então decidimos que um bom banho era necessário. Ainda tínhamos que usar o grande chuveiro juntos, e essa parecia ser uma boa hora.

Ao abrirmos a torneira da ducha de luxo suspensa, ligamos todos os sprays laterais e até mesmo o vapor para que pudéssemos ter um efeito de sauna. Fui até o quarto para pegar mais um pedaço de chocolate e, quando voltei ao banheiro, o chuveiro inteiro estava cheio de vapor. Não conseguia ver Jack, mas sabia que ele já estava lá porque ele tinha escrito, atenciosamente, a palavra COCÔ no box ao vapor. Conseguia escutá-lo rindo.

– Hamilton, você é muito criança – gritei em direção à porta.

– Sheridan, vem aqui – provocou ele, colocando sua cabeça para fora e liberando uma nuvem de vapor para o quarto – As palavras ficarão progressivamente piores se você não vier até aqui.

Mmm, sentia saudade de ver meu inglesinho todo pelado e molhado. Isso era... bem... quente.

Saí do meu roupão enquanto ele me observava e me aproximei dele. Ao ficar por baixo da ducha principal, senti a água correr sobre mim. Também podia sentir os outros seis jatos molhando partes diferentes do meu corpo, e isso era muito bom.

Quase safado.

Ele pegou meu xampu e, ao me ensaboar, deixei meus braços serpentearem em volta da sua cintura, segurando seu corpo molhado próximo ao meu. Ele tomava cuidado, como sempre, para não deixar sabão cair nos meus olhos, e depois enquanto inclinava minha cabeça de volta para baixo do jato para enxaguar, ele se inclinou e beijou minha nuca.

– Mmm... – sussurrei, sem conseguir me controlar.

Ele riu maliciosamente enquanto passava o condicionador, dando mais atenção às pontas, como eu o havia ensinado.

Agora era minha vez. Enquanto fiquei nas pontas dos pés para alcançar sua cabeça, ele me estabilizou agarrando meus seios fortemente.

– Grace, podia ficar olhando pros seus peitos por horas, sério. Deus, eles são fantásticos… – diminuiu a voz, estreitando seus olhos enquanto eu esfregava o xampu, fazendo com que ele subisse de modo selvagem. Novamente, eu gemi suavemente quando seus dedos deslizaram pelos meus mamilos.

Por que será que ficar molhada deixa tudo tão maravilhoso? É como se todo sentido fosse aguçado, todo toque, toda carícia fosse mais intensa.

Logo que eu enxaguei seu cabelo, ele pegou meu gel de banho, ensaboou uma esponja e começou a passá-la pelo meu corpo, deixando um rastro de bolhas perfumadas por onde passava. Peguei uma esponja semelhante e continuei lavando-o também, trabalhando desde o seu peito e seus braços até seu estômago, pulando para suas pernas e só então ao Sr. Hamilton.

Ele estava todo duro. Ao escorregar a esponja por ele, contraiu-se e, quando eu olhei por cima, vi verde-escuro queimando para mim. Ele abaixou sua esponja até entre as minhas pernas e eu levantei mais meus pés, dando-lhe um maior acesso.

Joguei a esponja, usando minhas mãos e as bolhas para acariciá-lo firmemente para cima e para baixo, sentindo-o ficar cada vez mais duro. Ele se espelhou nas minhas ações, rodando seus dedos na minha lisa, molhada…

– Grace – murmurou ele ao me acariciar.

Eu gemi, sentindo-o se contrair novamente ao me ouvir.

Sentia os jatos de água batendo no meu corpo por toda parte e o vapor estava denso e quente, fazendo com que a minha cabeça nadasse.

Precisava sentir sua pele e eu me pressionei para cima dele, nossos corpos molhados deslizavam um pelo outro conforme ele me empurrava contra a parede. A frieza do azulejo, os bocais borrifando em tantas direções diferentes e a vista do Jack, parado nu por baixo do chuveiro, com a água correndo pelo seu rosto e corpo, fizeram com que meus joelhos ficassem fracos.

– Me come, por favor. Me come – implorei, puxando-o ainda para mais perto. Ele rapidamente me levantou, envolveu minhas pernas ao seu redor e ficou instantaneamente dentro do meu calor. Seu corpo segurou o meu adequadamente, e ele socou dentro de mim, tudo estava escorregadio, quente e molhado.

Seu rosto estava a centímetros do meu enquanto eu o arranhava nas costas, ficando cada vez mais agressiva com ele. A velocidade com que ele metia em mim e os grunhidos que ele fazia a cada momento me deixavam louca. Meu corpo se despedaçou contra o dele quando ele entrou em mim.

Conseguia sentir cada centímetro, cada empurrão, e isso tudo me deixava com um desejo fora do normal. Estava queimando por dentro, amando como ele estava enfiando em mim com força, usando sua força para devastar meu corpo.

– Grace... Porra, Grace! – gemeu ele.

– Sim, sim, porra, Grace! – gritei, sentindo seu corpo deslizar contra o meu.

Podia sentir a tensão do meu corpo se formar, crescer, ameaçar me dividir em duas com sua ferocidade. Puxei seu cabelo, fazendo com que ele batesse nos azulejos atrás de mim.

Gozamos juntos, fiquei gritando seu nome e ele me mordendo no pescoço, enquanto explodia em mim. Ficamos desse modo por um momento, ofegando fortemente, com a água ainda batendo em nós. Ele, por fim, me soltou, segurando-me e beijando-me na bochecha. O jeito como ele conseguia estar sujo e me mordendo em um minuto e no próximo, doce e amável era a razão dele ser tão incrível.

Em seguida, ele sussurrou:

– Enquanto você estiver em Nova Iorque, vou pedir para instalar um chuveiro igual a esse na sua casa nova. Nem tente discordar – advertiu ele, batendo na minha bunda ao se virar para se enxaguar pela última vez.

Ele não teria nenhuma discordância da minha parte.

★ ★ ★ ★

Naquela noite nós ficamos exaustos, deixando nossos rastros por toda a casa e, por fim, terminando naquele único ambiente que estranhamente tinha se tornado uma tradição.

— Por que sempre terminamos nus aqui neste closet? — perguntou ele dormente, suas mãos possessivamente rodeavam meus seios ao nos abaixarmos depois de outra série de sexo enlouquecedor.

— Não sei. Acho que somos estranhos — disse rouca, minha garganta estava inflamada por causa de uma noite de gritos de felicidade.

Ele realmente tinha acertado na escolha das acomodações, num local em que estávamos separados dos outros convidados. Eu, com certeza, não gostaria de estar em um quarto próximo à minha voz alta. Jack também não ficava para trás. Ele era bem língua-solta... de diversos jeitos.

Fiquei em pé tremendo, tentando alcançá-lo e puxando-o para cima. Nós nos esquivamos dos cabides e da tábua de passar roupa e voltamos para a cama. Eu vesti a camisa que ele tinha tirado, e ele encontrou sua boxer pendurada na televisão. Fui para o meu lado e ele para o dele e, ao nos encontrarmos no meio, eu disse:

— George, agora é hora de dormir, não hora de transar. Preciso dormir, combinado? — perguntei, fazendo uma expressão severa.

— Ei, não tenho nada contra isso. Você me esgotou, mulher. Estou oficialmente sem energia — respondeu ele, puxando o edredom sobre nós enquanto eu ligava a televisão.

— Ei, você acabou de dizer hora de dormir. Desliga isso, Grace — desaprovou ele, tentando pegar o controle de mim.

— Espera, espera... ahah! — gritei triunfantemente, encontrando a Lifetime e o meu programa favorito.

A música de abertura das *Supergatas* se espalhou pelo quarto.

— Pelo amor da Rainha — resmungou ele, mas no final da música ele estava cantarolando-a junto comigo, e quando a primeira cena estava terminando, ele estava rindo junto comigo.

E quando o episódio terminou, nós dois pegamos no sono rapidamente, bem aconchegados e tranquilos.

★ ★ ★ ★

Na próxima manhã, acordamos cedo, começamos o dia bem, se é que me entende, e estávamos na estrada voltando para Los Angeles às dez e trinta. Queria apenas ficar com ele na cama o dia todo, mas a terça-feira estava chegando tão rapidamente e eu ainda tinha muita coisa para fazer.

Dirigimos em um relativo silêncio e escutamos músicas em nossos iPods. Ficamos de mãos dadas o tempo todo e, até mesmo quando paramos para colocar gasolina, ficamos relutantes em nos separarmos. Era como se estivéssemos começando a reconhecer o quão pouco tempo tínhamos para ficarmos juntos, e estava começando a ficar difícil ignorar isso.

Ele manteve sua mão na minha perna o resto da volta à Los Angeles, e quando finalmente estacionamos na garagem de Holly, já estava no meio da tarde. Ele precisava voltar para sua casa por um tempo, quando me despedi, quase não consegui deixá-lo ir.

Ele me beijou por um longo tempo e prendeu meu cabelo para cima em um rabo de cavalo, segurando-o na minha nuca.

– Louca, vou voltar antes mesmo de você perceber. Você não terá nem mesmo desfeito suas malas ainda, posso apostar – suspirou ele, olhando para o meu rosto triste.

– Eu sei, eu sei... estou sendo boba. Quer ficar para jantar à noite? – perguntei. Eu realmente não queria sair de casa para nada. Queria ele só para mim.

– Pode ser. Você pode me fazer janta – sorriu ele, fazendo cócegas nas minhas costelas.

– Podemos cozinhar juntos. Você pode me ajudar – ri, me contorcendo para ficar longe do seu alcance.

– Fechado. Volto assim que puder, querida – respondeu ele, beijando-me mais uma vez. Então, ele foi embora.

Andei até a casa, chocada pelo quanto eu me sentia vazia sem ele lá. Isso não era para acontecer desse jeito. Era para eu ter tido um casinho com um gostosão de Hollywood, me mudado para Nova Iorque e fim.

No entanto, agora eu estava loucamente apaixonada por este rapaz maravilhoso, estava indo embora em menos de dois dias e não tínhamos nem mesmo conversado sobre o que faríamos.

Que bagunça da porra.

★ ★ ★ ★

Entrei na casa e encontrei a Holly na cozinha. Ela estava sentada no balcão com um prato de bolachas água e sal e uma bisnaga de cheddar cremoso.

Ela nem mesmo se importava em tentar esconder o fato de que estava colocando o cheddar direto na sua boca e deixando as bolachas de lado.

– Então, como foi o pinto? – perguntou ela imediatamente, nem mesmo me deixando colocar minha mala no chão.

– O pinto? Foi bom – suspirei, me apoiando na geladeira.

– O quão bom? – indagou, tirando o queijo de seus dentes e mostrando-o para mim.

– Tão bom que estou impressionada por estar conseguindo andar, francamente – admiti, deslizando pela geladeira e me sentando no chão. Ela olhou para mim cuidadosamente e depois colocou a tampa na lata e a jogou para mim.

– O que tem de errado, Grace? – perguntou ela, começando a comer as bolachas.

– Por que você acha que tem algo errado? Tive um final de semana fabuloso, fui comida como se não houvesse amanhã, e... – diminui a voz.

– E?

– Ele me disse que me ama – disse, levando minhas mãos até o meu rosto.

– Cala a boca – respirou ela, seus olhos bem abertos.

– E talvez eu tenha dito o mesmo – sorri, espiando-a através dos meus dedos.

– Uau. Então qual é problema, pô? – perguntou ela novamente.

Pensei por um minuto e depois respondi:

– Eu me sinto triste, Holly.

Em seguida, as lágrimas finalmente começaram.

Estava tão feliz e tão triste ao mesmo tempo. Elas certamente cairiam. E caíram por todo o seu piso de ardósia na sua cozinha gourmet. Ela veio e se sentou ao meu lado, colocando um braço em mim e me deixando soluçar.

– Tudo bem, você está triste porque você o ama e está indo embora – declarou ela.

– Ahá – solucei.

– E você está triste porque ele te ama e ele estará a mais de quatro mil quilômetros longe.

– Ahá – chorei.

– E você está triste porque ele tem vinte e quatro anos e que porcaria uma estrela de filmes de vinte e quatro anos tem em comum com uma atriz aspirante de trinta e três anos que está se mudando para Nova Iorque, apesar de ser temporariamente?

– Sim! – lamentei, agarrando a bisnaga ao meu peito. Ela a arrancou das minhas mãos, substituindo-a por um pano de prato.

Fiquei mais relaxada, enquanto ela dava um suave tapinha nas minhas costas. Quando eu finalmente voltei ao normal, olhei para ela, com ranho escorrendo por todo o lado.

– Hol, o que farei?

Seus olhos ficaram pensativos enquanto ela analisava.

– Você vai decidir o que quer e depois vai conversar com ele sobre isso. Eu sabia que ele te amava. Fico feliz dele ter te contado. Vocês merecem ter todas as cartas na mesa quando forem conversar. Mas você tem que encarar isso de olhos bem abertos. As coisas vão ficar difíceis... você sabe disso. Ele estará bem ocupado, e você também. Vocês dois serão colocados em duas direções totalmente diferentes, e elas serão direções opostas de onde vocês gostariam de estar.

Assoei meu nariz no pano de prato e ela riu, mas continuou:

– Fale com ele, Grace. Veja o que ele quer fazer. Eu sei que namoro à distância não costuma dar muito certo, mas nesta indústria, casais são separados toda hora. Nunca se sabe. Coisas estranhas podem acontecer. Quem pensou que você até mesmo chegaria a este ponto? – terminou ela, enquanto a observava espremer mais queijo goela abaixo.

Fiquei quieta por um instante.

– No que está pensando? – perguntou ela.

– Estou pensando que quero um pouco de queijo – sorri lentamente para ela.

– Não acredito – sorriu ela tristemente para mim, mas me passou a bisnaga.

Ficamos sentadas no chão por um tempo, sem falar nada, apenas passando a bisnaga uma para a outra como quando costumávamos dividir um baseado. Cheddar, maconha... são a mesma coisa.

★ ★ ★ ★

Naquela noite, Holly ficou para jantar e depois misteriosamente desapareceu no seu quarto. Nós nos divertimos muito fazendo a janta. Eu fiz salmão grelhado, aspargo assado, arroz de açafrão e uma salada. Jack ajudou. Ele teve permissão para esquentar o forno, mexer o arroz, arrumar a mesa e beijar meu pescoço quando achasse que ele parecia estar solitário. O que aparentemente, ocorria bastante.

Após o jantar, fomos para fora e dividimos uma das cadeiras no terraço. Ficamos envolvidos naquelas conversas idiotas que as pessoas costumam discutir, aconchegados um no outro e olhando as estrelas. Estava olhando para uma estrela em particular, e eu pensava como o deixaria em menos de dois dias. Devo ter suspirado um pouco forte, pois ele sussurrou:

— O que foi, louca?

— Como assim? – perguntei, me aninhando nele novamente. Ele estava sentado na cadeira, com as pernas estendidas, e eu estava por cima delas, me inclinando contra ele. Ele tinha seus braços solidamente envolvidos em volta de mim.

— Você está aqui, mas não está realmente aqui... você quer me contar o que está acontecendo? – cutucou ele, aninhando-se no meu pescoço com seus lábios macios de um modo que me fazia ficar toda boba.

Mas agora não houve nenhuma bobeira.

Suspirei novamente, virando-me de lado para olhá-lo:

— Estou pensando no que vai acontecer na terça-feira, quando eu entrar naquele avião e deixar você aqui – sorri esgotada.

— Ah, terça-feira. Bem, o que você acha que devia acontecer? – perguntou ele, ficando bem sério de repente.

— Caramba, não sei. Sei que é provavelmente suicídio tentar fazer alguma grande declaração antes de ir embora, mas vou sentir tanto a sua falta. Essas últimas semanas têm sido, bem, totalmente demais – disse, tocando seu rosto.

— Eu concordo. Demais. Então por que você acha que não vão continuar sendo? Eu, por um lado, não vejo a hora de acontecer todos aqueles sexos por telefone que faremos... – sorriu ele, parecendo tão lindo que eu quase fiquei em chamas apenas por estar ao seu lado.

Eu sorri, pensando no sexo ao telefone, mas depois mexi minha cabeça e me foquei novamente.

— Veja, é isso. Por que você gostaria de fazer sexo ao telefone comigo quando poderia estar realmente fazendo sexo com quem quisesse por aqui? – perguntei, tranquilamente, sem conseguir encontrar seus olhos. Ele levantou o meu queixo e me fez olhá-lo. Seus olhos brilhavam para mim.

— Vou fingir que você não disse isso — respondeu ele, rapidamente.

— Por quê? Vou embora e você não terá mais que assistir *As Supergatas* toda hora. Você pode voltar a sair toda hora, viver seu estilo de vida descolado e, francamente, você devia. Pelo amor de Deus, você tem vinte e quatro anos, e eu faço você ficar em casa a noite toda. Como você não está entediado? As mulheres vão fazer filas para você — eu me irritei. Estava começando a ficar toda empolgada muito rapidamente.

— Grace, parece que você pensa que eu digo a todas as mulheres que eu as amo toda hora. Posso te falar quantas vezes eu disse isso para outra pessoa, que não fosse da minha família? Duas. Isso mesmo, na minha vida inteira, foram apenas duas. Por que eu te enganaria? — perguntou ele, ficando exaltado.

— Olha, cara, as pessoas quando estão apaixonadas enganam-se o tempo todo. Acontece. Não é tão fora do normal — repliquei, levantando-me da cadeira e saindo de seus braços.

Aí vem a tempestade de merda...

— E quando você estiver numa festa e tem uma loira e uma morena querendo levá-lo com elas para casa, ahã? O que você fará? — continuei.

— Vou falar para elas sobre a ruiva pelo qual estou apaixonado e depois vou mandá-las sumirem. De onde está saindo tudo isso? — perguntou ele, ficando com raiva.

— Está saindo do fato de que estaremos muito longe um do outro, e estou morrendo de medo do que acontecerá. Talvez eu não devesse estar tão preocupada, mas estou. E apesar de achar que você devia sair, eu odeio pensar em você com outra pessoa — disse nervosa, me sentando bem reta.

— Ficar com outra pessoa? Por que você não me deixa decidir com quem eu quero ficar? Será que sou quem *eu* quem precisa se preocupar? Você está muito na defensiva. Tem algo que quer me contar, Grace? — perguntou ele, estreitando seus olhos para mim, observando-me atentamente.

— Ah, por favor. É você quem terá um desfile de xoxotas para escolher assim que estourar em todos os lugares. Elas cairão do céu, e poderá ser como era antes de você começar a passar suas noites com Ma Kettle — estourei.

Ele me olhou, passando maniacamente suas mãos pelo seu cabelo ao processar o que eu tinha dito.

— Grace, você está doida! Você realmente quer estragar tudo isso antes mesmo de ter começado? E um desfile de xoxota? Você realmente está forçando... de verdade – terminou ele, com um tom de aviso claro na sua voz.

Saí da cadeira e andei rapidamente até a borda, olhando para a cidade — a cidade que eu estava deixando. A cidade que estava deixando daqui dois dias. *Dois dias.* Por que estava começando uma briga com ele agora que estava indo embora daqui dois dias?

Eu me virei rapidamente, vendo-o sentado na cadeira desanimado. Ele parecia confuso e machucado... e muito puto.

Será que dá para você parar de tentar estragar isso?

Droga.

Voltei e fiquei parada na frente dele. Ele não olhava para cima.

— Jack? – perguntei, tentando fazer com que ele me olhasse. Ele não respondeu. Tentei novamente.

— Ei, olha para mim. Por favor? – pedi novamente, seus olhos se fechavam com a palavra "por favor".

— Estou puto contigo, Gracie – disse ele sombriamente, mas usar "Gracie" me fez saber que ele estava mais machucado do que puto.

— Eu sei. Também estou puta comigo mesma. Mas você consegue entender por que estou nervosa? – perguntei, ousando-me a tentar pegar sua outra mão que estava em seu cabelo, arranhando seu couro cabeludo. Ele saiu de perto da minha mão, com seus olhos comovidos. Ele não deixaria isso passar tão fácil.

— Entendo que você está nervosa por ter que ir embora, mas não entendo porque você acha que eu faria algo assim. Se isso for dar certo, principalmente quando estivermos separados, tem que ter um pouco de confiança – disse ele, finalmente abrindo seus olhos e me olhando.

Ah, cara, ele estava mais preparado aos vinte e quatro anos para lidar com isso do que eu.

— Eu sei, amor. Você tem que entender, tenho trinta e três anos de uma bagagem podre que levo comigo e, se você me aceitar, você vai levar a bagagem. Inseguranças antigas... elas são uma merda – ri com malevolência.

— Você não acha que eu estou nervoso com isso também? A época em que isso tudo está acontecendo é uma merda. Somos loucos até mesmo por tentarmos fazer isso dar certo, mas acho loucura não tentar. Não sei o que vai acontecer. Talvez estejamos na merda.

— Eu concordo, na merda – respondi, carrancuda.

– No entanto, você precisar relaxar. Sem mais desfile de xoxotas. Isso foi desnecessário, Grace – ele me advertiu novamente, com uma expressão séria – E pare de culpar nossa diferença de idade, quando na verdade é a sua cabeça que está fazendo isso se tornar estranho agora.

Eu parei e absorvi o que ele disse. Ele estava certo. Era tudo da minha cabeça. Tentei alcançá-lo com minha mão de novo, dando aquele arranhão no couro cabeludo mais uma vez. Desta vez, ele me deixou.

–Doidinha da porra – suspirou ele, fechando seus olhos novamente aceitando minha mão.

– O que acha de deixarmos acontecer naturalmente e aí vemos como vamos lidar com a coisa da distância? Não precisamos decidir nada esta noite... certo? – continuei.

Ele se curvou e apertou seu rosto no meu estômago, me abraçando e me puxando para mais perto dele.

– Sim – disse ele, sua voz ficou silenciosa ao meu abraçar fortemente. Ficamos quietos por um minuto enquanto eu brincava com seu cabelo.

– Grace? – perguntou ele, ainda silencioso.

– Ahã?

– Você tem trinta e três anos? – perguntou para minha barriga.

– Sim – respondi honestamente. Fui pega.

– Puta merda, você é velha – disse ele, me segurando mais forte. Ele sabia me controlar.

– Te odeio neste momento, Hamilton – falei, irritada.

– Te amo neste momento, Sheridan – riu.

A tempestade passou... ou teria sido só uma garoa?

Consegui sair de seu abraço e fiquei longe dele. Fui até onde a banheira quente estava e lentamente tirei minha regata e meu shorts. Ele ficou me olhando enquanto eu tirava meu sutiã e minha calcinha e escorregava por baixo d'água.

– Você não pode me amar daí. Agora venha para cá e faça essa mulher de trinta e três anos gritar – instruí, me apoiando na beirada com meus braços estendidos pelo suporte, garantindo que meus seios se sacudissem bem acima da superfície.

Ele entrou na banheira em trinta e sete segundos.

E foi nesta noite que descobri que Jack Hamilton podia segurar sua respiração por baixo d'água por um longo tempo.

★ ★ ★ ★

Dormimos profundamente naquela noite, exaustos, porém agradavelmente bem. Enrolada com as mãos dele nos meus seios, eu dormi o sono dos cansados. E isso pode ser entendido de diversas maneiras.

A próxima manhã se iniciou clara e ensolarada — clássico da Califórnia para o meu último dia inteiro em Los Angeles e eu o passaria a maior parte sozinha. Jack tinha acordado cedo e enquanto ele trocava de roupa, eu o observava da cama. Ele teria entrevistas o dia inteiro e uma reunião no almoço com a Holly e um novo diretor para um filme que ele esperava participar na primavera. Ele tinha essencialmente parado de trabalhar depois que as filmagens de *Tempo* tinham terminado, dedicando o seu tempo para o futuro bombardeio da mídia, que o levaria para quase o mundo todo e depois de volta.

Fiquei na cama enquanto ele se vestia e fiquei suspirando feliz com a vista do meu Jack, andando dormente, vestido apenas com seu jeans e sem camisa. Seu cabelo estava muito mais encaracolado nesta manhã e ele estava adorável. Ele sorriu ao me ver encarando-o e perguntou o que eu tinha planejado para hoje.

— Bem, vou terminar de fazer algumas malas e depois vou almoçar com o Nick para me despedir dele. Também tenho que ir até a minha casa no final desta tarde para assinar os últimos documentos, e depois estou oficialmente morando lá para logo ter que sair – respondi, jogando sua camisa para ele, que estava no chão perto da minha cama. Não consegui aguentar e a funguei rapidamente.

Mmm, Doce e Sexo.

— Grace, você acabou de fungar minha camisa? – perguntou ele, sem acreditar.

— Sim, claro. Qual o problema? E depois que você sair, eu provavelmente vou me deitar no seu lado da cama por um tempo porque o travesseiro tem o seu cheiro. Sou ridícula quando estou apaixonada. Fico igual àqueles cartões – ri, agora abraçando seu travesseiro no meu peito e dando profundos respiros, abrindo minhas narinas e ampliando meus olhos.

— Uau, isso não é atraente – riu ele, notando meu show. Fiquei enrolado no lado dele de qualquer jeito e continuei olhando-o se arrumar.

— Que horas você vai para a sua casa? – perguntou – Talvez eu te encontre lá. Preciso dar uma olhada naquele banheiro enorme antes de começar a marretar para abrir espaço para um chuveiro a vapor! – gritou ele, de repente, aterrisando como um lutador de luta-livre na cama próximo de mim, agarrando meu pescoço como se fosse me asfixiar.

– Como se você soubesse instalar um chuveiro a vapor, bonitinho – provoquei, resistindo a levar uma gravata violenta.

– Bem, obviamente, eu apenas supervisionaria. Não posso deixar essas mãos ficarem muito sujas – disse sério, admirando suas mãos. Virei meus olhos e ele voltou a esfregar o topo da minha cabeça com seus dedos.

– Vou me encontrar com o Chad às cinco.

– Horário perfeito. Devo estar terminando a minha última entrevista. Vou dar uma passada lá – disse ele, finalmente me soltando e saindo da cama.

Ele terminou de se arrumar e evitou meus olhos de propósito, quando eu o vi esconder o boné em seu bolso traseiro. No entanto, ele não o colocou, então ainda estava cumprindo o acordo. Lá embaixo na cozinha, rapidamente fiz umas torradas para ele, um pouco queimadas, com bastante mel (ele realmente parecia meu próprio Ursinho Pimpão... ele era o Ursinho *Hamilton)* e as embrulhei em papéis-toalha para que ele pudesse comê-las no carro. Coloquei uma caneca de viagem com café perto da mochila dele, enquanto ele arrumava o restante de suas coisas. Ele não estava arrumando malas, mas percebi que tinham algumas coisas indo embora, como seu carregador de celular que tinha ficado perto do meu durante as últimas semanas.

Grace, você não tem tempo para entrar em pânico.

Ele sorriu ao ver o café pronto para ele.

– Eu te amo, Doidinha.

– Eu te amo mais, Doidinho – respondi, mexendo meus peitos nele. Ele se contentou e depois saiu, atirando um beijo de costas.

– Te vejo às cinco! – gritou ele, e logo em seguida escutei um grito e os sons de seu carro indo embora.

Então, fiquei sozinha. Subi até o meu quarto para terminar de arrumar as malas. Olhei ao redor, começando a ficar triste novamente.

Tinha um bilhete no meu travesseiro... nem vi ele deixar lá. Eu sorri e o abri.

Pare de reclamar e arrume suas coisas. E você está muito bonita para quem tem 48 anos. Risadinha?

Minha risada se explodiu no silêncio da casa.

vinte e quatro

Então era isso. Empacotei minha última caixa, arrumei minha última mala. Os entregadores buscaram as coisas que eu estava enviando para Nova Iorque. Elas seriam entregues no hotel, que tinha concordado em guardá-las até que meu novo apartamento ficasse pronto. O amigo da Holly achou para mim um ótimo apartamento de apenas um dormitório, localizado no Upper West Side entre a rua 60, que era relativamente perto da região da Broadway. Com não sabia por quanto tempo ficaria em Nova Iorque, parecia mais fácil escolher uma boa localização central, em um bom bairro, pois estaria perto de tudo o que eu precisasse.

Logo após a faculdade, eu tinha considerado brevemente me mudar para Nova Iorque, mas como eu e a Holly conhecíamos mais gente em Los Angeles e achamos que seria melhor para nossa carreira, nós duas terminamos na Costa Oeste. Mas, secretamente, eu sempre me arrependi de não ter morado em Manhattan e eu estava grata por ter a oportunidade de morar lá — mesmo que fossem por apenas alguns meses, para conhecer a cidade como residente e não apenas como uma visitante. Viajava frequentemente para lá por causa de trabalho, e eu sempre amava passar um tempo lá.

Agora que eu estava a menos de vinte e quatro horas de realmente estar lá... estava ficando apavorada.

Minha semidiscussão com Jack ontem tinha clareado o ar um pouco, dando voz a algumas de minhas preocupações. Apesar de eu ainda sentir que as coisas provavelmente não seriam fáceis, como ele achava que seriam, eu me sentia melhor. Quando ele me contou que me amava, tinha um sentimento dentro de mim que era difícil de se descrever. Era como um nó no meu estômago e um ímpeto pela minha pele, quente e gelado ao mesmo tempo. Eu me senti tonta, boba e emocionada quando o escutei dizer aquelas palavras. E ao ver seus olhos se iluminarem quando eu disse aquilo, era cativante.

O dia passou rapidamente e, antes que eu percebesse, já estava indo para a minha casa no Laurel Canyon, no sol do fim daquela tarde através de árvores ciprestes-italianas lançando uma luz mesclada por toda a estrada sinuosa. O teto estava abaixado, como sempre, com música alta e meu grande sorriso enquanto eu curtia o final deste dia. Eu iria sentir muita falta dos meus amigos, mas a Holly já tinha feito planos de viajar em um final de semana no final do mês. Os horários de Jack estavam ficando cada vez mais apertados, mas eu sabia que ele viria assim que pudesse. Ele teria que fazer muitas visitas por causa do filme nos próximos meses.

Estacionei na minha garagem logo depois das cinco, mas não vi o caminhão do Chad. Estava torcendo para não tê-lo perdido… talvez eu tenha perdido ele aqui. Destranquei a porta da frente, parando para absorver o cheiro de construção recente, misturado com os limoeiros em vasos que estavam do lado de fora na porta da frente. Era estranho que uma casa que eu nunca tinha nem passado uma noite parecesse como um lar como nada que já tive. Adorava ficar na casa da Holly, mas quando voltasse de Nova Iorque, gostaria de ter meu próprio lar.

Coloquei minhas chaves na mesa que eu tinha posto na entrada, e escutei meus pés fazerem barulhos no piso lustroso conforme eu andava até a sala de estar.

Assim que dei uma volta, escutei: "Surpresa!".

Cacete.

– Cacete! gritei, conforme apareciam pessoas dos quartos, de trás dos sofás e do quintal.

Todos os meus amigos estavam lá, alguns clientes da Holly, até mesmo Lane e Rebecca e, claro, os dois cabeças. Holly e Jack estavam parados em frente à lareira, parecendo incrivelmente orgulhosos de si mesmos e sorrindo para mim.

Cheguei perto deles, abrindo caminho no meio de tantas pessoas que me parabenizavam e se despediam de mim. Alguém colocou uma taça de champanhe na minha mão e eu percebi a placa pendurada na arcada, que dizia: BON VOYAGE, IDIOTA!

Céus.

— Adorei o idiota — ri para Holly, sabendo que foi ela quem fez tudo isso.

Ela apenas sorriu e levantou sua taça para mim.

— Achei que você fosse gostar disso — riu ela e bateu seu copo no meu.

Eu me virei para sorrir para Jack, mas sua boca já estava se dirigindo ao meu pescoço. Ele me beijou rapidamente, movendo seus lábios até a minha orelha.

— Está surpresa? — perguntou ele, chupando meu lóbulo e me beijando suavemente.

As borboletas voltaram para a minha barriga. Amava quando ele fazia isso.

— Fiquei surpresa. Adorei isso — respondi, me recostando nele um pouco, sentindo seus lábios se mexerem pelo meu pescoço indo até a minha clavícula.

— Isso é legal também... — acrescentei, minhas palavras diminuíam conforme ele alcançava o meu ombro, beijando-o levemente. Suas mãos deslizaram pela minha cintura, e ele me virou para frente dele, relaxando seu queixo no meu ombro.

Isso tudo aconteceu em menos de um minuto, mas a intimidade que ele me mostrou estava toda abrangente. O jeito suave com que ele manipulou o meu corpo, o jeito com que ele me reinvidicou tão abertamente e tão privadamente ao mesmo tempo era afetuoso. Apertei suas mãos em minha barriga, abraçando-as enquanto ficamos parados, um atrás do outro.

Nosso relacionamento tinha florescido tão rapidamente e, principalmente só entre nós, então vi alguns olhares curiosos na nossa direção. No entanto, a maioria estava entretida e rostos gentis sorriam para nós.

Jack ficou comigo enquanto cumprimentávamos todos os meus convidados improvisados e ele estava feliz por conhecer meus amigos e conhecidos. Alguns eram novos, que conheci quando voltei para Los Angeles e outros eu já conhecia desde quando me mudei para cá na primeira vez.

Nick se sentia feliz em contar a história da primeira noite em que Jack e eu ficamos juntos, alegrando o povo contando o que ele viu, bem como com o que ele tinha escutado enquanto ele e a Holly comiam pipoca nas escadas como dois *vouyers*.

A noite estava perfeita. As pessoas que eu amava estavam comigo.

★ ★ ★ ★

Todo mundo estava elogiando tanto a minha casa nova, e eu a exibi como uma mãe orgulhosa. Todos os móveis tinham sido finalmente entregues e, apesar de ainda muita coisa ter que ser feita, estava terminada o bastante para ter vida própria — parecia comigo. Jack estava contando para Nick sobre o *closet* que quer eliminar para dar lugar a um chuveiro a vapor, e Nick fingiu estar interessado, quando na verdade ele estava apenas olhando para o bonito.

Conversei com todos, agradeci a todos pelas boas saudações para Nova Iorque, e prometi inúmeras vezes que eu, de verdade, voltaria.

Jack ficou comigo uma parte da noite, e a outra parte ele se misturou. Observei-o do outro lado do quarto, conversando com a Rebecca e com Lane e, diversas vezes, ele me pegou encarando-o. Ele sempre acenava para mim, ou piscava, ou me mostrava seu dedo do meio, o que tinha se tornado um hábito um pouco rude que ele parecia ter pegado de mim.

Deus, eu o amava.

Mais tarde naquela noite, Holly e eu estávamos do lado de fora quando a festa começou a terminar. Eles tinham acendido piscas-piscas pelas árvores e pendurado lanternas japonesas para que o quintal ficasse todo iluminado. E quando eu falo "eles", quero dizer o planejador da festa que Jack e Holly haviam contratado.

Nós nos sentamos nas cadeiras Adirondack no quintal, bebendo *dirty martinis* e brindando ao nosso sucesso.

— Você acredita que a última festa em que estivemos celebrávamos sua nova empresa de gerenciamento? — perguntei, inclinando minha taça para ela.

— É, e foi naquela noite que você foi convidada a ter um caso amoroso — sorriu ela, engolindo um trago da sua taça e soltando um alto arroto.

— Isso é verdade. Caso realizado. Por sinal, aquilo foi delicioso — franzi minha sobrancelha para ela.

Ela soltou mais um arroto, um menor mais baixo desta vez e depois disse:

— Vai para a puta que o pariu.

Ri bem alto.

— Holly, não tenho como te agradecer por tudo o que você tem feito por mim, sério mesmo. Eu...

– Guarde isso para o seu discurso de agradecimento no Tony Awards, ok? Não posso aguentar isso hoje à noite – vociferou ela, com os olhos, de repente, brilhantes.

Olhei para a minha melhor amiga, aquela que se jogaria na frente de um ônibus por mim e sorri. Pensei em tudo o que passamos juntas e tudo que continuaríamos compartilhando.

– Te amo, Holly – disse, sorrindo para ela através das minhas próprias lágrimas que começavam a queimar.

– Te amo também, docinho de coco – sorriu de volta, pegando o restante do meu Martini e terminando-o também. Ela se levantou da sua cadeira e começou a entrar na casa, em seguida parou, mexendo sua bunda mais uma vez antes de entrar.

Fiquei sentada durante um minuto, sorrindo para as estrelas e depois entrei para dizer boa noite aos últimos convidados. Jack estava me esperando e me puxou em um abraço forte.

– Quando você acha que podemos chutar aqueles vagabundos para fora sem parecermos rudes? – sussurrou ele, mordendo seu lábio inferior enquanto eu passava minhas mãos nos seus cachos grossos.

– Se você quer que eles sumam, é só pedir – disse, me sentindo um pouco atrevida por causa dos dois martinis e do champanhe que eu tinha consumido. Eu iria pagar por isso quando estivesse presa em um avião por mais de cinco horas amanhã.

– Sei que fui eu quem os convidou, mas quero que eles sumam, Grace – declarou ele firmemente, suas mãos estavam se movimentando e agarrando meu traseiro, no estilo de parque de diversões. Porra, eu adorava quando ele tomava o controle.

– Feito – respondi, batendo meus lábios nos dele para um beijo rápido, mas muito apaixonado.

Eu me afastei e comecei a fazer um movimento de rebanho em direção à porta da frente. As últimas pessoas lá, inclusive Holly e Nick, olharam para mim como se eu estivesse louca.

– Vamos gente, para fora. Estão vendo este bonitão aqui? Bem, o Sr. Hamilton e eu vamos ficar aqui dentro daqui uns sete minutos, e ao menos que vocês queiram ver umas transas de despedida bem explícitas, é melhor vocês irem embora – instruí o grupo, continuando levando-os como rebanho para a porta da frente. Meus amigos sabiam que não deviam ficar, e ficaram rindo enquanto me abraçavam e me beijavam se despedindo.

Nick estava insistindo para ficar no sofá, olhando diretamente para Jack como se fosse ficar para pedir um lugar na primeira fileira, mas Jack apenas continuou olhando, com uma expressão alegre, nos meus métodos para liberar a casa.

Levei a Rebecca e o Lane até a porta, depois de terem se despedido do Jack. Lane me deu um abraço de monstro.

– Obrigada por ter nos recebido na sua festinha de *Bon Voyage*, Grace. Linda casa, por sinal. Vamos invadi-la apropriadamente quando você voltar – disse ele, bagunçando meu cabelo com suas mãos gigantes.

– Combinado. Fiquei feliz por vocês terem vindo esta noite – ri, beijando-o na bochecha. Ele ficou corado e escutei-o dizer "Ah, cara...", enquanto ia para o seu carro. Rebecca e eu observamos ele ir embora, e depois ela se virou para mim.

– Tenho que te dizer, apesar de eu saber que o Jack vai ter uma saudade da porra, acho genial o que você está fazendo. Tenho certeza que você vai se sair bem. Se eu conseguir ir para Nova Iorque neste outono, posso ir te ver? – perguntou ela.

– Claro que sim, você pode! Vou ficar esperando uma ligação quando você estiver perto de Manhattan – disse, dando-lhe um abraço – E Rebecca? – continuei, franzindo a sobrancelha um pouco.

– Vou ficar de olho nele. Manter as cobras longe – riu ela, lendo minha expressão.

– Obrigada. Mantenha-as bem longe. Posso estar muito longe, mas ainda posso quebrar umas caras se precisar – declarei firmemente.

– Eu realmente acredito em você. Boa sorte em Manhattan, garota – disse ela, devolvendo meu abraço e indo até a porta.

Por fim, a sala estava vazia. Disse tchau para o Nick, agradeci a Holly com um beijo na sua bochecha e bati na sua bunda, prometi que faríamos silêncio quando chegássemos mais tarde naquela noite. Ela apenas sorriu ao dar boa noite e disse que me via de manhã.

Voltei para a sala de estar onde Jack estava sentado em um dos meus grandes sofás fofos, e eu me joguei nele. Ele me pegou no ar, rindo enquanto eu o acariciava no peito como uma grande gata.

– Eu me livrei deles, como prometido – brinquei, me arrumando no seu colo.

– Você, com certeza, se livrou – concordou, beijando minha testa.

– Então, e agora? – perguntei, apoiando minha cabeça em seu ombro.

– Bem, o que quer fazer? – perguntou ele, me aconchegando mais próximo dele.

– Uhmmm, ficar nua e fazer sexo na minha casa nova? – propus, olhando para ele alegremente.

– Claro que sim, vamos nessa – riu ele, me pegando e indo comigo até o meu quarto.

Minha cama nova tinha sido entregue, mas eu ainda tinha que colocar lençóis ou algo do gênero. Mesmo assim, seria legal batizar o novo colchão. Foi por isso que fiquei surpresa quando entramos no quarto e vi que alguém, provavelmente o inglesinho que estava me segurando agora e olhando para mim ansiosamente, tinha arrumado a minha cama muito bem. Lençóis brancos macios, cobertores, um edredom e vários travesseiros vestiam a cama King size e estavam virados para baixo. Nos travesseiros tinha até doce, igual ao hotel.

– Doce! – exclamei, conseguindo um sorriso do inglesinho.

Também notei minha mala para passar a noite, junto com minha camisa Polo branca na cadeira perto da janela próxima a sua mala. Olhei para ele surpresa.

– Achei que seria legal passar pelo menos uma noite na sua casa nova – disse ele timidamente, olhando para mim à espera de aprovação.

– George?

– Sim?

– Eu te amo demais – disse com uma voz aguda, jogando meus braços ao redor do seu pescoço.

– Eu também te amo, Gracie – respondeu e me levou ao quarto.

★ ★ ★ ★

Depois que o romance louco passou, nos deitamos na cama. Já era bem tarde, apesar de que, tecnicamente, era bem cedo. Não acho que nenhum de nós queria dormir. Estávamos um ao lado do outro, de lado, dividindo o mesmo travesseiro. Olhei para ele, para o homem que tinha completamente dominado meu coração. Absorvi tudo, memorizando o jeito com que os cílios dele ficavam para baixo quase tocando suas bochechas. Os fortes traços de seu rosto, os ossos malares, a linha da mandíbula, o nariz. A barba curta sexy. Os lábios macios e doces que estavam atualmente recuados naquele sorriso perfeito, que ainda fazia meu coração bater mais rápido ao vê-lo.

Os cachos. Eu me lembro como eles estavam naquele dia no caminho para a praia, o loiro reluzindo no sol. E os olhos, a perfeição esverdeada. Eles estavam fixos nos meus, olhando para mim com um reflexo silencioso. Acho que ele também estava catalogando minhas características, devido ao jeito com que seus olhos me estudavam.

No período de algumas poucas semanas, Jack Hamilton tinha virado meu mundo de cabeça para baixo. Ele me fez sentir coisas que eu não tinha sentido há anos, e eu era agradecida por ele ter feito isso. Passei por alguns anos infernais e eu tinha tudo, mas tinha me esquecido de como era se sentir tão venerada. Eu me esqueci de como era se sentir amada, e deve ser por isso que lutei contra isso por tanto tempo. Ele me amava completamente e inteiramente, e apesar de ter uma parte de mim que ainda ficava olhando para trás para ver quem ele estava olhando, eu estava começando a entender isso.

Eu o amava daquele mesmo jeito também. Eu o amava tanto. A bolha em que estivemos por algumas semanas estava prestes a explodir agora, mas eu não estava tão nervosa como pensei ao ver como era fora daquela bolha.

Porque esta era a vida real. E na vida real, você é testado, simples assim. Nós fomos testados, e teríamos que ver como nos sairíamos. Ainda havia questões pendentes, mas eu estava certa de que nós as resolveríamos juntos. Isso é o que adultos fazem... e o quão engraçado é o fato de um garoto de vinte e quatro anos ser quem me lembrou desta diferença. Era eu quem tinha a hipoteca de adulto, mas o cara com o apartamento bagunçado foi quem me ensinou isso.

Ele também me ensinou como amar meu corpo de novo. A Grace pós-gordinha certamente tinha adorado a liberdade sexual do último ano depois de um longo período de seca, mas foi sua devoção absoluta em me dar prazer que me fez amar meu corpo, minhas imperfeições e tudo mais. Eu ainda as via, mas o fato dele me adorar tanto fez com que eu ficasse agradecida pelo quão forte eu realmente era.

E fala sério, o cara praticamente montou um altar para o meu decote. Isso costuma fazer com que uma garota se sinta muito bem com si mesma.

Continuei a encará-lo, admirando ainda o quão sortuda eu era em tê-lo e percebi, com um ímpeto, que ele tinha sorte em me ter também. Por alguma razão, ele precisava de mim do mesmo modo que eu precisava dele. E era isso.

Ele era o yin para o meu yang, o café para o meu leite, a manteiga para o meu pão.

Nunca conseguimos tentar lutar contra isso — para mim, ele era o homem da minha vida.

Eu me estiquei para arranhar sua cabeça e ele se moveu para mais perto de mim, com admiração. Eu o trouxe para mim e ele acariciou meus seios, encostando sua cabeça na curva entre meu pescoço e meu ombro e envolvendo seu outro braço em volta de mim, por baixo de mim. Ele não conseguia ficar perto o bastante.

– Deus, vou sentir muita saudade de você, Grace – sussurrou ele, com uma voz baixa. Beijei sua testa, acalmando-o.

– Eu sei, querido, eu também – respondi.

– Ficaremos bem, certo? – perguntou ele. Agora, era ele quem precisava de uma garantia. Então, eu a dei para ele.

– Sim, Jack, ficaremos bem – sussurrei, sacudindo-o levemente. Ele soltou sua respiração em um suspiro longo trêmulo.

– É muito ruim da minha parte te contar que tem uma pequena parte de mim que quer que o seu espetáculo vá mal, para que você possa voltar para casa daqui algumas semanas? – perguntou ele honestamente, abrindo seu coração para mim.

– Não é muito ruim – ri suavemente, ficando tocada por esta pergunta. Eu sabia, sem sombra de dúvidas, que ele queria que fosse um sucesso tanto quanto eu queria.

Ficamos quietos por um momento, nossas respirações em harmonia ao sentir seu peito estufar e descer. Ele continuou venerando meus seios, suas mãos me suavizando agora. Isso não de forma sexual. Era apenas prazeroso para nós dois.

– Eu te amo, Grace – sussurrou ele, de repente me puxando para um abraço de esmagar os ossos.

– Eu te amo, Jack – respondi, colocando minhas pernas em volta dele para consegui-lo o mais perto possível.

Nossos corpos diziam o que não conseguíamos dizer, reagindo sem pretextos a seus verdadeiros parceiros. Ele me beijou, eu o beijei, e sem dizer outra coisa, ele se deslizou dentro de mim. Nós nos movemos juntos silenciosamente, tranquilamente, elegantemente. Tinha uma ternura nesta noite, um silêncio, um doce adeus. Conforme nossos corpos subiram e caíram em uma só vez, nossos olhos se encheram de lágrimas.

Suspiramos profundamente ao gozarmos juntos, uma união completa. Ele se desmoronou em mim, e eu o abracei fortemente, mantendo-o dentro o quanto eu aguentasse. Nada poderia fazer com que eu parasse de amá-lo. Ficamos deitados acordados a noite inteira, não queríamos fechar nossos olhos.

★ ★ ★ ★

Passamos a noite conversando tranquilamente, rindo e xingando, rindo e fazendo promessas. Quando ficou claro o bastante para não ser mais possível fingir que era noite, começamos a nos arrumar para sair da cama e colocar algumas roupas.

Depois de eu ter me trocado, andei pela minha casa, meu lar, pensando em como eu não via a hora de viver nela. Jack empacotou as minhas coisas da noite passada e me encontrou na porta dos fundos na cozinha. O humor tinha mudado nesta manhã, a energia estava diferente. Ele estava um pouco conformado.

Eu estava um pouco... empolgada?

Eu *estava* empolgada.

Ao andar pela cozinha, eu coloquei um bilhete no meu novo congelador, aonde ainda nem um pote de mostarda vivia.

— Para que isso? – perguntou ele, sorrindo cansado. Eu ri, pegando seu rosto meigo com minhas mãos e apertando-o.

— Deixei um recado para mim para quando eu voltar.

— E o que você disse para você mesma? – perguntou ele, segurando a porta para mim ao irmos até o meu carro que estava estacionado na garagem.

Joguei minha mala no carro e peguei as chaves dele. Eu não ia poder dirigir em Nova Iorque, então queria aproveitar o máximo possível. Sorri para ele quando ele reprovou a ideia de ter que ir no banco de passageiro. Abaixei o teto, liguei o som, e disse:

— O bilhete diz: "Bem-vinda ao lar, Grace".

vinte e cinco

O café da manhã foi rápido. Jack fez mingau de aveia para mim e para Holly, eu fiz café e ela cortou bananas para nossas tigelas. Conversamos rapidamente sobre os meus planos de última hora. Eu deixaria meu carro na Holly. Achamos melhor que ele ficasse num lugar onde alguém realmente vivesse. Os dois passariam na minha casa de vez em quando. Ainda havia algumas coisas sendo entregues, mas entre Jack e Holly, eles já tinham resolvido tudo.

Eu, na verdade, ofereci meu carro para que Jack usasse enquanto eu estivesse fora e ele riu, dizendo para mim que "gostava um pouco" de seu carrinho quebrado e "agora que a esnobe de carro estaria longe, ficaria feliz de poder dirigi-lo novamente".

Jack e eu fizemos uma ligeira viagem para o andar de cima depois do café da manhã, determinados a ficarmos sozinhos por mais tempo possível antes de termos que sair para o aeroporto. Meu voo era à uma hora, e decidimos sair para o aeroporto por volta das dez.

Já eram oito e meia.

Fomos direto para o banho, jogando nossas roupas ao andarmos pelo quarto, eficientes e propícios em se despir. Ri por termos levado isso tão a sério, nosso último banho.

— É como um banho de homem morto — brinquei, enquanto ele se arrastava pelo quarto somente de cueca, as roupas estavam espalhadas bagunçadas. Eu não estava muito melhor. Eu estava tirando meu sutiã tão rapidamente que parecia que alguém estava apontando uma arma na minha cabeça.

— Na verdade, ele tem uma certa finalidade, não é? – ele sorriu pervertidamente, observando-me lutar para conseguir abrir o último fecho – Posso te ajudar com isso? – suspirou ele, o som se tornou uma risada bem alta enquanto eu me contorcia de um modo e de outro, tentando desesperadamente sair dele.

— Espertinho – disse, cutucando suas costelas quando ele chegou perto de mim.

Ele ficou atrás de mim enquanto eu segurava meu cabelo para cima e, quando ele finalmente saiu, suas mãos deslizaram um pouco mais para baixo para a minha cintura, prendendo seus dedos através da fita da minha calcinha e começando a deslizá-los sobre os meus quadris.

— Eu não me lembro de pedir para você me ajudar com esta aí, Doidinho – repreendi, minha respiração começando a pegar na minha garganta.

— Eu não me lembro de pedir sua opinião sobre isso, Doidinha – resmungou na minha orelha conforme a calcinha caía. Ele a jogou sobre o meu ombro e eu a observei voar pelo ar.

— Banho? – perguntei.

— Sim. Vamos nos molhar – provocou ele, empurrando-me até o banheiro.

—Tarde demais – declarei, sentindo metade da parte de baixo do meu corpo começar a ficar quente quando suas mãos começaram a me explorar.

— Isso é um fato? – perguntou ele, me virando e me levando até o banheiro.

— Ah, como se você não estivesse totalmente excitado. Posso ver que você está, George – murmurei, deixando meus olhos espiarem o Sr. Hamilton Jr. cutucar na sua cueca.

Minhas mãos foram até os seus ombros, e eu as desci acompanhando os seus braços, enquanto ele aproveitava ao redor da minha cintura, puxando-me para ele.

— E por que você ainda está com isso? – perguntei, pegando o elástico da sua cueca.

— Me fale você, louca – disse ele, passando por mim para ligar o chuveiro.

— É pra já – respondi, tirando a cueca mais rápido que você pode dizer "Despertador Hamiltoniano".

Nós nos esfregamos, a água nos cobria conforme nos ensaboávamos rapidamente. Ele lavou o meu cabelo, deixando a água correr pelo meu corpo, cobrindo-me com bolhas. Ele, claro, segurou meus seios enquanto eu lavava seu cabelo… para balancear. Ele nunca se cansava de brincar com elas. Eu, honestamente, acho que se ele tivesse seu próprio par, eu talvez nunca mais ouviria falar sobre ele novamente. Felizmente, eu também nunca ficava cansada dele brincando com elas. Ele fez com que eu gemesse dentro de alguns segundos, e depois de um minuto comecei a suspirar. Nesta manhã, ele estava levando muito a sério me dar um banho, e não tinha um lugar no meu corpo que ele não compareceu. Ele fez com que eu chegasse a três rápidos e intensos orgasmos e, antes que eu percebesse, estávamos fora do chuveiro e no chão do banheiro, eu por cima, montando nele exaltada. Estávamos molhando todo o chão ao tentarmos ficar no tapete do banheiro.

No final das contas, nenhum de nós se importava que tínhamos nos afastado do tapete.

Nós transamos loucamente, rindo quando ele derrubou a toalha do banheiro com seu pé ao mesmo tempo em que talco de bebê e absorventes choviam em nós. Rimos quando o chiado da bunda dele no mármore se tornou quase mais alto que os meus gemidos. E nós *realmente* rimos quando gozamos juntos, a tensão e as risadas deram lugar para a satisfação.

Tirei ele de cima de mim, pousando diretamente no meu ferro de passar. Dei um gritinho e, quando ele tentou se rolar atrás de mim, ele bateu sua cabeça diretamente na privada.

Olhei ao redor para ver o estado do banheiro — o box aberto, o Always com abas e o rímel espalhados pelo chão, o ferro de passar por baixo do meu traseiro e Jack Hamilton esfregando sua cabeça, onde ele havia batido no vaso.

Eu ri e ri até que lágrimas começaram a cair pelo meu rosto, meu corpo nu sacudindo em lugares que eu sabia que não tinham como aparentar bem. E eu não me importava.

– Eu… te amo… tanto… – eu engasguei, secando meu rosto com um pedaço de papel higiênico que estava atrás de mim.

– Eu também te amo, Gracie… para sempre – falou sério, segurando um absorvente.

Comecei uma série de risadas, segurando meu estômago de tanto doer. Ele rastejou até mim, batendo em garrafas na esquerda e na direita com seus joelhos e me beijou logo nos lábios.

— Você é louca, mas você é *minha* louca. Eu amo isso – parou, me ajudando levantar, e depois andou até o quarto, empinando seu traseiro para mim.

— Temos que ir, está ficando tarde – disse ele de costas.

Olhei para o relógio no balcão e vi que já era nove e quinze. Merda.

Ele colocou sua cabeça de volta no banheiro e piscou:

— Você é a melhor, Grace, a melhor.

Eu sorri para ele e depois comecei a me vestir.

★ ★ ★ ★

9:57 da manhã.

Fiquei com a Holly na garagem enquanto Jack colocava minhas malas no meu carro. Ele ia me levar até o aeroporto e depois traria meu carro de volta para a casa dela. Eu lutei contra o nó na minha garganta. E pude ver que ela também fazia o mesmo.

— Então, você pegou tudo, né? – verificou ela – Neil vai te ligar à noite para checar se está tudo bem. Você tem uma reunião com ele na quinta-feira depois que se arrumar no hotel, certo?

— Sim, senhora. Vou encontrá-lo na quinta-feira.

— E você pegou seu carregador de celular, certo? Me liga assim que chegar lá. Você tem dinheiro para o táxi até a cidade? Vai dar uns quarenta e cinco dólares... não os deixem cobrar mais do que isso.

— Está tudo certo, mãe. Já fui lá, você sabe disso. Provavelmente mais vezes do que você – ri do jeito que ela falava dando sermão de mãe.

— Eu, sei, idiota. Acho que é isso – disse ela, apertando seus lábios fortemente.

— Tudo bem, chatona. Te ligo quando chegar. Tchau – disse, dando-lhe um abraço rápido.

Ela não disse nada, apenas acenou e colocou seus braços em volta de mim, me abraçando tão forte quanto eu tinha feito.

Ela se afastou de mim e desapareceu na casa. Holly sempre odiou despedidas. Eu me virei para Jack, com um pouco de lágrimas no rosto, e ele pegou na minha mão.

— Está pronta para irmos? – perguntou ele calmamente.

— Sim, vamos logo — respondi, secando as últimas lágrimas que tinham escapado e entrando no meu carro. Desta vez eu o deixei dirigir.

Era uma das poucas manhãs na história de Los Angeles com pouco trânsito, e muito rapidamente, já estávamos estacionando no aeroporto. Ele insistiu em parar e me levar até lá dentro, apesar de eu querer que ele apenas me deixasse na calçada perto do *check-in*. Meu estômago estava embrulhado desde o chão do banheiro e eu sabia agora como seria difícil me despedir dele. Nós estacionamos no subsolo, e eu juro que nunca tinha visto alguém demorar tanto para tirar as malas do bagageiro como ele. Fomos de mãos dadas, andando em ritmo de tartaruga, até o guichê de passagem, e ele esperou pacientemente enquanto eu passava meu número do programa de milhas, que trazia meu itinerário. Fiquei feliz em ver que tinha conseguido uma melhoria e ficaria no assento 3D, na janela.

— Sheridan? — a agente do guichê chamou, e nós andamos um pouco para frente para despachar minhas malas. Jack as colocou na esteira e ficamos parados esperando ela colocar as etiquetas na alça.

— Ok, você está despachando duas malas para o La Guardia, certo? — perguntou ela.

— Sim — respondi, surpresa com a minha própria voz. Estava rouca e minha garganta estava parecendo uma lixa. Depois de olhar para Jack, pude ver que ele estava começando a sentir o mesmo também. Seus olhos estavam obscuros, o verde estava quase azul.

Ela me deu a minha passagem e apontou para que eu fosse até a segurança que me levaria ao meu terminal. Jack jogou minha bagagem de mão sob o seu ombro e andamos devagar, de mãos dadas novamente. Logo antes de chegarmos aonde teríamos que nos separar, ele me jogou na parede, uma que estava quase escondida atrás de uma máquina de vendas. Ele colocou minha bagagem no chão e eu mantive meus olhos no chão. Eu literalmente não conseguia olhar para ele.

— Grace? Fala sério, olha para mim — repreendeu suavemente, seus dedos deslizavam por baixo do meu queixo e erguiam o meu rosto.

As lágrimas que estavam sendo formadas o dia todo finalmente se romperam, e eu o agarrei fortemente a mim.

— Droga, George. Vou sentir tanta saudade! — chorei, puxando-o para mim o mais forte que eu conseguia.

— Eu sei, Gracie, eu também — reprimiu ele, sem chorar, mas parecendo que iria.

Eu respirei seu aroma doce e comecei a beijar cada parte de sua pele quente que estava exposta. Seu pescoço, suas orelhas, suas têmporas, sua testa, a pequena parte de seu peito que estava exposta pelo seu colarinho aberto, suas bochechas, seu nariz, suas pálpebras e, por fim, sua boca, que estava ávida pela minha. Suas mãos esfregaram minhas costas e meus quadris, seus lindos dedos passaram por quase toda a minha cintura.

Eu o segurei o mais forte possível, tentando expressar com força absoluta o quanto sentiria falta dele e o quanto meu coração estava partido por ter que deixá-lo.

– Grace? Só quero que você saiba, bem, o quanto sou feliz por ter te conhecido. Não consigo imaginar minha vida sem a mulher louca, sensual e bonita que você é – sussurrou ele na minha orelha, arrancando uma onda fresca tanto de lágrimas quanto de sorrisos de mim.

– Deus, você é maravilhoso. Sou tão sortuda – sussurrei também, pegando-o ainda mais forte. Agora ele beijava o meu pescoço com um pouco de urgência, enterrando seu rosto no meu cabelo e respirando profundamente.

Seus lábios encontraram os meus novamente, e nos beijamos até ficarmos sem ar, suas bochechas estavam agora molhadas por causa das minhas lágrimas, e depois ele me segurou mais forte outra vez.

– Tenho que ir – sussurrei no seu pescoço, minhas mãos enterradas no seu cabelo.

– Sim, você tem que ir – sussurrou ele novamente, começando a me soltar.

Eu me afastei, jogando minha mala novamente no meu ombro e pegando meu cartão de embarque no bolso que estava no seu quadril.

– Me liga quando aterrisar? – perguntou ele, seus olhos estavam tristes, porém esperançosos.

– Eu prometo – respondi, arranhando sua cabeça uma última vez. Ele fechou seus olhos como um cachorrinho, se curvando. Eu estava perto o bastante, quieta, e ainda podia sentir seu afeto através da minha camisa.

– Eu te amo, garota meiga – sorriu ele, abrindo seus olhos e se inclinando para outro beijo.

– Eu também te amo, Jack – sorri quando seus lábios deixaram os meus.

Andei para longe, entrando na fila. Dei minha Identidade para o agente de segurança e o cartão de embarque e depois sumi atrás de todo mundo. Não podia olhar para trás.

– Ei, louca! – escutei e me virei sorrindo, junto com as outras trinta pessoas na fila.

– Sim, Doidinho? – gritei de volta para a alegria geral de todos ao meu redor.

– Acaba com eles! – gritou ele.

Eu ri e depois levantei minha mão dando tchau. Com mais um sorriso meio sexy, ele foi embora, desaparecendo no meio da multidão. Eu ainda estava sorrindo quando me virei para a fila. A mulher na minha frente sorriu.

– Namorado? – perguntou.

– Namorado... hmm... sim. Aquele era meu namorado – respondi, virando o mundo de cabeça para baixo.

Deus do Sexo, Língua Milagrosa, Senhor Múltiplo... mas namorado também soa bem.

– Ele é fofo. E aquele sotaque! Jesus, é tão sensual — se você não liga de eu falar isso – riu ela.

– Eu não me importo... e você não tem ideia como ele é tesudo – sorri novamente, pensando no meu namorado. Sequei as lágrimas e andei até o meu portão.

★ ★ ★ ★

Quando já estava no avião e no meu lugar, as lágrimas voltaram. Fiquei sentada quieta fungando, observando todo mundo se arrumar na parte de trás do avião. A comissária de bordo já tinha me oferecido uma bebida, mas eu ainda não estava preparada para aquilo.

Uma das razões por estar tão triste é o fato de não saber quando o veria novamente. Eu podia ficar em Nova Iorque por um período indefinido — três meses, um ano. Tudo dependeria de como o espetáculo se sairia e do tipo de patrocinador que teria. Sabia que Jack estaria fora para visitar e sabia que, em algum momento, eu conseguiria voltar para Los Angeles, mas a ideia de não saber quando é o que estava tornando tudo mais difícil para mim. Sem falar que eu não vinha dormindo sozinha há algumas semanas e sabia que, nesta noite, quando as luzes se apagassem e eu não tivesse o meu inglesinho junto de mim por baixo das cobertas, procurando pelos meus seios com suas mãozinhas quentes, eu sentiria muita falta dele.

Pensei no seu rosto meigo, parecendo tão perdido como nunca quando eu me afastei dele hoje. Vi a mesma tristeza que estavam em meus olhos nos dele, e apesar de saber que homens e mulheres sentem as coisas de um modo bem diferente, sabia que ele sentiria minha falta. Pensei no seu sorriso e no quanto eu o deixava feliz quando fazia algo muito simples, como arranhar sua cabeça, e realmente senti dor por dentro.

O que ele faria se estivesse aqui e eu estivesse chorando? Sorri imediatamente, pensando no quão rápido ele me puxaria para mais perto dele, fazendo com que eu risse junto com minhas lágrimas ou simplesmente me deixaria chorar bastante. Eu faria o mesmo para ele. Tudo o que eu queria era cuidar dele e deixá-lo cuidar de mim. Precisávamos de nós dois do mesmo modo. Agora, eu sabia disso.

Deus, me lembrei de que devia ter feito compras para ele antes de ir embora. Nos próximos três meses, ele comeria apenas porcaria se ninguém se intrometesse.

Mas já basta de fossa. Precisava de uma distração.

Peguei uma revista e ri lamentavelmente quando vi que o inglesinho estava como destaque em um artigo sobre rostos para não se perder de vista. É, não me diga.

★ ★ ★ ★

Em algum lugar de Utah...
Coloquei a revista no lugar depois de reler algumas folhas sobre o meu inglesinho por diversas vezes. A comissária de bordo fez um sinal para o artigo que eu estava apertando no meu peito, ao me entregar o meu Bloody Mary.

– Você leu o artigo sobre Jack Hamilton? Podia ser presa pelos pensamentos que tenho sobre aquele rapaz – sorriu ela, ao ver meu rosto surpreso.

Fiquei corada e sorri de volta:

– Ele é um garanhão, com certeza – ri.

– Deus, sim. Não vejo a hora de ver o seu novo filme – ela me contou, se apoiando no assento e fazendo com que o rapaz perto de mim virasse seus olhos. Ele já tinha tentado puxar conversa comigo, mas eu tinha rapidamente o impedido. Agora estava pronta para conversar, mas sobre um galãzinho? Tinha certeza de que ele pensou que eu era louca.

Mmm, alguém que eu amava me chamava de Doidinha.

– Sim, deve ser realmente bom. Eu mesma adoro o Cientista Supersexy.

– Você deve estar falando sobre Jack Hamilton – escutei uma voz dizer por trás de mim, e a mulher do 4D tinha colocado sua cabeça no meu assento para participar.

– Ah! Todo mundo que eu conheço adora esse rapaz – a comissária de bordo exclamou.

– Ah, meu Deus – a mulher do 4D começou – Você já viu seu último filme? Eu quase tive um treco quando o vi naquela toalha... gah!

– Sim, ele é bem bonito de se ver – a comissária de bordo suspirou e nós três começamos a rir como adolescentes.

– Ele realmente é... – acrescentei, sorrindo para mim mesma conforme as outras mulheres continuavam a bajular o homem que tinha batido sua cabeça no meu vaso sanitário algumas horas antes.

★ ★ ★ ★

Quando o avião finalmente pousou, estava exausta. Foi um dia muito emocional, não tinha dormido na noite anterior, e viagens de avião sempre eram cansativas, principalmente quando você aproveita e se embebeda de Bloody Mary.

Peguei minhas malas na esteira e fui até a fila de táxis para a cidade. Quando chegou a minha vez, dei para o motorista o endereço do hotel W, depois verifiquei minhas mensagens e sorri ao escutar Holly me falar para ligar assim que eu chegasse ao meu hotel. Não resisti e liguei para Jack, e fiquei um pouco triste pelo fato de ter apenas escutado seu correio de voz.

– Ei, amor, estou em um táxi seguindo até a cidade agora. Liguei apenas para te falar que cheguei aqui sã e salva. E eu até conheci mais fãs suas no avião! Eu disse para elas que transei contigo diversas vezes e frequentemente. Elas pareciam estranhamente chocadas. Brincadeira. Bom, me liga quando ouvir isso, não importa o quão tarde seja. Quero conversar contigo antes de dormir. Eu te amo, e acredita que já estou com saudades, George? Tudo bem, tchau.

Eu me encostei no banco e fiquei olhando conforme a vizinhança do Queens rapidamente passava. Atravessamos a ponte e, ao ver as luzes da cidade, comecei a sorrir incontrolavelmente.

Já passava das nove e o céu estava completamente escuro. Tudo estava aceso, e o modo com que a cidade parecia enquanto atravessávamos o rio era mágico. Absolutamente mágico.

Dirigimos pelos cânions de concreto, pela cidade, e depois chegamos até o centro. Centenas de pessoas estavam nas ruas, atravessando-as, sentadas em bares, entrando e saindo de portas.

Essa cidade tinha uma vibração, e depois de deixar o charme tranquilo do Sul da Califórnia, meu cérebro estava ansioso pela agitação e desordem de Manhattan. Estava quente e excitante e, apesar de ser noite, ainda estava denso e úmido. Prendi meu cabelo e imediatamente tirei meu casaco.

Continuamos nos movimentando, o motorista freiava em alguns quarteirões, buzinando para outros táxis e para os pedestres que estavam nas ruas. Apesar de muitas pessoas saírem no final do verão, ainda havia milhões de pessoas, e meus olhos se embriagaram pela multidão.

Toda vez que vinha até aqui, meu coração batia um pouco mais rápido. E desta vez não foi diferente.

Ao estacionarmos na frente do W, rapidamente o porteiro saiu para me ajudar com as minhas malas e logo eu já tinha entrado. Enquanto eu estava fazendo o *check-in*, senti uma batidinha no meu ombro e me virei.

Era Michael.

– Ei! O que está fazendo aqui? – exclamei, abraçando-o.

– Holly me disse quando você chegaria, então pensei em passar por aqui e lhe pagar sua primeira bebida em Nova Iorque. Você não está muito cansada, né? Merda, devia ter te dado um tempo para se arrumar – riu ele, ao se afastar. Ele estava vestido casualmente como eu, calça folgada, camiseta cinza, tênis. Seu cabelo estava meio enrolado por causa da umidade e emoldurava seus olhos castanho escuros.

– Não, não. Eu adoraria isso! Estou cansada, mas ainda não é nem sete para mim. Deixa eu apenas colocar minhas malas e depois podemos tomar um drinque. Você se importa de tomarmos por aqui mesmo? – disse, gesticulando para o lindo bar do saguão.

– Está combinado. Deixa eu te ajudar – disse ele, pegando minhas malas e me levando até o elevador.

Meu quarto era no décimo sétimo andar, bem alto para se ter uma boa vista. E por ser o W, meu quarto estava bem arrumado. Estávamos nos ajeitando quando meu telefone tocou. Pulei pela cama para pegá-lo e, quando vi que era Jack, abri um enorme sorriso.

— Ei, Johnny Mordidinha! Como está? – perguntei.

— Oi para você também. Como foi seu voo?

— Foi bom. Longo... porém, bom – suspirei.

— Isso parece comigo... longo e bom – brincou ele.

— Rá-rá, muito engraçado. Já estou com saudades, sabia – disse, baixando um pouco minha voz.

— Eu sei. Também estou com saudade. Desculpa por não ter te atendido antes. Ainda é muito cedo para fazermos sexo ao telefone? – riu ele.

Michael colocou sua cabeça para fora do armário onde estava colocando minhas malas:

— Ei, Grace, você quer que eu coloque esta no banheiro? – perguntou ele.

— Claro, pode ser, obrigada – falei – Então, sexo ao telefone, pode esperar até amanhã à noite? Quero poder te dar toda a minha atenção – continuei.

— Quem é esse? – perguntou ele, com uma voz curiosa.

— Ah, Michael estava aqui no hotel quando eu cheguei e vamos tomar um drinque depois que eu me ajeitar aqui no quarto – respondi.

— Você está no seu quarto? – indagou ele, sua voz ainda estava curiosa, mas com uma pequena desconfiança.

— Sim, ele me ajudou a trazer as malas aqui e depois vamos descer para o bar – respondi, virando meus olhos.

— Ahá – resmungou ele.

Que fofo, ele estava com um pouco de ciúmes.

— Ah, Doidinho, eu realmente gostaria de poder ver sua cara agora, junto com outras partes – ri e ele se soltou.

— Bem, vou te dizer algo então. Vá tomar sua bebida e depois me ligue. Também vou sair daqui a pouco. Na verdade, vou fazer uma apresentação em um bar esta noite.

— Sério! Uau, eu realmente gostaria de estar aí para isso – disse, mascando meu lábio. Eu sabia que ele fazia isso de vez em quando, mas nunca aconteceu quando estávamos juntos. Eu me mataria para vê-lo cantar em um palco, apenas ele e seu violão. Eu me lembrei de todas as manhãs que ele tinha tocado para mim minha própria trilha sonora enquanto eu me arrumava, e sorri.

— Também gostaria que você estivesse aqui, amor. Falo com você em breve, ok? – disse ele suavemente.

– Sim. Eu te amo, George – falei suavemente.
– Eu também te amo, Gracie.

E depois disso, desligamos o telefone. Eu me sentei na cama por um instante, logo Michael voltou. Ele se sentou perto de mim.

– Pensei que o nome dele era Jack...
– O quê? – perguntei, voltando dos meus próprios pensamentos.
– Você o chamou de George... pensei que o nome dele era Jack – disse ele novamente, parecendo confuso. Olhei de novo para o meu velho amigo, e ele tinha uma expressão desnorteada em seu rosto gentil.
– É Jack. Chamá-lo de George é uma longa história. Vamos tomar aquela bebida – sorri.

Dando um longo suspiro, me levantei da cama e andei para fora do quarto com Michael atrás de mim. Conforme a porta bateu e se fechou atrás de nós, eu vi as luzes de Nova Iorque piscarem na janela.

Eu estava aqui e era a minha vez de brilhar.

★ ★ ★ ★ ★

Puxei meu lenço laranja para ficar um pouco mais confortável em volta do meu pescoço e dei outro nó para que ficasse enrolado por baixo do meu queixo. O ar estava fresco esta manhã, e as folhas caíam gentilmente ao meu redor, por causa de uma rajada de vento. Felizmente, estava protegida do vento e aproveitei para olhar mais uma vez para a cena que estava na minha frente:

Arenitos vermelhos. Concreto.

Táxis amarelos. Uma delicatéssen anunciando tanto pastrami quanto falafel.

Bebi meu café comum e admirei minha vida, para onde ela tinha me levado.

Eu amava Nova Iorque.

As últimas semanas tinham sido maravilhosas — e difíceis. Agora era outubro, e o outono tinha oficialmente chegado a Manhattan. O ar estava frio, havia abóboras nas sacadas e eu estava tendo o melhor momento da minha vida. Literalmente. Eu estava loucamente feliz.

Com exceção do fato de eu estar realmente sentindo saudade do meu inglesinho...

Este livro foi composto nas fontes Adobe Garamond Pro, Riddle Regular,
e impresso em papel *Norbrite* 66,6 g/m² na Imprensa da Fé.